中国古典小说丛书

蓝公案 郭公案

[清]蓝鼎元 著
[清]佚名 著

江西美术出版社
全国百佳出版单位

图书在版编目（CIP）数据

蓝公案 /（清）蓝鼎元著. 郭公案 /（清）佚名著
. -- 南昌：江西美术出版社，2018.10（2020.5重印）
ISBN 978-7-5480-6168-7

Ⅰ.①蓝…②郭… Ⅱ.①蓝…②佚… Ⅲ.①侠义小说—小说集—中国—清代 Ⅳ.①I242.4

中国版本图书馆CIP数据核字（2018）第139047号

出 品 人：周建森
企 划：北京江美长风文化传播有限公司
责任编辑：楚天顺　康紫苏
责任印制：谭　勋

蓝公案　　郭公案
LANGONG'AN　　GUOGONG'AN
（清）蓝鼎元　著　　（清）佚名　著

出　　版：江西美术出版社
地　　址：江西省南昌市子安路66号
网　　址：www.jxfinearts.com
电子信箱：jxms163@163.com
电　　话：010-82093808　0791-86566274
邮　　编：330025
经　　销：全国新华书店
印　　刷：河北盛世彩捷印刷有限公司
版　　次：2018年10月第1版
印　　次：2020年5月第2次印刷
开　　本：690mm×960mm　　1/16
印　　张：13.5
ISBN 978-7-5480-6168-7
定　　价：32.00元

本书由江西美术出版社出版，未经出版者书面许可，不得以任何方式抄袭、复制或节录本书的任何部分。
版权所有，侵权必究
本书法律顾问：江西豫章律师事务所　晏辉律师

"中国古典小说丛书"出版说明

所谓"古典小说"云者,其义有二焉:一曰,但凡古代之小说,皆可谓之"古典小说";一曰,但凡技法未受泰西影响之小说,亦可谓之"古典小说"。然此特就今人之观念言之耳。

揆诸坟典,"小说"一词,出自《庄子·外物篇》,其言曰:"饰小说以干县令,其于大达亦远矣。"由此观之,庄子所谓"小说",不过琐屑之言,以其无关道术,故以小说名之耳。

炎汉成、哀之世,刘向、刘歆父子典校秘书,检讨百家学说,取桓谭《新论》"小说家合丛残小语,近取譬论,以作短书,治身治家,有可观之辞"之意,把《伊尹说》《鬻子说》诸书,归为"小说家"之书,而《汉书·艺文志》(以下简称《汉志》)继之。夷考其说,"小说家者流,盖出于稗官,街谈巷语,道听途说者之所造也"(语出《汉志》),此亦非后世之小说也。

唐修《隋书》,其《经籍志》立论本诸《汉志》,以小说为"街谈巷语之说"(《隋书·经籍志》语)。当此之时,小说之名虽同,而其类目稍广,举凡《燕丹子》《世说》《迩说》之属,皆可入诸小说名下。

后晋修《唐书》,其《经籍志》立论与《隋志》无异,以《博物志》隶小说,此为"神异志怪之书"入小说之始。

天水一朝,欧阳文忠公撰《新唐书·艺文志》(以下简称《新唐志》),以《列异传》《甄异传》《续齐谐记》《感应传》《旌异记》等"史部·杂传类"之书移于"小说类"。至是,小说之部类日夥。

及元脱脱修《宋史》,《艺文志·小说类》承《新唐志》之旧而增广之。

明胡应麟以小说繁夥，派别滋多，于是综核大凡，分小说为六类：一曰"志怪"，一曰"传奇"，一曰"杂录"，一曰"丛谈"，一曰"辩订"，一曰"箴规"。至此，小说一类已蔚为大观，脱《汉志》"街谈巷语"之成规。

清修"四库"，《总目提要》（以下简称《提要》）别小说为三派，"其一叙述杂事……其一记录异闻……其一缀辑琐语"，而又损益之。考诸《提要》，则损益可知：一曰，进"丛谈""辩订""箴规"为"杂家"；一曰，隶《山海经》《穆天子传》诸书于小说。小说范围，至是乃稍整洁矣。其分目虽殊，而论述则袭诸旧志。

曩者宋元明清之史志，难觅"平话""演义"之书，此特士夫习气，鄙其为末流所使然也。史家成见，一至于斯。今人刻书，自当脱古人窠臼。

说部诸书，以文体分，有"白话""文言"之别；以体裁分，有"话本""传奇""演义"之别；以内容分，有"佳话""世情""侠义""家将""神魔"之别。细玩其文，既有劝世之良言，亦有"诲淫诲盗"之糟粕，而抉择去取，转成读说部书之第一要务。以此之故，编者特于说部诸书择其精者，辑之而为"中国古典小说丛书"，凡百余种。

然说部之书浩如烟海，其精者又何限于区区百十之数？此次出版，难免遗珠之憾。然能俾读者因之而省择取之劳，进而得窥说部精要，示人以津梁，则尚不违出版"中国古典小说丛书"之初心。

说部之书，多出自书坊，脱误错乱，在所难免，故于"取其精华，去其糟粕"外，尚需广施校雠，始得成其为可读之书。以此之故，编者多方搜罗以定底本，精排其版以美其观，躬自校雠以正讹误，然后付诸枣梨，装订成书，以飨读者。

限于编者学力有限，书中疏漏之处，在所难免，尚祈广大方家、读者诸君不吝批评斧正。凡能指出书中一二谬误者，皆为吾师，吾人不胜感激之至。

戊戌仲夏上浣，邵鹏军序于丰台晓月里

总　目

蓝公案……………………………………………………001
郭公案……………………………………………………061

蓝公案

目　录

一　五营兵食…………………………………… 005
二　三宄盗尸…………………………………… 010
三　邪教惑民…………………………………… 013
四　幽魂对质…………………………………… 015
五　葫芦地……………………………………… 018
六　没字词……………………………………… 021
七　龙湫埔奇货………………………………… 023
八　死丐得妻子………………………………… 026
九　贼轻再醮人………………………………… 028
十　兄弟讼田…………………………………… 031
十一　闽广洋盗………………………………… 033
十二　卓洲溪…………………………………… 039
十三　改甲册…………………………………… 043
十四　云落店私刑……………………………… 045
十五　三山王多口……………………………… 051
十六　西谷船户………………………………… 054

一　五营兵食

潮阳一县，岁征民米军屯一万一千余石，配给海门、达濠、潮阳、惠来、潮州城守五营兵食，无有存者。征收不前，则庚癸将呼，非细故也。

雍正五年丁未，承三载，荒歉之余，米价腾贵。潮令魏君，发支兵米至五月之半，止矣。其半月不能继，六、七两月将离任，又不能继。八月解组，大浦尹白君署潮篆，九月卒于官。五营军士半载乏食，悬釜嗷嗷，民间岌焉。

时镇潮大帅尚公，约兵有法，纪律严明。潮阳、海门诸守将皆能得士心，是以诸军虽极苦，而无敢越念。大吏以余承乏代庖兹邑，冬十月十八日底，廪无粒米，仓无遗粮，军士多鸠形鹄面，有不能终日之势。适奉宪檄借运镇平、程乡仓谷三千石暂给兵饷。余曰："噫！美矣。"但募舟转运，上水下滩，往返须二十日，恐兵丁不能久待。且夫船运费将何所资？转盼数月，又何运还程镇补仓之费？可遂云长策乎？查是岁旱禾半收冬稔八分以上，设法催征未必不较便捷。吏皆曰："甚难！"潮人素有健逋之癖。乡间居民有粮者少，连阡广陌皆郭内世家大族之田。阖邑乡绅举贡、文武生员不下七、八百人，捐纳监生一千三、四百人，院司道府书吏辕役势豪大棍不知几千人，皆威权炬赫，如虎如狼。持檄催粮之差，孰有过其宅而问者？见之惴惴莫敢仰视，稍有片言获戾，则缚入其家，禁闭楚挞。否则迫至县堂丛殴公庭之上，由来久矣。而图差亦遂与和同舞弊，有钱纵释，毫不以催征为意。每逢比较，拘亡户饿殍一、二人代责抵塞，无有确实粮户得以见官。且比较轻笞，百不当一。稍示之以严刑，则有前任魏使君故事：各役哄堂一声，溃然走散，登东山扎石洞，二、三百人蚁聚弗返。诛之则不可胜诛，使君无如之何，则必款绅衿，邀豪猾出以好言劝慰，然后下山供役如常。自此奄奄不能复振，百事皆掣肘不可为矣！余曰："不然。绅衿独不畏详革上司，吏役不畏上司惩治乎？势豪大棍吾自有三尺，此无难也。衙役散堂登山，则系不轨乱民，吾能擒而尽杀之。"吏曰："绅衿宪役，非止百十抗粮可以详革，必人人而尽申之，安所得许多楮，而且日亦不足矣！"余曰："噫！天下岂有不可化之人哉！我自有良法处置，非汝等所知也。"乃下令阖邑人民："潮阳之在岭东固巍然大县也。沃野平田二百余里，素号产米之区，人物蔚兴，世家大族甲于潮郡。士大夫明礼义而重廉耻，古以海滨邹鲁目之人。年以来收成歉薄，急公者鲜，兵糈贻误，亦出于无如何！今冬稔有秋，闾阎不苦乏食，此亦急公奉上为长吏分忧之日也。五营军士，自五月至今未沾升斗之粮，汝等同乡共井，非亲即故，宁不相知相恤？况设兵卫民，输赋养兵，古今通义。汝等藉人之力以安疆土，忍坐视其枵腹颠连而不一恻然动心欤？兹奉宪檄，借运镇平、程乡仓谷三千石暂给潮饷。夫镇平小邑也，程乡中邑也。小邑人民尚能急公完粮，以赢余米粟养活邻县。汝以潮阳大邦而乞食于小邑，不亦可耻甚乎？况镇、程之粟虽来，汝士民粮米终须完纳，何苦自居顽户抗欠之名，使堂堂大县，黯然无色，其羞怍否？愿汝等一深思之也。本县代庖伊始，专职催科以济兵食。查向来粮米征收，每石加耗一斗，乃普天通例，今本县特从宽简。凡纳本年粮米一斗，收耗羡五合，每石耗米五升；纳旧年米一斗，收耗羡三合，每石耗米三升。只仅取足供粮道，养廉奏销之费，本县毫不濡染焉。汝等当曲体减耗为民之心，将应纳新旧粮米争先纳完，使十日之内得以发给兵糈，后此源源接济，五营皆庆饱腾之乐。本县实受汝士民赐矣。倘汝等不知情理，仍前抗玩不纳，则本县减耗无益，自当照旧加一征收，惟有严刑峻法以与汝顽民为难。汝等自度，能抗本县，能抗朝廷之法乎？缙绅衿监为民之望，逋粮功令更加严切；至于势豪土棍，上司衙役尤不起道，本县不侮鳏寡，不畏强御豪强之性，自昔已然。况今为朝廷法，吏不能搏击奸豪，伸三尺典章，无是理也。绅则详参，士则中褫，奸棍蠹役幽囚杖毙，而其名下应完粮米，即至家破身亡亦终不免于轮纳，彼时虽欲悔之，其何及矣！本县谬叨民牧，有风俗人心之责，所最与士民痛痒相关，休戚相共。欲代谋安居乐业，遂生复性之计。不知凡几。此区区急公完粮分内当为之事，非有所苛求于汝，汝等岂皆木石心胸，不肯稍听本县一言耶？试于清夜平旦，反复静思，必有以慰本县之望，本县将凭轼而观之。"

是时十三都士民以此举为异事，欢欣趋纳者甚众，而一、二顽梗衿监且笑其愚。余密遣差役捕致。每日必有一、二登堂者，计新旧积欠累累总列一单问之。若不肯完清，多浮词支饰，余曰："噫！汝真不可化之士矣！今欲详革汝贡监，则功名可惜，吾不忍也。请暂入狱中少坐，不论今日明日，今夜明夜，但粮米全完即出汝矣。"而图差复渐有弊，不肯摄衿监到官，余思潮人好讼，每三日一放告，收词状一、二千楮。即当极少之日，亦一千二、三百楮以上。于当堂点唱之时，见系贡监诸生必呼而问之，曰："若完粮否？"召户房吏书赍此簿堆积案头，立查完逋。完则奖以数语揖之退；逋则开列欠单，置之狱，俟完乃出。由是输纳者益多，而词讼亦稍减其半。计开征甫十日，积米盈仓，遂给发五、六月兵食。先潮阳一营，次海门，次达人，次潮州城守营；又次惠来营，轮流一周，复给七、八月兵米，果尔源源接济，前者方去，后者复来，九月、十月、十一、十二等月，皆支领足数。至腊月二十日而告厥成功，不复有悬欠升斗矣。五营军士，腾欢感激不可名状。潮阳营游府刘公、海门营参府许公皆曰："我等平心自揣，苟得支给一半，或止少二月则已喜出望外，不期神速至于斯也。"自是新岁兵食按月支给，终余署任无有迟者。

方立法严比之制，图差弊窦骤塞，颇有愠言。复以拘到人民不加刑责，粮完即释安业，又谝赋止问本人，父兄子弟已分析异居，不许波累。图差平日枝蔓牵连，妄拘索诈之术，至是俱无所施其，而"笞责杖刑法"与"凡民一例"不得独轻，久欲行历任时挟制哄堂故智，而余屹不为动也。忽一日，完粮甚稀，余正在给兵食甚切，恐催征不前有辜军士之望，重杖严比时，更漏初下，猝闻亭外人众哄然一声，差役拥挤向东角门走出。书吏禀请退堂，曰："图差散矣！"余曰："欲上东山耶？"吏曰："大抵然耳。"余曰："恐城门已闭不得出，待我遣人赴营中请启钥大开城门纵之去。"众差闻余语怪异，皆饴伫立耸听，其去者亦稍稍潜集。三班头役二十余人跪下禀曰："我等愿往擒之。"余曰："勿擒也！人众至二、三百，汝等数人何能为？且众差此行，乃我明日立功之会，何拦阻哉！升平世界而差役敢于散堂，是叛也。其所以叛之故，县令催科严也。兵食孔亟催科不严，则县令有罪；既已严矣，则无罪而有功。是众差之叛，非叛县令，乃叛朝廷也。既为朝廷之叛，则县令明日耀武扬威率营兵民壮，捣东山一鼓剿擒之，定乱之勋与军功一体议叙。其有逃匿在家，必按籍搜捕，穷治亲邻，不尽获正法不止。所虑昆冈炎火，玉石无分。不以此时查点清白，恐守法不散之差，亦与叛人同罪，枉累非辜，情所不忍。汝等高声传令堂上，差役愿走者速走，不走者静听点名。"吏曰："作何点法？"余曰："仍照粮簿唤。比不到者，视名便可知是谁为叛矣。"各图各甲以次唱名，完多者记赏，完少者重杖。至四鼓鸡鸣而毕，无敢有一名不到者。余笑曰："汝等皆在，谁为上东山耶？我昔在军中视三十万贼如苴芥。况东山一卷石直用靴尖踢平耳！暮夜不知寻死者为谁，我亦不记前过，汝等自今以后各深自愧耻，勉为守法奉公焉可也！"由是诸役皆股栗，绅士豪强输将恐后。是以两月之间能办五营半载以上之兵食，而镇平、程乡三千谷省往来转运之劳费。人心既定，顽梗既训，役胆既破，从此催科不复费力也。

　　五营军士半载乏食，乃十分急迫之时，势豪大猾百千梗法，乃万难措手之地。民刁役恣，真是无可奈何！非有绝大本事，未易言济斯急迫也。数行令下，民心鼓舞。减耗羡，戢豪强，治衙役，开诚布公，自然输将恐后，十日而见效，两月而成功，岂幸致哉！处置散堂一节，镇静从容，尤为非常手段。所谓不动声色而措泰山者欤？令君在都门时，宰相卿贰以为天下奇才，于此可见一斑。

二 三宄盗尸

丁未秋七月十有三日，余赴普宁尹初学政也。甫月余，有潮民王士毅者，以毒杀弟命来告，云：从弟阿雄随母嫁普民陈天万为妾，天万嫡妻许氏妒，以药鸩阿雄致毙。十指勾曲，齿唇皆青。并具有诬告反坐甘结，盖情词似乎可信也。诘朝诣验，空圹无尸，士毅利口喋喋直指天万惧伤移灭。天万举家相顾骇愕，不能出一语。余澄心静气，鞫知阿雄病瘵两月，并唤当日医家问讯，灼无可疑。熟视许氏腹大如牛，三、四人扶掖蹲踞，则九年蛊疽，含悲凄惨，亦非复妒悍鸩毒人也。遍问犯证十余人，再四穷诘，皆莫知尸在何处。度为王士毅所偷，因呼尸母林氏，问阿雄夭殇之日士毅来否，曰："邀之不来。"复问次日来否？曰："来，不入我家，过其表姊宅即去矣。"问姊有夫男与否？曰："有子廖阿喜年可十五、六。"即唤阿喜来问："二十八日王士毅到汝家何事？"曰："过诸途未入我室。"问："何所言？"曰："言阿雄死今埋否？我对'已埋'，士毅问埋在何处？我对曰：'后边岭。'即去矣。"余拍案厉声曰："偷尸者，王士毅也。"夹讯之果服。供称系雇乞人乘夜窃发其冢持之去。再诘其移匿何处及指使讼师名姓，皆支吾不以实告。恐有从旁窥伺者，遂将王士毅决杖三十，声言于邑枷示。其陈天万一家及乡里牵连人等概行释去。当场观者数千人，咸以为果完结也，欢呼震天，罗拜匝地。

去不半里，密呼壮役林才语之曰："不去衣帽，先驱入邑城疾趋东门旅店，问潮客王士毅投宿几日？寓何房舍？舍中有一人缚以来。"果擒讼师王爵亭来，举动从容，若为弗知也者。谬言与王士毅素不相识，士毅亦不顾，词气斩截，几于无间可乘。度代书认保之处，士毅不能独行，密唤代书及保家讯问，俱称此人同来则有之。爵亭尚不承招，给纸笔令书供词，则字迹与原状若合符节。因断三木，真情毕吐。供称系老讼师陈伟度指画奇计偷尸，越邑移埋灭水都乌石寨外，其埋处当问伟度，即士毅亦不能知也。因复遣役星飞访缉弋获陈伟度前来，则老奸巨猾较爵亭而诈十倍，至则切切鸣冤，言陈天万乃我服弟，此二人全无良心，欲以假命陷弟于死，幸遇青天烛奸如神。今陷弟不得，又欲移陷其兄，非公龙图再世，我兄弟死不瞑目矣。余心然其说，有矜释之意，见双眸闪烁，似非善类，偶试之曰："好讼师也，汝所言有情有理，娓娓动听，若遇他人百千亦释，今不幸遇我而汝又知为龙图再世，则不必复来相欺，逐一首实，当从原谅！"伟度愕然无以应。

王爵亭指之曰："汝我三人在乌石寨门楼中商谋此举，汝援杨令公盗骨故事，教我等偷尸越境，一则不忧检验无伤；二则隔属不愁败露；三则被告惧罪灭尸似实，陈天万弟兄妻妾、乡保邻里皆当以次受刑，夹拶糜烂；四则尸骸不出，问官亦无了局，我等于快心逞志之后，开门纳赂，听其和息莫敢不从，致当成家在此一举；五则和息之后，仍勿言其所以然，阿雄尸终久不出，我等亦无后患。迨偷尸更埋之后，三人欢欣痛饮，共称奇计，谓神不知鬼不觉，虽包龙图复生不能审出真伪。今日之事尚有何言说哉！既遇龙图奈何犹不实供，独使我二人受罪也？"伟度尚晓晓不服。

余复试之曰："汝虽无同谋，却踪迹不谨。王爵亭、王士毅既为汝弟仇人，汝奈何在东门旅店与之共坐饮食？"伟度出其不意，遽答曰："偶然耳。"余曰："一饭偶然，连日共饭亦偶然乎？"伟度曰："普邑无多饭店，不得不尔。"余曰："汝等连日旅店商量，吾已知之。若果仇人相遇，安有许多言语？"伟度漫供：因爵亭等诬害吾弟，我故以好言劝之耳。余复试之曰："汝夜间与之同宿何也？"伟度曰："无之。"因复密讯王爵亭，窃诘其夜间与同宿何也，爵亭曰："无之。"再复讯王爵亭，穷诘其夜间止宿之处，房室被帐器皿位置情形，则又曰在城中林泰家。先后呼到林泰父子，隔别研讯，则伟度、爵亭在渠家同宿三夜丝毫不差。其为同谋主使无疑。爰行夹讯，伟度始供：与天万因祖屋变价有龃龉之仇，藉此播害泄忿是实。其阿雄尸埋在乌石寨外溪尾深三、四尺，上斫一树半截为记。随将伟度羁禁，差役管押王爵亭前至其地，一面关知潮阳令，一面移檄塘边汛弁以兵同往，如言掘地四尺起出蒲包，则阿雄尸在焉。抬回普邑，俾林氏、陈天万认明非伪，令仵作检验，浑身上下俱无他故。王士毅低首无言。陈天万见伟度而泣曰："吾兄何至于此？吾与兄一本之亲，无大仇怨，即曩因祖业微嫌，兄言'欲害我破家荡产，不得留一锄存活'，吾以兄为戏耳，不意兄果有此事！非兄今日自言，吾亦不知祸从何起也。今者吾事已白，兄自苦奈何！"伟度叹曰："我之误也，不必言矣！"

或劝余将此案通详则官声大震。余曰："普邑当连年荒歉之后，吾莅前月余，地方未有起色，三凶之罪，固不容诛，通详解省，牵连多人，吾不忍沽一己之名使民受解累之苦也。"因将王士毅、王爵亭、陈伟度各予满杖，制木牌一方，大书其事，命乡民传擎偕行，枷号四乡，周游示众。普人快之。

　　爵亭谋浅，伟度计深。盗骨之策，原自不差，当具结哀鸣，屡场喋喋，若将天万举家刑夹不得，谓官之枉也。即使日久昭雪。而日前之苦楚已不堪问矣！于此见邑令之不易为也。

三　邪教惑民

　　潮俗尚鬼，好言神言佛。士大夫以太颠为祖师，而世家闺阁结群人庙烧香拜佛不绝于途。于是邪诞妖妄之说竟起，而所谓后天教者行焉。后天一教不知其所自来，始于詹与参、周阿五，自言得白发仙公之传。经前任王令访拿挈家逃匿，后复还故土。亦称白莲，亦称白杨，教主大抵系白莲是实，而变幻其名。尔妙贵仙姑，即詹与参妻林氏也。诡言能呼风唤雨，役鬼驱神，为后天教主。其奸夫胡阿秋辅之，自号笔峰仙公，相与书符咒水，为人治病求嗣，又能使寡妇夜会其夫。潮人笃信其术，举国若狂，男女数百辈皆拜以为师。澄海、揭阳、海阳、惠来、海丰之人，无不自远跋涉举贽奉束，牲酒香花，登门称弟子者如市。

　　丁未仲冬十日，余自郡旋署始知之，则已建广厦于邑之北关，大开教堂，会聚数百，召梨园子弟鼓歌宴庆两日矣。急遣吏捕之，则隶役皆畏得罪神仙恐阴兵摄己，而势豪宦属又从而左袒庇护，乘风免脱竟不能勾获一人。余乃亲造其居，排其闼擒妙贵仙姑，追究党羽。则卧房之中，重重间隔，小巷密室，屈曲玲珑。白昼持火炬以入，人对面相撞遇，侧身一转则不知其所之，盖藏奸之薮也。余不敢惮烦，直穷底里。于仙姑卧榻之上，暗阁幽密之中，擒获姚阿三、杨光勤、彭士章等十余人。复于仙公卧房楼上，搜出娥女娘娘木印、妖经、闷香、发髻、衣饰等物，尚不知其何为者。

余追捕仙公益力，势豪知不可解，因出胡阿秋赴讯，庭鞫之下，神奇百出，其实无他技能，惟恃闷香、衣饰迷人耳目而已。盖愚夫愚妇闻卿仙之名，先以惶悚慑服。又见妙贵女流无所顾畏，而阿秋发髻脂粉衣裙翩翩，亦且左右仙姑共作妖狐妩媚，遂以为真娥女娘娘而不复疑其为男子也。其入卧房，登邃阁，拜弥勒佛，诵宝花经咒，燃起闷香，则在座者皆昏迷睡倒，恣所欲为。其闷香亦名迷魂香，闻之则困倦欲卧，有顷书符饮以冷水，则迷者复醒。所谓求嗣、见夫，皆得之梦魂恍惚之际。按其淫恶之罪，虽悬首藁街，犹不足以洗山川之恨。因念岁歉之后，乡民以解累为要，且党羽多人，必至世家大族牵连无已。余体恤民情，为息事宁人之计，凡所供扳中莘姓名一概烧灭免究；将林妙贵、胡阿秋满杖大枷出之大门之外，听万民嚼齿唾骂、裂肤碎首并归仙籍；其纵妻淫孽之詹与参及同恶姚阿三等十余徒，分别枷杖创惩；余党一概不问，使皆革面为人焉足矣。籍其屋于官，毁密室，更门墙，为棉阳书院，崇祀濂洛关闽五先生，洗秽浊而清明。余亦于朔望暇日与阖邑人士讲学会文其际，立文会章程，租谷百余石，为春秋丁祭、师生膏火之资。正学盛，异端息，人心风俗蒸然一变。镇帅尚公、大中丞扬公闻之，再三嘉叹，且曰：此教不除，害不在小，通详正法厥功为大。今除民之害，不忍沽一己之名使缧绁遍及于邻封，深夜中羞自经沟渎则保全人名节多矣，善夫！

仙姑之除，大梦初醒。一时歌颂之声，遍彻重洋。而邑令轸念民风，忧闷累日，不忍玷他人名节以广一己声誉。令君不言功，谁为令君代言者？君子哉！

四　幽魂对质

　　延长埔上塘子等乡，共筑陂障水轮流以灌溉其田。八、九月之间旱，江、罗两家，恃强众，紊规约，不顾朔日为杨家水期，恣意桔槔奄所有而居之。杨仙友不服，操刀向阻。弟兄杨文焕、杨世香随之。罗明珠奔回告其乡老。江立清号召乡众江子千、江宗桂、罗达士、罗俊之、江阿明、江阿祖、江阿满、江阿尾、江献瑞等四、五十人，荷戈制梃，环而攻之。杨学文见父叔在围困之中，亦招呼三十余人与之格斗，众寡不敌，仙友歼焉。文焕等纷纷逃窜，世香受重伤不能自脱，被擒入寨内，夸示豪雄，实以医药调剂恐其死也。是时署潮令者，为大蒲尹白公，验伤通报，未讯而没。

　　冬十月十有八日，余摄篆视事，庭鞫再三，莫肯居凶手者。嗣证江拱山、谢文卿以格斗人多，刃梃交下，实不知为谁。询之未死之杨世香，亦仅知伤己者为罗俊之、江阿尾、江献瑞，而致毙杨仙友之元凶，亦不能知其为谁也。将江、罗两姓人犯隔别细询，抚之以宽，饴之以情，示之以威，加之以恩，至钩距毕施刑法用尽，一以"不知"二字抵搪，无一人一言之稍有罅漏者。余于是亦无可如何也。

　　居数日，阴晦凄风惨淡，漏下人寂。余张灯坐琴堂，呼两造齐集，谓之曰："杀人偿命，古今不易。汝等清夜自思，设汝被人杀死而人不偿汝命，汝为冤魂能安心乎？汝等所希冀微幸不肯招承者，以无人指质耳！我已牒城隍尊神，约于今夜二更提出杨仙友鬼魂与汝质对，汝等虽有百喙亦难以掩饰矣！"命隶役分摄诸人随诣城隍庙，鸣钟鼓焚香再拜起，坐堂上。先呼杨仙友鬼魂上堂听审。凭空略问数语，谓阶下诸人曰："杨仙友在此，欲与汝等对质。汝等举头观之，此以手捧心血染红衣者是已。"众人或昂首而观，或以目窃睨，惟罗明珠、江子千、江立清三人低头不视，若为弗闻也者。余即呼罗明珠至，正言曰："仙友在此，欲汝还其一命，汝尚何推诿哉？"明珠骇极，良久不能答。余曰："汝平日利口狡赖，今仙友冤魂在兹，汝则不敢置喙，其为汝杀死无疑，若不实言，当刑讯。"明珠服曰："吾梃击其颅，伤在偏左，仙友之死由锋刃，乃江子千，与吾无涉也。"继呼江子千至，问之，子千不承。余曰："汝自与杨仙友辩论。"子千熟视不语。

余曰："汝不见冤魂乎？魂言：'罗明珠执木棍伤其额颅之左，汝执长刀刺其胸膛僵于地，汝拔刃，血随之涌出。'当日情形如此，汝尚何容辩哉！"子千曰："是也。"余曰："仙友之死由汝二人，魂所言无枉乎？"曰："无枉矣。"余曰："当日号召多人指麾令杀者为谁？"曰："江立清也。"遣役将子千、明珠入庙中暗处。呼江拱山谓之曰："杨仙友怪汝，汝明知杀彼之仇不以实告，欲沉其冤。今与汝为难，汝受贿几何？即以汝偿其命矣！"拱山叩头曰："杀人者江子千、罗明珠，立命者江立清。奈何以无干之人偿其命乎？"继呼江宗桂、罗达士、江阿明、江阿祖、江阿满细加询问，皆如拱山等所言。江立清恃其老也，刑法不能加，鬼神不能吓，坚讳不知，诘问良久，终不承认。余见其病甚，度不久奄人世，乃谓曰："众证明确，即同狱成。仙友言，'祸由立清，终不肯使活，将夺其魄于道。'即将江子千、江立清诸人按律定拟解赴大吏。"甫三日而立清卒。潮人遂以为真有鬼神也。

疑狱难决之处，不得不用权术。试思此案若非冤魂对质，何能使凶手伏辜？即将数十人尽加刑夹。愈夹愈不得情，如何定案。妙在晦夕凄风，乃冤鬼出来之时，城隍摄鬼又是众人所信。许多排场，森森凛凛，令人毛发悚竖，而神机妙用全在举头一观。盖罪人心虚，自然与众不同也，此之既得，便可迎刃而解。曲折详慎，无枉无纵，令君直是包阎罗。

五　葫芦地

潮俗多无赖，以攘夺穿窬为经常，使之闲居寂处则不能终日。余初莅普时，民之攘窃者百余人，缉治惩劝逾月肃清。

冬十月，摄篆棉阳，棉之攘夺于途者以百计，穿窬者以千计。行人当中午持梃结群而趋；日未晡则路绝人行。余碾焉，忧之。擒其积恶盈贯者毙之，穷凶极狠者刑之，虽甚剧而可化者惩而释之使立功自赎，窃果蔬小菜虽微必杖，或抗法逃藏，不获不已。贼知余之为彼难也。甫及月余，亦群然敛迹，道路肃清，民以无贼为贺。余曰："噫！未也，暂戢耳。"又旬日，而惠来、海丰之人皆怪余驱贼入其疆。棉之文武寅僚亦以为贺。余曰："噫！未也。惠、丰自有土著，安能纳尽垢污。恐其无所之者尚众也，其潜纵也为畏死，其寂处也不能安，将无有入海之意乎？"或曰："子知海务者，二、三月出巡，八、九月旋师，今岂盗贼下海时哉！"余曰："岭南气候不定，今虽冬而日暖风和何可忽也。"因密约海门、达濠及潮阳三营将弁，并行访缉。越八日，果有侦者来报云："匪类潜谋，纠众集械将出海，其窝顿在百二十里之外、两邑交界铁山之麓，土名葫芦地。有炮火巨械埋在方老七园中，长枪大刀藤牌俱藏寮间茸草深处，约以腊月十二夜二鼓会集起行，直趋海岸夺舟而出。"时十一夜二鼓矣。

海门营遣千总陈廷耀与余密商议，以舟师夜抵石港登岸，埋伏石埠潭山间，待其来掩击之。而疑其未善。余曰："噫！然哉。师行百里不无人知，风声偶漏，将属徒劳。即使幸而相遇，不与官兵敌杀则必弃械而奔，暮夜之间，难为追缉。不若乘其未发，先入虎穴。以官拘犯，如缚鸡豚，止用两三人力耳。"陈曰："贼徒已多，岂两三人所能办？"余曰："此间三人足矣。至彼则我众自多。"陈君会意，曰："善。"

遂辞而去，留百总翁乔听余调遣。余张灯草檄，使普役陈拱、潮役林标偕百总翁乔乘夜驰赴普邑；檄署典史张天佑统率壮丁五十名，马快皂役五十名，以初更直抵葫芦地围搜捕擒。果在老七茅寮中擒获谢阿皆、黄阿五、高阿万、沈阿石、方阿球等五人，即于寮间搜出钢叉、挑刀、钩镰枪、竹篙枪、緼牌二十八面杆；又于园中起出大炮四位、神威炮一位；又于老七宅内搜出子母炮、铁枪、牌刀、斩马刀、镰刀、铁钩五十六把，火药二桶、铅子一筐、火绳火绒红布杂物不计其数。复擒获林阿元及老七者。

方阿条也素不轨、好结纳匪类，世居普邑葫芦地乡，与揭阳民黄阿振，潮阳民杨阿邦、陈阿禄皆趾徒相善，往来密洽。以余治盗严肃，无逞志之区，乃于十月朔日在棉湖寨沙坝中偶语米贵乏食，阿条遂起意，商谋下海劫掠商船。自以家居山僻园寮茅舍，可为往来驻足总汇，购置军械米粮以为行资。阿振、阿邦、阿禄各逞己能，分途招伙，拟以是夜在大坝墟会齐，由钱澳夺舟出海。自谓神出鬼没无人觉知，可以乘风扬航横行岛屿，劫商舶，屠贾客，银钱货物堆积如山，致富成家在此一举。而岂知天道不容，有乘其未发而张网罗以掩捕之者也。据供党羽多人，就其确然有据者，复擒获王建千、欧阿梨、梁阿义及代制炮械之铁匠刘阿捷等。续获邢阿凤、朱阿永、郑阿禽、林阿齐、梁阿千及与阿条为首之黄阿振、杨阿邦共一十八人，按律惩治。惟陈阿禄以自首从宽。其余情罪未著者概免株连，许以改过自新，不追既往。自是山陬石上海澨游魂，无不闻风丧胆，潜踪远遁，莫敢有复萌攘窃多事之想者，潮、普两邑肃然矣！

此令君小试之端也。然仓卒张灯，严密从容，算无遗策，此岂他人所能办！即闻令君赴会城，有呼为王文成者；有呼为王景略者；有呼为诸葛公者。令君未尝自鸣得意。诸凡奇案，恐拖累穷民，多未经详达，惟此事文武申报，亦轻轻完结。仁人君子之用心不可及也。

六　没字词

　　余方理堂事，见仪门之外，有少妇扶老妪长跪其间，手展一楮戴头上。遣隶役呼而进之，曰："若告状宜造堂前，何跪之远也？"命吏人接受之。吏复曰："素楮耳！"余曰："妇人不知状式，素楮亦不妨。"吏曰："没字也，惟空楮而已。"余曰："亦收之。"展视果然。召而问之曰："若有冤欲白，当据事直书，何取空楮来也？"妇人曰："不识字，又短于财。代书者为李阿梅所阻，莫我肯代。"余即将其楮命吏书之。吏曰："不知也。"余曰："书供词。"则老妪郑氏，年八十六矣，少妇姓刘，郑之寡媳也。郑言："亡儿李阿梓去年十二月初五日为李阿梅逼杀，将鸣之官，阿梅恳族中生监李晨、李尚，家长李童叔等劝我无讼，为我敛埋，贻我住屋，养我老幼。今阿梅不存良心，逼我徙宅，收我瓦桷，绝我粮食，餐风宿露，不知命在何时，我是以来告也。"余曰："人命至重，汝不应私和。且自去冬以及今秋已经九阅月矣，告何为者？"刘氏曰："阿梅欺凌孤寡，实以子亡隔岁，无控告人命之理，故敢于负约耳。我等亦知夫死已久，当日原系威迫服毒不控抵偿，岂今者敢有他望。彼毁屋绝粮，情实难堪。而诉之族长、生监，互相推诿，视若秦越。姑年风烛，儿在襁褓，天不怜救，死无地矣。"问："阿梅家在何处？"刘氏曰："在昆安寨离城不远。"余曰："汝妇姑少待。"即飞签遣役拘李阿梅对质。

　　有顷，阿梅至，讯之，阿梅狡赖曰："无也。我与阿梓有服之亲。

去岁阿梓不幸死去,我怜其母老子幼常周恤之。今灾余米珠,青黄不接,我自救尚且不赡,岂能复顾他人。"郑氏、刘氏再三争辩,阿梅固不承,自言妇人无厌,义举原非可以常继之事,我妻儿现在苦饥何况于汝。问以逼死李阿梓及李晨、李尚私和赇屋养老诸事。阿梅曰:"此风影俱无者,不过欲求助升斗,误听讼师造此耸诳。李晨、李尚、李童叔可以唤质。"余亦心疑其果无有也。但以郑氏妇姑不类狙诈之人;而阿梅目动言肆,似非诚实。试之曰:"阿梅胆大,敢于我前弄巧!我听人两语,即以洞见心肝,岂汝利口所能欺诳?汝以我初莅任可以相欺瞒哉!我三尺法在,有罪首实,虽重谴亦可姑宽;汝不以实情告我,我唤李晨、李尚、李童叔与汝质对,水落石出,先责汝欺诳四十板,然后按情治罪。汝试思之。"阿梅服曰:"是也。阿梓乃我从兄之子,因去年十二月向我索找田价,我不依,彼一时短见服毒图赖。族中李晨、李尚诸人劝我代为殡殓,我曾给郑氏银二十两,又将旧日十五两借券亦取还之,并无许其养老之事。"郑氏曰:"原约两间房屋永为栖身,今拆去瓦桷,置我妇姑于何地?且公议赡养一年,今尚少四月,李阿梅遂昧良心乎?"阿梅曰:"屋瓦系风灾吹毁,我暂收存,今仍去盖还郑氏妇姑居住,月给与食米一石至腊月,以后则不干我事矣。"郑氏、刘氏皆曰:"可。"余曰:"李阿梅应加刑责以儆无良,惩欺诳。姑念片言一折,辄自服罪,据实输情,如约补过,此亦非甚顽梗不化之民也。从宽。令其修屋给米,免行笞杖,以全亲亲之谊。俱各和好如初。"郑氏、刘氏皆大悦,李阿梅亦欢欣叩首转身吐舌而去。

没字之纸,亦可告状。些微之冤,亦为伸理。随准随拘,随到随讯,结总不过顷刻间耳!如此爽快,境内那有冤民。

七　龙湫埔奇货

　　龙湫埔溪畔泥窟之中有死尸焉，莫知其所自来。适有好事者道其乡，侦为窃贼王元吉。因谋贼弟王煌立，以为奇货可居，藉吓白墓洋杨姓，久之无所获，以活杀赚和来告。披阅之下，觉多可疑。煌立情词激切，当堂具结请，验时十一月十二日漏下二鼓也。余堂事毕，呼煌立至内署，察其言貌似朴拙，为人所愚。问谁主使，不以实舌。度乡民为命案人邑，必有约保左右其间，因留煌立他室，密遣人至其寓处，出袖中飞签立唤同来之贵山都约保，果有保正许元贵在焉。元贵大惊，以为事已败露，诱卸讼师李阿柳，即签拘李阿柳。据差役郑留、陈拱禀称："李阿柳系普邑革退工房书吏，须黎明往普提讯。"余曰："不然，仍在王煌立寓中，急掩捕之。"有顷阿柳至，自称，今日死矣，乞免刑当吐实。余曰："善。"则柳欲言不言，似有瞻顾状。

　　余恐书役中有与同谋者，授楮笔使书之，阿柳知不可欺，即据实直书商谋吓诈情事，而讼师萧邦棉、普棍张阿束及案前经承刑书郑阿二皆与焉。即令郑阿二跪下对质，飞签拘出萧邦棉、张阿束，皆顷刻而至，鞫讯情由。将李阿柳在普多事避罪入潮与萧邦棉投契，邦棉往龙湫乡收租，携与俱。有案贼曹阿左至寓斋言：窟中尸乃王元吉，数日前曾与杨如杰角口。白墓洋杨姓颇富饶，藉此诈财甚不费力。邦棉遂使阿左招来尸弟王煌立，煌立难之，以家贫乏费为讼。邦棉即给煌立钱二百，阿柳代书投词，将杨鸣高、杨如杰等十多人罗织词内。又使阿左往邀许元贵,元贵赍词至白墓洋称煌立欲赴县控告,目今以李阿柳所留事可和息,须费银八十两。而是时刑书郑阿二亦以收租至白墓洋从中议价,又向杨家吓索。诸杨不依,煌立、元贵因伪为人邑,元贵与邦棉、阿柳又伪为留回。越两日会余旋普,因又伪赴普邑,宿林惠山、张阿束之家。阿束又为讲和,与郑阿二、李阿柳等极力吓索,自八十两降而四十、二十以及十两。而杨如杰之母吴氏终以并无殴打王元吉事情,且系贫寡无可指应,遂出而以藉尸勒诈具控,而王煌立亦有活杀赚和之鸣。则此案之兴,实由此一班讼师究棍奸保蠹书傍风生事所为。乃漏下尚未四鼓,而网罗尽皆弋获,所谓恢恢不漏者乎!

　　但王元吉作何身死之处尚未明晰。次日诣验,重伤遍体,且腰间竹篾二条,确系他处移来者。当场讯问,皆莫能知。心疑此偷儿被杀行径,曹阿左家贼必知之,而阿左不到,因呼许元贵谓曰:"人命至重。今尸在旷野未知凶手为谁。但案内有名临审不到者,即是矣。曹阿左不到,必系真凶。汝星夜拘出赴讯,如贿纵不出则汝代其抵偿。"薄暮旋舆,过石埠潭乡,乡老幼数十人罗拜于道。问:"何为者?"皆曰:"我等笃实农民非有他事,因乡居孱弱,十数年为贼所苦,幸公莅止始安生业。今田稻得收,园蔬无恙,故喜而来迎公,欲见公一面耳。"束薪为炬以送行。余一一慰劳之,且曰:"汝等皆安居乐业,守法奉公,尊君亲上,则我受赐多矣。明月在天,虫沙毕照,此炬可以不劳。"耆老子弟皆夹道而遣辞之不去,中有一老者将倾跌,余遣人扶掖,请回。老者昂首言曰:"吾年六十九未尝见此好官,今宵虽跌死亦快活也。"余因令舆夫徐行,从容问所疾苦,则摇首曰:"今无矣!"问乡间尚有穿窬否?则曰:"吾乡无有,前途十数乡亦无有,惟龙湫埔未尽绝,我不敢言。"余曰:"吁,无害。"老人乃附耳言:"彼处恶贼五人,窃劫无忌,今已死其一,即所验之尸是已。余四人:曹阿左、钟阿表、黄阿瑞、罗阿钱;皆飞天手段难捕之贼也。"余心识之。

越两日，许元贵果获曹阿左以来。将夹讯。阿左奋然吐实，侃侃而谈，供称与王元吉、钟阿表、罗阿钱、黄阿瑞共以窃夺为生。十月二十二夜欲作穿窬，因无所获，适杨如杰之弟杨阿印独宿园中看守地瓜。元吉潜入其中偷所盖绢被，为阿印所觉，呼其名骂之，元吉欺印年幼，抢夺而去。售与黄奕隆得钱八十文。阿印归诉其兄，适如杰病起尪羸亦未如之何也。元吉又于二十四夜偕阿左等四人，同至郑厝寮行三复为事。主觉，喊乡人齐出捉贼，棍棒交加，拒捕逃脱。阿左、阿表等四人皆壮盛先奔，独元吉饿悴行迟，受伤特重，以黄麻布裤缠裹头颅，鲜血迸透。二十五日遇阿印、如杰于白墓洋途中，阿印恃有兄同行，向元吉索被，互相争角，当为乡众劝息，途之人所共知也。乃元吉夜宿于黄奕隆瓦窑内，数日殒身。奕隆有干连偕其弟奕茂及黄阿瑞等将尸移置旷野泥窟中，而元吉叔父亦知而不问，盖以其身为匪类不足惜怜，恐控出真情反为门户之辱也。因拘到钟阿表、罗阿钱、黄阿瑞，俱供元吉伙盗及郑厝寮拒捕受伤是实，黄奕隆缴出所买赃被亦与阿左、阿表等供招相符，而黄阿瑞即系黄近启。盖石埠潭老人所屈指而数群盗尽入网罗，亦无一疏漏云。拟欲通详律究，因念荒歉之后，解累艰难，将萧邦棉、李阿柳、郑阿二，张阿立、许元贵及案贼曹阿左、钟阿表、黄近启、罗阿钱，买赃移尸之黄奕隆，听唆诬告之王煌立分别杖责枷刺，各蔽厥辜。自是潮邑讼师、土棍、衙蠹、猾保、奸宄、盗贼皆人人震恐，地方大治。

　　公庭雪霁，鬼魅现形，狐枭破胆，无讼之化，可坐而致也。明月在天，老人昂首，想见一时。家人父子，脉脉相关，使人神往于其际。

八　死丐得妻子

有郑侯秩之妻陈氏，以迫死夫命来告，云："其夫充南薰坊保正，因萧邦武匿契抗税，恨夫较论，于十一月十三日统率凶徒萧阿兴、李献章、蔡士显、庄开明等拥家抢杀，将夫丛殴垂毙，无地逃生投河而死。现今尸在峡山都大辰沟边。"余心疑之，然不得不为验讯也。其子郑阿伯果驾船载尸以来。立往相验，虽遍体并无他伤而指甲泥沙实为投河确据。然窃疑萧邦武等五家皆贸易朴民，无无故丛殴一人之理，且侯秩身充保正而邦武等五家连连被窃，在前令魏君任内，各控就保究盗则有之。余下车即为比缉，刻日追赃，亦无至今始共殴迫下水之理，兼残尸口颊无存，无从辨别真伪，而自十三日被殴下水何无一人知觉，至今始来控告！即使十三日溺死，距今廿一日相验未满旬日，何以尸首腐烂意似半月有余？亦不应若是之速。穷诘其伪，阿伯不服，称尸在水浸速朽为宜。再问邦武等五人皆不能自为置辩。而陈氏、阿伯利口喋喋，披麻执杖，子哭其父，妻哭其夫，一时哀痛惨苦之情形，几令旁观铁石亦为坠泪。然余心必终不以为然也。勒令阿伯母子自行备棺收殓，众皆骇愕。

余呼邦武等五人谓之曰："侯秩未死，汝等不能弋获乎？"皆曰："不知也。"余曰："汝同乡共井何事不可访知？乃访知，乃如此惮烦置身局外殊可怪也。他人事可诿为不知，今身为凶犯，祸及切肤，应有狱详候抵偿，汝五人皆自该偿命乎？"五人胥涕泣求救。余曰：

"无益也。侯秩平昔纵盗殃民,今见我来畏法逃遁耳。度汝等潮民逋逃之薮,不外惠来、海丰甲子所、东海潜碣石而已。汝五人分途捕缉无不获者。"越三日,萧邦武果在惠来县地方活捉郑侯秩以来。百姓环庭聚观者数千人皆拊掌大笑。陈氏、阿伯含羞伏地叩头请死。因究出造谋指使之讼师陈阿辰并拘坐罪,潮人快之。至其尸所由来,则系久溺饿丐,招寻无主。然既有伪子假妻为之披麻执杖,殡殓成礼,则此丐亦可含笑九泉云。

  妙在民忙官闲。一场热闹,忽然冰冷。哭者自哭,笑者自笑,羞者自羞。白日青天何处可以遁影耶?

九　贼轻再醮人

　　余既兼潮篆，车尘仆仆两邑间。一日，过鄞门见数牧童在河畔偶语，中一牧童曰："横逆哉！剥妇人至赤身可杀也。"又一童曰："新婚遇此，惨甚矣！以舆夫敝裤为新妇乔装，当日如何下车？如何入室？恐是夜合卺，乃夫不能无疑也。"又一童曰："疑亦将如之何？乃夫尚畏惧不敢控告，奚怪彼枭枭者哉！"余闻大骇，停车询之。诸童皆笑而走。命牵一童臂以来，乃言："洋乌黄陇与惠邑交界之区恶贼十数辈，横行无惮！此月二十日要行嫁者，于途拉新人出自舆中，摩顶放踵皆剥夺以去，乞留一下衣蔽体亦不从。且环而睇审其不可名言之处。及贼去，舆夫怜之，解敝裤与之蔽身。"余曰："噫，而言过矣。行嫁则迎亲多人岂能袖手旁观？多人则衣衫可让，何至用舆夫敝裤？且为之夫者又肯默不告官，无是理也。"牧童曰："贫家无多人亲迎，告官不能致之死，非徒无益且反祸焉。彼穷凶极恶之流贼，杀人放火，靡不敢为，谁复以身试虎口耶？"问娶妻者姓名？曰："不知。"问诸贼各何姓名？曰："又不知也。"余心识之。归而遣人密访未能得其详。

　　先是十八日余方抵潮署事，十九日黎明有以白昼抢劫来告者。陈日辉、陈日光、林嘉升云："于是月望日在双山遇贼十余，刀梃交下，三人皆仆地裂肤划足，铜钱衣被劫夺一空，熟识三贼郑阿载、郑阿惜、刘阿讼皆滔天极恶，无人不知，无人敢告，无人能捕之贼也。时以公未莅任,禀明县尉验伤,今未平复。"余笑曰:"既无人能捕,何告为?"日辉等泣曰:"某言其平日耳。幸公莅止,可仍听道路荆棘、贸易不得安生乎?"

余飞差星夜往缉,遂于二十二日弋获刘阿讼以来。召日辉等三人与之对质。阿讼昂然曰:"是也。夺其钱六千,衣衫裘被之类凡有七,尚存蔡阿继家中未分散。"问:"同党几人?"曰:"郑阿载、郑阿惜、蔡阿继、张阿禄、庄阿泛、廖开扬、马克道与我共八人耳。"问:"汝等诸人居住何所?"曰:"我辈皆不敢回家,在山中闪烁往来,草栖岩宿。惟蔡阿继、廖开扬二人在家窝接物件。"问:"平日行劫几处?"曰:"多矣,难记忆也。"问:"下海劫船与否?"曰:"此则无之。"因设法拘缉,复于二十六日擒获郑阿载、郑阿惜、张阿禄、庄阿泛、蔡阿继、廖开扬以来,皆不待刑讯,与刘阿讼所言若合符节。

余见郑阿载、阿惜尤奇凶,心恶之,问:"平素劫夺几何?"亦云:久而忘记,止近此数日内,言之历历,则双山行嫁一妇人预焉。问:"所劫妇人何赃?"阿载言:"贫人无他长物,止银簪耳环戒指衣裙寥寥数件而已。"问:"同劫几人?是谁下手?"曰:"同劫仍此八人,下手加功,则我与阿惜、阿讼、马克道四人耳。"问:"行嫁则迎亲多人,汝等敢突出横劫,非百十人不可,言八人、四人者妄也。"命夹之,则大呼曰:再醮之妇耳,焉有许多人迎之,我等实止八人,今日诸事皆直言不讳,独何为以此相欺?今即言百人千人亦不过一死而已,宁能于死之外别加我罪乎?"余拍案数之曰:"汝等不为善良,甘心作贼。升平世界,白日行劫,得财伤人,罪当死一也。男女授受不亲,奈何横加剥辱,且不顾新婚使人夫妇一生抱痛,罪当死二也。汝剥夺新妇一丝不留,且分持其体而聚观,如此辱人乃天地鬼神所共痛愤之事,罪不容以不死三也。"阿载、阿惜皆曰:"我等作贼,为贫所驱。劫害多人,死亦无怨。至于剥辱乃再醮之妇,何新婚之足云?彼自家不存羞耻,则其体亦尽人可观，未必衣服去留之遂为关系也。彼其丈夫尚不敢出来控告，则此事亦可不必深究矣。"余笑曰："噫，妇人之不可再醮也如是夫！绝盗贼犹将轻之，况读书明理言节义者乎？此事亦姑置勿论。但积凶行劫已多，法不可活，就剥杀陈日辉等一案治罪有余。惟是通详每多漏网而无辜牵累，饿殍途中，殊堪悯恻。待枷号满日再议可也。"即令廖开扬起出铜钱衣衫裘被等物付陈日辉、陈日光、林嘉升当堂领回。马克道俟获日按法惩治。余皆痛杖大枷发四城门示众。阿讼、阿载、阿惜为邑人所痛恨尤深，环观者千百，皆嚼齿指骂或击以沙泥，燔以草火，而彼妇之丈夫亦从人群中潜锥其股，灼巨艾灸之。阿惜咬舌而死，阿载等不数日皆后先毕命。潮人相举于加额称大快。阿禄、阿继其后亦皆病毙。惟庄阿泛以头触庭阶自称能改过，从宽杖责与之小枷。阿泛竟带枷逃脱，又及两月，又以谋财劫杀郭君芳命案获到，按问如律。

  妇人再醮至为盗贼所轻甚矣！失节之不可也。当时新婚燕尔，既遭贼虐，乃夫又不敢告，若非他案发觉，几于有冤无伸矣！群贼横行，莫当一日，数犯不讳，善良受害，何可胜言。此半由潮属三年荒歉，亦半由吏治姑息成风，是以驯致此极耳！令君署事数日，尽力廓清盗贼至相戒曰："此人一日在此，我辈做鬼亦无处偷。若再半年不去，我辈做鬼也无处逃。"果然，数月之后，匪类绝迹。地方欢乐，感召天和，年谷丰登。向之斗米三百钱者，未及一年则石米亦止三百钱。虽欲执乡民而驱之为盗贼不可得也。于此见邑令关系民生洵非浅鲜。

十　兄弟讼田

故民陈智有二子，长阿明，次阿定，少同学，长同耕，两人相友爱也。娶后分产异居，父剩有余田七亩，兄弟互争，亲族不能解，至相构讼。阿明曰："父与我也。"呈遗书阅之。内有"老人百年后，此田付与长孙"之语。阿定亦曰："父与我也。有临终批嘱为凭。"余曰："皆是也，曲在汝父，当取其棺斫之。"阿明、阿定皆无言。余曰："田土细故也，兄弟争讼大恶也，我不能断，汝两人各伸一足合而夹之，能忍耐不言痛者，则田归之矣。但不知汝等左足痛乎，右足痛乎？左右惟汝自择，我不相强。汝两人各伸一不痛之足来。"阿明、阿定答曰："皆痛也。"余曰："噫，奇哉！汝两足无一不痛乎？汝之身犹汝父也，汝身之视左足，犹汝父之视明也；汝身之视右足，犹汝父之视定也。汝两足尚不忍舍其一，汝父两子肯舍其一乎？此事须他日再审。"命隶役以铁索一条、两系之，封其锁口不许私开。使阿明、阿定同席而坐，联袂而食，并头而卧，行则同起，居则同止，便溺粪秽同蹲同立，顷刻不能相离。更使人侦其举动词色日来报。

初，悻悻不相语言，背面侧坐；至一、二日，则渐渐相向；又三、四日，则相对太息，俄而相与言矣；未几又相与共饭而食矣。余知其有悔心也。问二人有子否？则阿明、阿定皆有二子，或十四、五，或十七、八，齿亦相上下。命拘其四子偕来，呼阿明、阿定谓之曰："汝父不合生汝兄弟二人，以今日至此，向使汝止孑然一身，田宅皆为己有，何等快乐。今汝等又不幸皆有二子，他日相争相夺，欲割欲杀无有已时，深为汝等忧之。今代汝思患预防，汝两人各留一子足矣。明居长，留长子去少者可也；定居次，留次子去长者可也。命差役将阿明少子、阿定长子押交养济院赏与丐首为寄男，取具收管存案，彼丐家无田可争，他日得免于祸患。"阿明、阿定皆叩头号哭曰："今不敢矣。"余曰："不敢何也？"阿明曰："我知罪矣，愿让田与弟，至死不复争。"阿定曰："我不受也，愿让田与兄，终身无怨悔。"余曰："汝二人皆非实心，我不敢信。"二人叩首曰："实矣。如有悔心，神明殛之。"余曰："汝二人即有此心，二人之妻亦未必肯，且归与妇计之，三日再来定议。"

翌日，阿明妻郭氏、阿定妻林氏，邀其族长陈德俊、陈朝义当堂来息，娣姒相扶携，伏地涕泣，请自今以后永相和好，皆不爱田。阿明、何定皆泣曰："我兄弟蠢愚，不知义理，致费仁心。今如梦初醒，惭愧欲绝，悔之晚矣。我兄弟皆不愿得此田，请舍入佛寺斋僧可乎？"余曰："嘻，此不孝之甚者也。言及舍寺斋僧便当大板扑死矣！汝父汗血辛勤，创兹产业，汝兄弟雀蚌相持，使秃子收渔人之利，汝父九泉之下能瞑目乎？为兄则让弟，为弟则让兄，交让不得则还汝父。今以此田为汝父祭产，汝兄弟轮年收租备祭，子孙世世永无争端，此一举而数善备者也。"于是族长陈德俊、陈朝义皆叩首称善教。阿明、阿定、郭氏、林氏悉欢欣。当堂七、八拜致谢而去。兄弟妯娌相亲相爱百倍。曩时，民间遂有言礼让者矣。

此案若寻常断法，兄弟各责三十板将田均分，便可片言了事。令君偏委婉化导，使之自动天良至于涕泣相让。此时兄弟妯娌友恭亲爱，岂三代以下风俗哉！必如此，吏治乃称循良。

十一　闽广洋盗

洋盗故惠、潮土产也。其为之若儿戏然，三五成群，片言投合，夺取小舟，驾出易大，习为固然也久矣。余以丁未秋莅普，特严弭盗，甫两月，境绝穿窬，山溪清廓。时尚未越俎代潮也。

冬十月，有南湾镇差员高聪、纪寿、林耀等赍投公檄，移提行劫樟林港大盗林阿相、李阿来，余以绥靖地方无分彼此，亦不暇辨阿相等之是否真贼，即依来文唤出移解。既而思之，海洋行劫贼徒必多散党还家，岂仅寥寥一、二辈？若不多方搜缉，使其根株净尽，潜藏乡村，为害匪浅，不可谓普邑无海疆责任，遂漠然置之也。因遣役密访有李阿才、李阿皆、李阿缯三人踪迹可疑，随差陈拱、陈勇摄讯。则李阿缯乃从前窃豕经余拘责者，忆其月日似不宜有出海之事，屏左右密讯之，阿缯果未同行。且言林阿相、李阿来皆昔年旧案扳累，非此次在洋行劫之人，惟李阿才、李阿皆出海为匪是实。余释阿缯去，细鞫阿才、阿皆，皆不自讳。直供系黄吕璜、耳聋京、林老货招邀出海，九月十一晚在老货家对面南径山会齐。山多林木，众喜其密茂，遂止宿焉。

老货遣弟林阿凤以饭至山饷众。次夜抵桑田之凤胫山藏石洞内一日。又次夜，夺取边空舱海船二只共驾出海。十四日在花屿洋面劫夺郑财源、郑广利缯子船二只，将原海船弃去。十五日在福建将军湾海面夺座一红头船载咸鱼者。十七日在井尾洋面夺得吴德隆盐船，众人利其宽大，将盐尽弃下水，群趋坐之，其红头船缯子船三只皆释回，惟留缯船中水手杜阿利在盐船相助驾驶。九月二十四日在潮属广湾洋面劫夺林有利等杉木船，亦卸其杉木下水，林老货等二十二人分而坐之。阿才、阿皆与黄吕瓖等二十一人仍坐盐船。是夜风涛大作，两船不能相顾，遂各飘散。黄吕瓖船上风篷破损，米粮又竭，饥寒迫身，不能久处海面，于十月初四日在惠来县所属之香员湾沉械人水，弃舟登岸，散党潜归。黄吕瓖倾跌坑沟僵冻而死，余皆空手乞丐还家，林老货等一船尚不知其踪迹去向也。

问："同党几人？"曰："四十三人。"问："谁为首？"曰："赤须大哥、耳聋京、林老货、黄吕瓖皆为首者。吕瓖系同县人，乡居不远，是以知其名姓。余皆混名绰号相呼，必见面乃能识之。"余意：同党许多，岂有概不识名之理！必系代为隐讳，命刑之。李阿才叩首曰："实不知也，平日所相呼者有陈二泼、壮猴顺、偷食油鼠、上海客、文莱署、芬筒公、单鞭、皂隶、侯大汉、阿肥、二十三仔、老二猴、萧大肚、权师皆不知其姓名。即赤须大哥、耳聋京亦不知何姓，林老货亦不知何名。惟忆老货家在潮阳县之陇头乡有弟林阿凤，虽无下海，然往来要约，招伙集械皆阿凤奔走效劳。若拘获一林阿凤，则诸人名姓可识矣。"正在设谋访缉间，复据马快陈勇禀称："揭阳县属之棉湖寨有黄阿凤一名，系出海行劫之贼。"余意：此必林阿凤诡姓也。飞差陈拱、陈勇、余进赍檄往谕湖口司巡检方大忠，立擒黄阿凤以来。质之李阿才，曰："陈二泼也。"问获者实何姓名，据称。实名黄阿凤，诡号陈二泼，家居棉湖，系黄吕瓖招邀入伙与阿才等同坐一船在香员湾登岸散党者。时南湾镇差员高聪、陈申、纪寿、林耀等闻县令获贼皆来问姓名，乞将三贼赏与差员报功可得把总之职。

余曰："噫，此亦甚善。但贼徒尚多，欲一一缉获必须有人质对，然后无枉无纵，不累善良。且迟数日，待我获有多贼则赏汝矣。"

高聪等不能待，将李阿才三人姓名星夜飞报镇帅。镇帅以为莫大奇功，星夜飞报闽广两省总督、提督，内有差员获贼李阿才、李阿皆、黄阿凤三名，被普宁县借去之语。余笑曰："借衣可穿，借银可用，借贼何为乎？"余初不知武弁获贼如许勋劳，以为犹文员分内寻常之事，是以未与之耳。彼遂强冒为己功一至此耶！幕友不能平，劝申文与之辩，谓花屿广湾地方皆镇帅辕辖之下，何独吝一枪一刀让大功而不建，反以渔舟商艘尽借与贼。今欲向县狱之中分捕快缚来之匪党，以为封疆大臣铭钟勒鼎之殊勋，不亦羞弁兵而贻盗贼之笑乎？余曰："此非文武和衷之谊，不如让之。我今焦心劳思无非绥靖地方起见，若以此为名为功，则三尺童儿齿冷矣。"

其李阿才所供知贼之林阿凤时，即乘夜飞差往缉，一面移知潮阳县差役协擒。次日回报，陇头乡并无其人，余未以为信也。密令李阿才乘妇人舆，壮役陈拱随其后，潜听阿才指挥异入陇头乡直至林老货门前。陈拱见其家有妇人遽问曰："汝老货在否？"妇人曰："乞丐死矣！"陈拱复问："小叔阿凤在否？"妇人曰："久不来也。"于是陈拱唤乡长保正协拘。而妇人忽改口，言不识老货、阿凤为何人。拥之入县，庭讯之，妇人坚称不识老货，亦无林阿凤。问乡长，乡长亦言村中并无此二人名姓。余思：陈拱造门一问，妇人不意一答，真情已经毕露，岂有乡中全无此人之理？命曳下乡长夹讯之。乡长大呼曰："有也。"但以目视二保正而不言。余思：二人必有弊，命出门外候呼。唤乡长，乃言："村中向有林阿任，混号老货。自九月他出在外作贼未归，近有传其已死者，不知真伪。此妇实老货之妻，日出丐食。林阿凤即老货之弟，今亦逃匿他处，保正恐难拘贻累，令我固称无有，我是以不敢言也。"因将保正苏赞卿严加刑夹，杨新重杖三十俱置狱中，谓曰："阿任、阿凤获到则释，不然囚之一世。"越数日差役陈拱等多方访缉，果获林阿凤以来。

自称：并无下海，止奔走往来招邀苏阿佑、洪美玉、李阿才、李阿皆、郑旭卿、姚阿禄、黄阿德、郑阿顺及九月十一夜馈饭饷众之事，言之历历：洪伯丰、黄吕璜购置军械枪刀、牌棍、大炮、火药、钩镰枪、竹篙枪之类，皆凿凿有据；饭后因器械不足，有南径罗朝权遣弟罗朝学携来藤牌粮米送与众人，他事我不知也。复摄到罗朝权、罗朝学供称：升平世界，不意众人有下海为匪之事。林阿凤、洪美玉平日相识，彼称欲包荫洋田来借牌刀防守盗稻，不敢不与，实因不知而误借之，非同党也。是时，余兼摄潮篆有两邑地方之责，且群贼多系潮人，桑田出海广湾劫夺皆潮阳一县之事，虽疏防非我任内，而弭盗不可不清。会海门、达濠各营将弁，皆以捕贼为急，俱遣目兵会同缉捕。余差周拔、郑川偕目兵刘智明、周瑞等拘获苏阿佑即老七一名，鞫讯之，始知耳聋京即蔡阿京，系湖邑和平寨人。普役陈拱等复拘到洪美玉一名，供在潮阳凤径出海行劫闽粤各船及香员湾散党登岸之处，俱相符合。复会同达壕营拿获郑阿顺一名，乃惠来神泉人，即混名壮猴顺者。供有姚阿禄、许阿光、侯阿舜、郑阿凤诸人。而普役陈拱等已拿获郑阿凤至矣。

据称，广湾行劫杉木船被风飘散之后，与洪伯丰、林阿任等同坐一船，于十月初十日在惠州金屿洋面，夺得安兴利缯子船二只，始将杉木船放回，而缯子船亦释去。其十五日在海丰下湖东洋面劫夺陈元魁糖船一只。二十五日在碣石地方与官兵哨遇，相遇拒捕对敌，被炮火伤死者六人：赤须大哥、芬筒公、单鞭、皂隶、二十三仔、老二猴。其赤须大哥即洪伯丰也。林阿任、蔡阿京共议舟中无棺敛，将所获布匹缠裹六尸投之海，驾船飞遁。二十八日米粮乏绝，遂在大鹏山地方将器械沉水散伙登岸。其缯船水手杜阿利，先于十月初六日在金屿山边取水乘间逃回去矣。复据达濠营把总翁耀拿获许阿光一名，伙解前来，即混名上海客，亦号偷食油鼠者也。而差役郑川、翁旭、郑礼等多方访缉弋获林老货即林阿任一名。据供因家贫米贵，九月初七日往麒麟坡墟买米，遇洪伯丰、蔡阿京、黄吕璜商谋出海行劫米船，系伯丰起意为首。同伙四十三人，除众人所供之外，尚有李阿元尾、李阿完、高阿童、高阿权、萧旭友、王阿贵、陈乌下、蔡阿发、孙阿尾、黄阿九、吴大英、杨阿勇、陈阿阳、庄阿耀、刘阿应、卢阿利、李武臣、王阿熊及吕璜所诱之权童郑阿尊等。其供出海行劫闽粤各船以及散伙分赃之处，与众人不谋而合也。而蔡阿京一贼亦被差役郑川、翁旭、林光、林洁、陈万科等购得眼线，尾其行踪，擒获以来。复檄行普邑署典史张天佑，带同本县干役按照所供住址，拘获权师即高阿权一名，李十二即李阿完一名，高阿童、侯阿朝即阿肥及郑阿尊等三名。复关移惠来县，拘获刘阿应一名。而高阿权先于十月初六日，在惠来乡间薯园被乡保缉获。惠尉严刑不承，惠令刑夹四次亦不以实告，羁狱久之，因病医调，乘隙逃归。十一月二十八日方回到舍，而初一日已就缚矣。初犹支吾抵饰，及见同党齐集，众证明确，亦自直认不辞，不待刑法之及也。

复关移海阳县获到吴陈盛一名。达濠营千总陈安瑞，在钱岗拿获袁阿二一名，复据差兵陈武、吴万在青洋山拿获姚阿禄一名，皆质讯无异，则此案大盗已拘获十八、九人矣。而王阿贵就获于羊蹄岭，郑阿清即郑旭卿就获于葵潭，黄阿九、孙阿尾、陈乌下、蔡阿发、李阿元尾就获于海丰，皆碣石镇所遣营弁目兵在各处访缉弋获者也。潮州镇差兵林捷，先在碣阳深埔山下拿获杨阿勇即文莱署一名。而卢阿利、李武臣、王阿熊、陈阿阳、庄阿耀、吴阿来、吴大英、侯阿舜即侯大汉，皆就获于南湾镇，咨解福建水师提督。

总督寻以粤省之案较重，将卢阿利等解回，发交潮阳县承审。计此案盗伙惟林阿凤未经下海，郑阿尊被欺，为龙阳虽同在舟中，不分赃物，不知行劫为何事。此外实贼四十三人，中缉获三十四人、碣石镇官兵杀死六人，惠来登岸跌死之黄吕璜一人，则四十有一人矣。未获者萧旭友、黄阿德耳。然各贼皆称旭友即萧大肚也，炮伤深重，散党之时不能行走，必死在大鹏山中。止黄阿德一人未知去向，釜底游魂终无所逃于天地之外,徐以俟之可耳。

当堂鞫讯,则船户郑财源、郑广利、杜阿利等与群盗俱皆熟识,语言笑貌不啻故人。自桑田、凤径出海之后,花屿、将军湾、井尾、广湾所劫各船,四十三人之所同也。其自十月初四以后所劫安兴利、陈元魁等船,则洪伯丰、林阿任、蔡阿京、许阿光、姚阿禄、侯阿舜、李阿完、高阿童、郑阿清、郑阿凤、王阿贵、蔡阿发、李阿元尾、陈乌卞、芬筒公、单鞭、皂隶、二十三仔、老二猴、吴阿来、萧旭友、黄阿德等二十二人之所独也。李阿才、苏阿佑等二十一人虽少劫二船、无拒敌官兵之罪,然游弋海面非止一日,劫掠闽广非止一船。得赃有多寡,按法无轻重,藁街之律均不能宽,亦不必分首从也。林阿凤永徒边陲。郑阿尊年幼无知与罗朝权、罗朝学并行责释。被弃下水之杉木、鱼盐及所抢衣服银布,俱于各盗名下变产追赔给主。其两船所用军器,既经沉没海中,亦不必深求矣。

余于此案大盗,设谋购缉,昼夜焦劳。差役奔趋于四境,而邻邑同寅不以为忌。羽檄纵横于远近,而文武将弁协心宣力不以为嫌。始以旁观之热肠为邻封驱除莨莠;继以摄篆棉疆,身在当局有承审之责任。为两省永奠安澜,其获之也劳,则审之也逸。觉向日之为人者,今皆所以为己。可见绥靖地方不必存此疆彼界之念。文武和衷公忠为国,天下焉有难处之事哉!林阿相、李阿来二人,粤镇知其非贼,发回保释。粤省督抚臬司行查诬良为盗官役职名。余曰:"噫,南湾镇营之功不可没也。因假而得真,阿相、阿来何吝焉?"乃以林阿相为普邑马快役,专司捕盗。李阿来以老归农。从兹闽粤海疆二、三千里波涛不动,商贾晏然,亦官斯土者之一快也夫!

  普邑无海疆,干系只是旁观,热肠不禁技痒。东拘西提,南檄北关,所谓绥靖地方无分彼此也。到潮后,驾轻就熟,搜捕如神,文武和衷,邻封协力,奸徒焉有漏网乎?一片公忠为国之心,于此可见。

十二　卓洲溪

有饥民乘黄昏驾船在卓洲溪攘客。适余自普之潮，以是夜二更过贵与。一夫拦舆呼号，自称：我郭元藏也。晨往军埔墟贸易，暮从石港泛舟还。中流被盗抢去铜钱八千、黄白楮四十束，布衣、履、囊、筐各一，事舟人王阿象赴水逃生。同避难者李启宣、黄朝盛也。问："贼何情形？"曰："十余人驾八桨私盐船，不新不旧，为篷四，前一篷破损，后载竹篙枪一束。"余即于道中停舆张灯草檄，调保正杨勋、李钻、苏赞卿、杨新等率丁壮八十名沿溪飞捕，获乃悬赏十金；纵者重杖满百。越次日，尚寂然无踪也。因思：多桨私盐舟，非内溪所有，乃隆津链江运载私盐之具。复调集水保方东升、姚万进、郑茂纪、姚子宁等在于链江后溪港一带遍行访缉。

越之日，果在溪乾乡港内弋复八桨私盐船一只，系维草岸内，有竹篙枪一束，其前一篷亦破损。问主者，则郑良焕、郑阿清、郑侯器也。拘良焕等问讯，皆茫然不知，谓船式偶而相同。且自称：因贫违禁私置多桨私盐船采捕，有时窃载一、二石私盐亦不能免。实无攘夺卓洲溪情事，词甚可信。余以郑阿清素比匪江上私盐船，有几平日非善良能攘窃者，有几度无不了然者？数语诘问，不以实告。将刑之，阿清乃言："乡人郑阿忠、郑阿邹于二月二十三日在下尾桥边货卖番薯，见王阿协、范阿义驾八桨私盐船乘风飞驶直入贵与，其舟中有十许人，竹篙枪一束。"正卓洲溪被抢之日，此其是矣。复唤郑阿忠、郑阿邹赴讯，如所言。因命捕王阿协等，则王阿协、范阿义相率昂然，自行投讯，余心疑其为良民也。忽阶下有以乡音相语者，曰："此必良民也，若是盗贼，焉敢自来送死？"味其语意，似故使余闻之者。余思：此左右有人非果善良，则为大盗。未可轻释，当从容讯之。阿协、阿义果不承，郑阿清等亦无以相难也。惟保正郑茂纪言阿协乃有名积盗，保正李缯、杨新言范阿义素非善良，而郑长焕言二人平日皆在姚绍聪私盐船上住宿，寝食无他处。因复摄到姚绍聪鞫问。则绍聪佯为不识阿协、阿义二人也者，且自驾双桨小舟赴验明非私盐。情词亦似可信也。而姚族生监多人林立阶下，请释善良以安本业。余曰："且迟之。"复有惠、潮道差员李姓者，叩扉请见，余不纳，遣阍者问所欲为，则言贫民乏食相攘窃亦属细故，不可以大盗通详，恐于道宪考成有碍。余曰："灾黎元气未复，大事亦当化小，吾但欲有罪者伏其辜，不肯使干连者疲于路。详解则牵累多，人吾不忍也。"李又言姚绍聪、王阿协、范阿义皆善良，请早释。余曰："良、匪俟审明乃知，此非吾所得自主也。"

越日将再讯。思：此人出巨族，势力蟠结堂上。方发一言，外间已知趋避，百足之虫，抉之者众，恐未易得情。乃属左右于内堂讯之，一切闲人皆驱逐，勿令窥伺语言。待质诸犯，亦分置各处，不使相谋面接耳。先呼保正郑茂纪责之曰："汝职在地方而查奸匪，今纵人攘客而不以实告，即是汝作贼也！汝乡中出为匪者几人？姚绍聪私盐船今匿何处？此双桨小船又从何来？不实言先夹汝！"茂纪乃言："姚绍聪、王阿协、范阿义此三人抢劫是实。其余同伴不知姓名。姚绍聪八桨私盐船前篷破坏，先在南塘乡池中，后因追求日急，潜令其兄姚绍贵于十五夜驾出海门猷湾，藉称采捕，急则便于远遁。其双桨小船乃事发之后，在和平港内以二金购来抵塞者。我畏其族大强凶，是以不敢言也。"余叱退之。呼王阿协至前绐之曰："汝乃为绍聪所欺，无故以父母之身代人受刑法，今绍聪已自不讳，谓此八桨船实所置造，前篷破损。因先在南塘池中，后使其兄姚绍贵驾出海门，今在猷湾弋获矣！其双桨小船乃在和平买来抵塞者，价银二两，汝尚能代为掩讳乎？吾因知汝等穷民无家可归，在人舟中度活，亦是可怜之事，汝等但勿作贼何为并船而讳之？"王阿协叩头曰："是也，我等实系善良不敢作贼，止在姚绍聪舟中寄食而已。"

余曰："未也。绍聪言汝盗贼之性不可与交，彼怜汝无归以空船借汝安宿，汝遂潜招匪类范阿义等十余人窃驾行劫，彼恨为汝所欺致遭波累，是以令汝勿言，以受刑法。今汝尚欲受刑以快彼之意乎？"王阿协仰天叹曰："我等有何能为，不过从姚绍聪指麾耳！卓洲溪之事，实姚绍聪主之，同行者范阿义、范阿喜、姚阿相、马阿弘、姚伯兰、许阿加、邱阿灶、陈伯荣、陈伯炯、陈伯凤等，皆姚绍聪招来，所得郭元藏等钱十二千七百五十文皆姚绍聪俵分，奈何独归过于我乎？"继呼范阿义至，亦如王阿协所言。乃讯绍聪。绍聪犹支吾掩饰。以王阿协、范阿义供词告之，绍聪亦直受不辞。且悉数所得赃物多猪肝、猪肺二者。郭元藏嘻嘻叩首曰："有之，日前赃单偶遗，后乃记忆，以细微不敢渎请。"今绍聪自言及此，其为此案真贼无疑矣。方东升言邱阿灶乃姚万进哨丁，先在姚绍聪家擒捕王阿协为绍聪所阻，阿协得脱，乃自赴投讯。又捕获阿义之兄范阿喜，故仇诬非同党也。而许阿加、陈伯荣、陈伯炯、陈伯凤皆与阿义有宿怨，且有多人公保良善。惟范阿喜、姚阿相等一甚可疑难以掩饰，而亦有生监多人保结求宽，且有道差为之左右。稍一究诘则波及富厚良民，必欲直穷到底，恐无辜株累者必多。从宽将范阿喜、姚阿相、马阿弘等创惩示儆；而为首之姚绍聪、王阿协、范阿义各予满杖枷号三月示众，满日再责四十板，造入匪类册，朔望具结点卯；追赃给还郭元藏、李启宣、黄朝盛等八桨双桨大小船，即以充赏；仍于姚绍聪名下追银十两，分赏保正、壮丁，示无失信。

自是溪河肃清，夜舟往来无窒碍。惟道差李姓者不悦，且骎骎有后言矣。

　　饥民攘夺，似小实大，不可不严。然欲以劫贼通详而置之死地，则又似大实小，情不忍也。荒歉之余，弗堪久累，使事主有原赃之获，而无解省跋涉中途饿莩之忧。莠民有惩创之苦，有万死一生之庆。从兹改过迁善，不敢为非法，如是足矣。当令君初到时，此类甚多，欲详不可胜详，数月之后，遂以绝迹。并攘鸡盗狗者亦无之。乃知大事化小亦整顿地方要着，不可以文法拘之也。

十三　改甲册

　　潮属词讼好牵告多人相磨累以示武，或捏造花名居奇网利，或行赂改匿移向他人。盖讼师蠹役乐此为利，余方厉禁之而未止也。

　　一日，有郑娘宝殴死林嘉柱命案，牵连助殴之人甚多，郑阿祖一名在焉（注系梅花村人）。遣役摄讯，阖村并无阿祖。据尸母陈氏禀称：即郑启亮。随呼启亮赴讯。自言小名阿清，并非阿祖。尸兄林嘉树力争此人实是阿桶，如系阿清我甘反坐！盖潮邑乡音"祖"与"桶"两字如一，并无分辨。余异之，谓启亮曰："今日所重在有无助殴，汝即阿桶亦何妨。"启亮呼天抢地言："若是阿桶便助殴是真。"林嘉树亦指天誓日言，启亮若不是阿桶，我便诬告是真。余曰："噫，此易辨耳。"命兵房取家甲册来观之，则郑启亮小名乃阿称也。字书浓淡一色浑然无间。余曰："若是阿清则无疑义。此称字可疑，恐系桶字所改。"再取五年旧甲册观之亦是阿称，但中间小点墨色加浓，不似一笔书成者。且阅其兄弟小名旁皆从木，岂有启亮一人独从禾边之理。拍案呼曰："郑启亮好大胆也！汝小名实系阿桶，敢改阿称以欺我，将谓我可欺乎？今助殴是真矣。且问汝家甲册作何改法，为汝改者谁也？"

　　启亮知不可隐，乃言：实名阿桶，托兵书林集贤代改者。拘林集贤对质，则得其赂钱三百文代为盗改家甲册是实。将林集贤痛责四十板革退兵书，荷校于市者两月。启亮亦加重责。审无助殴情事。余叹曰："郑启亮弄巧成拙深可笑也。汝家住梅花，离县二十里，郑娘宝致死林嘉桂之日，汝实未尝在场，风马无干，本县自能审释。使无串通蠹役盗改官册，此刻宁家去矣。汝何以深心揣度知我必烛观甲册，又何以深心善谋连旧册亦并添改作弊？如神可畏殊甚，岂料我之烛奸亦如神，即弥缝至精至巧终难以相欺乎？"众人皆叩首称神明。郑启亮以头触地乞矜释。余曰："弄法蒙蔽，非常大恶。吾方为潮邑除奸弊，此事断不可宽，亦荷校于市，使吾民知法纪可也。"

自是作弊者稍敛。余亦严禁代书不许牵告五名以上，而习俗为之一变矣！

作弊奇，捉弊更奇。如此细心，焉有冤抑。

十四　云落店私刑

戊申二月五日，有吏人过普邑之东郊，一人肩行李以从。后两人似学步舆夫，舁一人被伤憔悴，投宿邱兴旅店。

次日清晨，肩行李者先驱，从郡城大路以去；舁者尚卧弗起；吏人偕两舆夫将行未行。邱兴问之，吏人曰："窃银贼也，将禀官究治，以病未能行。"有顷，吏人及两舆夫亦去。邱兴往视病者，则其族人邱阿双也。询之，不能答，以手指划，似言被殴将死之状。邱兴怖愕，白乡长高伯友，共迫行者，走二里许及之，三人皆与俱归。伯友问其故，乃知为海阳县吏李振川，自省归来，至葵潭雇募邱阿双代肩行李，在云落旅店夜失四金，阿双认窃未偿，因拉赴普邑欲禀究追耳。其两人林阿雄、吴阿尾亦阿双之俦类也。阿双有兄邱阿楚为普禁卒，邱兴唤之来看视，则阿双已不能言，过午后死矣。乃相与赴禀县尉，收振川三人于狱，申详到潮邑。

余星夜旋普相验：右额角有木棍伤，两手大指有绳索捆伤，头上周围有篾伤，左右额角又有木棍梢支伤，脑后、腮颊、腋肘、下体俱有烈火烤烧伤，遍身丛殴，条条有似藤条乱击伤。余曰："噫，惨哉！谁横逆至此极乎？勿论邻邑书吏，即当路显官如此所为，我必令偿其命也！"当场鞫讯，则李振川自认失银疑窃情由，及以折床木栓击其额角一伤，余皆云落汛蔡管队及兵丁四人所为，与己无涉。而吴阿尾、林阿雄亦言捆打火烧诸事，果系汛兵鞫贼、欲追客银，有店家徐阿丙可讯。余思：此等异刑，惟捕盗营兵乃有之，恐所言未必无因。复见阿尾左手大指上亦似有绳索痕。问之，阿尾固称无有。余不信，复视其右指亦然。合而观之，则以细绳连捆两大指悬之梁间，俗所谓"双飞燕"吊法也。睇审其额上亦有竹箍痕，解其衣则肋胁之际亦有火烧痕。余曰："噫，奇哉！汝一身与死者无异，但伤痕较轻，汝何以缄默不言？至我问及尚再称无有，则彼银非邱阿双所窃，实汝窃之，汝故不敢言也。毕竟是谁刑汝亦当言之明白。"吴阿尾曰："亦蔡高也。"余曰："蔡高如此横逆，汝何以不言？"阿尾曰："振川令我勿言，恐作命案内干证拖累死耳。"余曰："蔡高所为之事，振川令汝勿言无此理也。"阿尾言振川怜我负贩穷人遭波累解审无所得食，失银系彼切己事，当为蔡高所累万不可免，多我一人无益也。

　　余照例录供，填注图册通报，一面移檄云落汛提到蔡高及店家徐阿丙。蔡高极口称冤，而吴阿尾、林阿雄，尚阿和指证。因复移檄惠来营将蔡高革除名粮以便刑讯，一面移取纵兵职名附详题参。复调集犯证，虚心研审，则徐阿丙证词与众大异，称："振川有族侄医卜长途不能存活，先一日来投云落店，初三日夕偶尔相逢，亦与同宿，恳振川借给资斧俾得还家。越日黎明，振川失银四两及钱八十文。因谓同宿者曰：'官银被盗，事关地方，汝众人不协力追求，将遍累汝等矣！'店中之人皆大恐，互相盘问，佣夫林阿雄等佥谓邱阿双终夜不寐，开门出入二次，遂以阿双为偷窃，直向追求。阿双不服。振川曰：'盗窃官银打死勿论。'取折床木栓击伤阿双额角，复命族侄共縶之。族侄恨其窃银，致振川所许资斧竟成空虚，以细绳合捆阿双两大指悬之梁间，拔束薪之坚直而长条者鞭之数十，众人皆劝阿双供认，阿双仍不服。振川复与其侄用竹篾扎成圈子箍其头脑之四围，削两木片支其左右头角，使箍内满而紧束，目睛若将吐出然。阿双仍不服。复用山茅燃火灼其脑后、腮颊、腋肘、下身。阿双言吴阿尾同床何以得冤。振川叔侄复疑阿尾同窃，亦缚阿尾，以治阿双之法治之。而阿尾亦不服也。振川以阿双倔强,银不得出,始赴汛弁言其事。把总王大振以事关地方,遣红旗蔡高至店查问。阿双自度不免,信口支吾,蔡高亦以为果偷儿也。劝振川解其缚,押搜前银终无所得,回复汛弁王把总曰:'鞫贼乃文官之事,令振川带赴普邑禀县追究。'振川叔侄遂以阿雄、阿尾偕阿双往普作证。甫行数里,阿双又称银在店中,振川等复将阿双回店。遍处搜寻仍无踪迹。日将暮,蔡高复至店中,恐阿双黉夜脱逃为地累,令振川以绳缚其手足而睡。至初五日黎明,阿双已受伤深重不能行走矣。振川乃许阿雄、阿尾酒食,令其舁阿双至普邑,尚望退出原银,不意一朝毙命,此当日实情也。"

余不信夹之,谓:"振川、阿雄、阿尾前言已尽,岂汝一人所能饰说!汝得蔡高贿几何,欲脱有罪害无辜乎?"徐阿丙曰:"天日在上,夹死不敢妄言,请从容细审到水落石出之后,如非振川叔侄所为,则以我偿其命矣。"问:"振川族侄何名?"阿丙曰:"不识也,当问振川乃知之。"问:"营兵四人何名?"丙曰:"止有蔡高一人,并无他兵。夹死亦不能造出名姓也。"唤阿尾、阿雄与之对质。阿丙詈其昧心诬良,必遭迅雷殛死。阿尾、阿雄不敢与辩。命夹之,两人皆曰:"阿丙所言是也。我等前日误听振川商谋,谓人命重事,祸累无休,家贫不能备具棺殓,与原告和息不如三人合供营兵打死,汛官必惧而求和,邱阿楚得赂领埋可免通报,我等皆无祸难。于是捆打箍烧诸事悉诿营兵,而木条细伤供为弓弦所打。今汛官不出和息,命案已经通报,徐阿丙活口,现在供证凿凿,我等岂能复昧良心出乎人情。实系李振川叔侄打死,与营兵无干涉也。"余思:尸场验试之时,吴阿尾匿伤不言,原有情弊,设非振川凌虐,何以教令勿言。因复讯阿尾:"汝日当日身伤,亦言是蔡高所为,今何谓营兵无涉?"阿尾曰:"惟是振川刑我,所以令我勿言而箍我、烧我,我肯为之隐讳乎?今日所供乃是实情,虽斩首入地亦不敢言非振川叔侄矣。"讯蔡高,蔡高抵死不承。乃讯振川,振川叹曰:"前生夙孽,愿死无所言。"余曰:

"阿双一命毕，竟毙于何人之手？"振川曰："我也。"余曰："阿双强壮，汝羸弱之躯何以能制其死命，必受蔡高贿买耳！"振川曰："族侄李阿显助我，非受贿也。"因将当日捆打箍烧情形备述不讳，与徐阿丙所言俱相吻合。问："前供何以不及阿显，阿显家居何处，有父母妻子与否？"振川言："彼时欲推诿营兵和息了事，是以不及阿显，并自己亦不承招，今则道其实耳。阿显家在恶溪韩文公驱鳄之处，无父母妻子，孑然一身，东食西宿。自普邑先回之后，不相闻问者数日，未知复出周流道路否也。"

余星夜关移海阳县专差守提果获李阿显到案。当堂一讯，不待刑鞫，遽将当日偕叔李振川酷虐刑死邱阿双情形直言不讳，与徐阿丙、李振川等各供先后吻合，余曰："噫，是矣。"乃定爰书拟振川抵偿，阿显杖流三千里，蔡高与徐阿丙不行劝救，阿尾、阿雄初供不实，各予八十重杖，解府审明转解臬司。臬司以初报供指为凭，今审系振川、阿显致毙与原详不合，檄驳复审。余复虚心静鞫详慎研讯，再无可疑，仍照原拟解上，大拂臬意。时必欲坐蔡高凶手，取约兵不严职名附参。见余不依檄驳翻案，不胜愤怒，欲加以"易结不结"罪名劾余落职。余曰："杀非辜之人命以保一己之功名，此事岂我为之哉！不如削职入深山读书，仍不失故吾也。"

臬司复调余至省令复讯，且面谕曰："汝恃才执性，目无上司。我原檄如何驳诘，汝竟置若罔闻，此案若非营兵凶手何能为此酷刑？汝从前验报如彼，今日审详如此，何以达部结案？兹付汝再审，汝其慎之。"余曰："某无才，末职安敢任性，已照宪檄严审，而犯证矢口不移，无如何也。海滨之人为盗捕盗无所不谙，捆打箍烧之事，原不必待营兵而后能。振川身任县胥，岂不知杀人者死；阿显并未刑鞫，亦皆甘罪如饴，此则鬼物凭之，人命关天，不偿不已，岂人所能强乎？蔡高实系无辜，故令屈抵，不特抵者不愿，恐受抵者亦不愿也。当时录供通报，则据所言如彼，今日审出实情则定爰书如此，大部驳诘亦无如何。去官事小，枉杀非辜事大，惟有静听参革而已。"臬司怒不可回，跳叫詈骂，欲行揭参。左右曰："免冠叩响头谢罪。"余笑曰："免冠亦不妨，但头何能响，此事我未之学也。"臬司亦笑且恨，因曰："汝且虚心再审，不必执定意见。"余曰："不敢也。"余思：限期已迫，若待再讯解府，府讯解司，则缓不及事，因将案卷、人犯带赴本府公署，会审驳诘。刑讯以府宪胡公为主，余从旁静而听之，命胥役亦于其旁并记口供。则振川、阿显、蔡高、阿丙、阿雄、阿尾诸人坚供如前至死不变。余更改问语补新供，再将原谳叙入，携质臬司，阅毕大怒曰："汝止自改问语耳，供谳则仍旧，真目无上司，视我若狗吠者也。"余曰："不敢。问语出自问官可以更改，口供出自犯人，死生关系，岂问官所能移易？口供即不可移，谳语自难更张。今日之案实无疑义，请宪台明镜亲审。如有谬戾，罪不敢辞。"臬司曰："亲审若有别情，揭参必不易。"余曰："愿之。"遂趋出。同列皆为我危。余曰："我自幼贫贱以至今日，一官有无何足轻重。杀人以媚人，此官尚可为哉！"

越数日，臬司亲讯，疑振川等受人贿嘱将遍刑之。振川曰："我在公门数十载，岂不知杀人者死，虽有千金之贿赂而无性命以受享，得此欲何为哉！吾以四金不能舍之故，误杀一人，今复诿罪于无辜之人，是我又杀一人也。此案不枉，即夹死亦无他供矣。"阿显曰："我杀人不认乃当刑夹，既已供招朋白，不敢嫁祸他人又何夹焉！"蔡高曰："吾今日即死于夹，不敢代人偿命，使邱阿双含怨九泉也。"阿丙、阿雄、阿尾皆曰："前供是实，今日夹死亦再不能转移尔。"臬司顾吏而笑曰："伊等作手如此精妙乎，吾欲翻案则无从翻起，欲刑夹则无从夹起。"书吏曰："此是实情，非作手也。且将此案商之抚宪可乎？"臬司曰："善。"即以其情入白之。抚宪曰："可矣！"遂依拟题结。而李振川、李阿显数日之间先后俱卒于番禺县狱，不待刑法之及也。

云落非刑,闻者发指。若使抵偿不辜,千载有余恨矣!去官事小,枉杀非辜事大,如此乃可执法。

十五　三山王多口

　　有陈阿功者,以急究女命来告。云:"其女勤娘嫁邻乡林阿仲为妻。于归三年未有男女。仲母许氏,素酷虐,憎女贫窭。今年九月十三日我造其家看视,则女已杳无踪迹,不知系打死灭尸,抑嫁卖他人也。"问:"汝女曾否往来汝家?"曰:"八月来,九月初六日方去,有王阿盛可质。"拘讯之,则阿仲母许氏切切鸣冤。云:"寡守十七年始娶一妇,而媳妇连月归宁。七月间往复者二,八月六日再去,十七、廿四、初三迎之数次皆不还,不知何故。本月十三日陈阿功忽到我家欲索女命,此必系阿功立心不良,欲图改嫁,故藏匿耳。"问:"陈阿功女在汝家以何日旋去,舆耶?步耶?何人偕之行?"曰:"女九月初六日言归,贫人不能具肩舆,遣其弟阿居送之半途,步行而去。"问:"汝两家相距远近几何?"曰:"十余里。"阿仲母子大呼曰:"并无归来,左右邻可质。"问王阿盛:"汝于何日何处遇见陈女旋家?"曰:"闻阿居言之耳,未见也。我家里许有三山国王庙,我九月六日锄园道左,见阿居自庙归来言:吾父命我送姊还家。我问曰:'姊在何处?'阿居曰:'去矣。'我所闻如此而已,余不知也。"问:"陈家贫富何如?"阿盛曰:"贫甚。""至庙几里?"曰:"三里许。""林家至庙几里?"曰:"六、七里。"呼陈阿功诘之:"汝女既已适人,汝家又非甚富,值此米珠薪桂之秋,日日归宁何为?且夫家促回三四,汝不听去又何为?初三来请汝既不依,岂有初六无故自行送去之理？又不令汝子送至其家，半途而返，与无干之王阿盛言之何意？汝子无心一言，汝又何从而知？"遂援引以作证据！其为汝改嫁播弄机巧无疑。

阿功呼天扑地哭曰："父子至情，蔬食可甘，何必富。婿家催促再三，坚不之许，自觉过，当送还补过，理所当然。儿子尚幼离家不敢太远，至于半途，则婿家亦已在近，我怪儿回太速，诘以未至半途。儿言已经过庙，有阿盛叔看见。今女无踪，是以牵连及之，我非不知女子从一而终，岂有婿在别嫁之理？"唤阿居问之，则年方十岁，云："送姊至庙前而返。"问："何不送至其宅？"曰："父命我回家牧牛，听姊自去。"吓之曰："姊现在汝家嫁人，何敢欺我？汝不实言，断汝指矣！"阿居惧，哭而不言。再三饵之，总曰："无此事。"问："庙有僧否？"曰："无有。""有乞丐否？"曰："无有。""左右有人家否？"曰："无有。""有树林否？溪河池塘否？"曰："无有。"问："汝家左右邻何人？"曰："左右俱无邻居。"余终疑陈阿功所卖串成机局。而阿功刁诈，阿居幼小，皆难于刑讯。思：南人畏鬼，当以言试之。召两造谓曰："汝二家俱无确证，难定是非。既道经庙前，则三山国王必知之，汝等且退。待我牒王问虚实，明日再审。"

越次日，直呼陈阿功上堂，拍案骂曰："汝大非人类，匿女改嫁，且听信讼师欲以先发制人，汝谓人可欺乎？人可欺，天不可欺！举头三尺有神明，知闻其人，三山国王告我矣。汝尚能强辩乎？汝改嫁何人，在于何处，得价几两，我俱知之，汝不赎还，今夹汝矣。"阿功俱不能答，伏地叩头求宽。余曰："赎还宽汝。"阿功曰："是也。为穷饿所驱，嫁在惠来县李姓者，聘金三两，愿鬻牛以赎之。"即将陈阿功痛杖三十枷于市，命之曰："赎还释汝，不赎不还，枷死乃已。"于是阿功使其妻王氏往惠来求赎，李姓勒令倍偿财礼。王氏鬻一牛及幼女得六金赎之。林阿仲闻有六金，怼勤娘失节，遂私与王氏议和，得金更娶，而勤娘仍归李矣。陈阿功荷校两月几毙命，谓其妻曰："早知三山王多口，悔不将牛及幼女早卖，免此苦楚也。今事毕，宜禀官释我。"王氏以其言来告。余笑而释之。

　　陈阿功乃绝好讼师，自犯自告，令人不疑。在汝层层驳倒，伊却层层辩开，舌底生莲，殊难招架。此等人若不畏鬼，将以何法治之乎？"早知三山王多口，悔不将牛及幼女早卖"二语，可谓奇绝。

十六　西谷船户

　　潮为郡故产谷之区也。三岁洊饥，民生艰食。雍正五年，制、抚大吏请于朝，议发西谷十万石匀贮潮属各县仓，备赈恤平粜之用。诏报可。兵民以手加额相庆。而于是年夏米半收，冬稔八分以上，谷价稍平。秋冬间抚藩派拨省仓西谷发运惠潮。观察楼公故广州郡守也，公在广府任内，平粜出入存留，未买谷价五万四千二百八十石，应买谷还新守补仓。而潮为公所属郡，乃议往高州买谷运潮，省劳费。时岭东谷价石尚八钱；西谷上者不过五钱，中者、下者在三、四钱之间。一举两美，制、抚以为便。于是运潮之谷，楼公毅然任之。领出谷价远近并买，遣潘田司巡检宋肇桐、乌槎司巡检张宏声、三河司巡检张德启、招宁司巡检范仕化分途押运。潘田司素有干才，能权子母，将谷价于佛山购广锅棉布之属带往高州发市，然后买谷以归。稍延时日，误风汛，即在高州洋面沉失西谷二千八百石，又在各山海洋报称被盗，又报漂没三舟，而私货毫无损失，或者疑之。乌槎司亦在海丰洋面沉失西谷二千八百石；招宁司专在省城领运近买之谷一万五百五十石全付潮阳。范巡检以海船险苦，先由陆旋潮，押运人役各与船户串通沿途盗卖，每卖谷一石，押运得钱百文以为定例。所督八船自二月十八日在省开驾，至四月二十八日到潮邑之磊口。

　　余适会海门、潮阳、达濠三营将官，勘酌修造战船木植。闻西谷备极不堪，兵以发饷为患。因羽檄行押运巡检范仕化，就八船中各起好谷一石送至县堂，会同海门营参将许君讳大猷、潮阳营游击刘君讳廷俊、守备永君讳福达、濠营守备吴君讳昆，即于县堂之上眼同风飏。每谷一石有扇净八斗二、三升者，有七斗五、六升者，合计匀算每石可得净谷八斗。复令范巡检会同弁目碾米，每石得米三斗八、九升或四斗不等，色黟且碎，三营有难色。余谓范巡检曰："闻西谷素佳，道宪轸念民瘼，岂忍以有名无实之谷失嗷嗷待哺之人心，皆君辈不慎，致使船户舞弊至此，将奈何？"范愤然作色曰："此皆道宪所买之谷，好丑唯道宪是问，船户不敢损毫芒也。时道府檄催收谷甚急，且言船泊海上风涛不测，万一或有意外之虞，将谁任咎？"余曰："然，且受之。"

遣书吏黄遇、赵平、邱潮、黄辉、陈良、陈智等带领小船数百往磊口接运。则见船上高飘黄旗，大书"奉旨押运"。宪役高光等十人及招宁司外甥马相公，弓兵董明皆正容端坐，作上司差员行径；舵工水手如虎如狼，指挥呵叱。黄遇等相顾慑息，莫敢出声。先以水浸烂谷搀入和量交，群吏以不堪贮廒为请。船户厉声曰："大老爷发下之谷，虽糠秕沙泥谁敢不受！汝主欲做官否也？"吏皆曰，"非敢不受，但湿谷另交可以摊晒。干湿混杂恐干者亦为所累。"船户曰："我不管也！"吏不敢复言，亦屈意受之。是时船上诸人骄横无比，言必称大老爷。范巡检与吏言船户，必曰"大老爷"；船户言舵工、水手，必曰"大老爷舵工、大老爷水手"。而船户水手日日轮流置酒与招宁司高宴妓女顽童，昼夜不绝。诸水手又设为欹量之法，将斛斜放，谷面不俟上满辄尽力向下刮之。群吏曰："如此则每斛少一升有奇矣，我等将何以交仓？"船户曰："大老爷斛面如是，汝等上仓与否，我安知之。"吏黄辉不能忍，出怨言，曰："如此则我等每人须赔谷数十石，汝辈伤天害理，不存良心。动辄称大老爷，大老爷岂教汝如是乎？"船户黄兆大怒，鸣锣党众，将黄辉楚打破额。辉跳入小船逃生。兆遣王阿受、李阿二等追至小船扑击之，小船户陈阿牡、蔡阿相皆被伤。招宁司马相公目视之而无言,时五月十一日也。于是小舟尽逃,群吏踉跄归来莫敢再往。尚有三千余谷在船未收。余不得已,复雇募小船于十三日檄委巡检范仕化带领交收。范仕化不肯。

余思:仕化身为运官,船户其所管辖,又现任招宁司巡检,以潮邑之属员办潮邑之公事,有何推托之处。于十五日再行檄催,至十七日仕化犹不动,且言道宪系属至交,经连日具禀陈明,早晚谷船疏失不知是谁之罪。余闻其语,为之毛发悚然。知此人奸险能干,为上宪腹心、重用之员。既经连日具禀,恐夤夜将谷搬藏,凿舟入水,我咎其可逭乎?因下列事由,详明列宪。即于十八日清晨亲率小船出海接运,而西谷愈出愈丑,有水注烂者,有发热如火者,皆收而不问。惟秕扁太多,似非原谷,疑道宪所买米何至于此,而范巡检力争,称系道宪贱价所买,海阳、揭阳皆是此谷发付,不干船户之事。余亦不与之辩也。越次日巳刻,吏复取扁谷来观,中多米粒。余思:道宪买谷焉有挼米之理?此确系船户盗取碾米,仍将糠秕挼下耳。碾米必在附近人家,吾得其间而入矣。因闲问两岸有乡村否?舟子言:"树林内有之,东为松子山,西为棉花村。"

余佯言舟中热甚,登岸乘风坐于松荫之下。少顷,有趋而过者,召问之,其人曰:"不知也。"余曰:"不知不已,今捉汝。"其人曰:"须问乡长。"余曰:"然。"即遣役唤棉花村乡长。乡长病,其母来曰:"欲究窝接西谷,则我老人知之,不必问病儿也。吾乡中钟阿信、钟阿兴、魏阿加皆为碾米数十石,或接往达濠发卖。对面松子山李阿家、谢朝士等更多窝接,朝士家中,闻尚有西谷未卖。急掩取无不获者。"余立刻遣役趋松子山谢朝士家。果有西谷四包在焉,连人及谷俱获以来。问:"何船之谷?"则曰:"邓文兴也。"命捉文兴。舟中言,文兴已往府。锁其舵工汤广万,讯之,则诸舟无不然者。余谓范巡检曰:"何如?"范曰:"固知之。"余曰:"知而不言何也?"范无言可答。

余将两岸窝接之钟阿信、钟阿兴、魏阿加、李阿家并八船船户黄超成等尽拘入邑，当堂确讯。则谢朝士于被获四包之外，另为碾米十三石；钟阿信代碾十六石；钟阿兴代碾十四石，皆载往达濠发卖，李阿家代碾十七石，魏阿加代碾八石，又为载米六石往达濠发卖，又代买扁谷二石。余曰："噫，磊口两村之弊不过如此矣。"讯船户黄超成，则侃侃直言："在天字马头买扁谷五十石，虎头门买扁谷十石，至九龙又买扁谷十石，达濠买扁谷六石二斗，棉花村买扁谷一石二斗，沿途碾米盗卖共去好谷一百二十余石。除挽下扁谷七十七石四斗，今尚缺少额谷五十一石五斗。"问："汝舟并无破损，何以谷皆涨热？"据供，系量交之前一日恐谷石短少，将扁谷用滚水泡湿而，不虞黄兆等众人角口数日不来盘收，此所以发热也。讯船户麦长，据供，在天字马头买扁谷二十石。油尾买扁谷十石，平海买扁谷六石，沿途碾米换菜食用共去好谷八十余石。除挽下扁谷三十六石，尚缺少谷五十八石。讯船户谢胜，据称，实名王光嵩，乃代谢胜押船，其买卖谷石皆谢胜自为之事，我不能知其详。只在天字马头卖去好谷五十石，随买扁谷五十石挽下，将开船时，又卖去十余石，平海、油尾卖去十六石，庵埠卖去五石，皆随买扁谷挽下。其他处盗卖及沿途碾米换鱼换莱，出去好谷不知几何，大抵亦有扁谷五石，共串下扁谷八十二石余，余供亦如一辙。至问其有无给与高光、马若愚等每石百钱之陋例，则八船户合口齐声并称一钱不少，无一人有异词也。

余掩卷叹曰："诸船户经审数次，不用动刑，先后口供弗差铢黍，此尚何疑义哉！彼行佣贸易之细，民贪小利无足怪，向非押运官役养成骄纵，亦何遽至于斯！猫鼠同眠，嫖饮浪费，公然以贱买丑谷，勒抑属员之恶声，加之公忠为国之道宪，非平日深受宪恩之人所宜出此也。据招砂都约保邱朝、黄经等禀称，松子山、棉花村盗出谷石，招宁司马相公、弓兵董明、宪役高光等诸人皆预焉。约长王琼林、船长邱兆美、保正王朝等禀，查盗接西谷小船钟阿信、钟阿兴、魏阿加等之外，尚有招宁司巡船私自载运，而脚夫吴阿孙自言范巡检之子大相公令将西谷代为挑至米铺碾米八石，入巡司衙门食用者二次矣。约保将吴阿孙解到讯之果然。一时几不能忍，欲将范仕化、高光等问成盗首通详参究，念系上台钟爱信任之人，投鼠忌器，有伤宪心，恐非自全之道，再四思维是以中止。只将搀和盗卖情节申宪究追。但思范仕化等护庇船户竟以丑谷尽诱道宪，置身事外是诚何心，今水落石出，八船船户搀下扁谷六百余石，缺少额谷四百余石，则此中情弊了然矣。

六月二十二日潘田、三河两巡司运到高谷，在澄海县溪东巷遭风淹没殆半。其谷或在水中捞起和泥晒之，咸水浸淫，外干内败。奉宪谕各县四六匀拨，余者尽归潮阳。是以潮邑又于四六之外多收水谷三百余石，计接受潘田司好谷一千三百七十五石，水谷一千三百八十石，三河司好谷二百七十九石，水谷二百七十八石。水谷谷色点黑，触手成灰。经宪委招宁、三河两巡检勘估前运西谷之暇，并取一石晒干碾出灰米三斗六升，米户以为无用，及早设施赔补八百石可已，迟之则归无何有之乡，全为交盘大累矣。统计潮阳一邑，共收海运西谷一万四千四百七十二石，或交代风飏或碾米给饷均应赔补三千二百石，县令为道宪属员自分代赔二千二百石，共搀和盗卖缺额一千余石之谷，应于各船户名下追补，此大公至正之道也。

上宪檄行海阴、潮阳二县会审究追将其船变卖赔补，而招宁司巡检范仕化屡藉称道宪之命请释船户。余以事经通详，案未会审，不敢私释。而范仕化背出危言，余佯为弗知。此间制、抚题明西谷兑拨沉失情由，将四巡检参革发讯。仕化愈怀怨怼，每于道宪之前播弄是非，余适奉檄召至郡促出仓收百余石，除搀下扁谷一百二十余石之外，尚缺少谷九十石五斗。

问："汝谷亦发热何也？"据称，我等亦于将变之谷先用滚水泡下，使谷涨多，不虞因黄兆众人角口，数日不来盘收，是以发热。""汝八船皆泡水乎？"曰："然也。"讯船户黄兆，则黄兆揽载未回，而所获者乃舵工林家相也。据称，黄兆在天字马头买下扁谷五十石，虎头门峡西买扁谷二十石，九龙买扁谷十五石，沿途盗卖及碾米换莱食用共去好谷一百三十余石，除挼下扁谷八十五石，尚缺少谷四十七石五斗。讯船户李德，则系黄奇昌、黎阿二公共之名，黄奇昌在府未获。据黎阿二供，在庵埠买扁谷十石，在潮邑买扁谷二十三石，达濠买扁谷三十石，沿途盗卖碾米换莱共去好谷百余石，除挼下扁谷六十三石，尚缺少谷三十四石五斗。讯舵工汤广万，据称，船户邓文兴买卖之谷不能深知其详，止五月初五、初六两日，在磊口有小船载扁谷二次，文兴共买二十余石挼下，沿途盗卖碾米大约不及百石，挼下扁谷不知多少，会尚缺少谷四十五石。讯船户谢永兴，据称，永兴在府未回，我乃舵工李昌桂也。永兴雇小船在东莞县买来扁谷五十石，天字马头买扁谷三十石，庵埠买扁谷四斗，沿途盗卖碾米换莱亦不过百余石，除挼下扁谷八十余石，尚缺少谷三十三石五斗。讯船户陈裕兴，据称，裕兴在郡未回，我乃舵工黄志成也。裕兴于二月十七日夜用小船三只剥载好谷五十石回家，在东莞县买来扁谷五十余石，虎头门买扁谷三十石，沿途盗卖碾米食用大约亦百余石，除挼下扁谷八十余石，尚缺少谷五十石。余曰："噫，是矣。"登即移行达濠营并檄招宁司官吏将八船驾往达濠港内严加看守。十船户黄超成等诸人羁禁通详。一面关移海洋县提拿船户黄兆、谢永兴、陈裕兴、黄奇昌、邓文兴各正身赴县质审。

六月初十日皆至，复讯之。则黄兆实名林有德，据称，天字马头、虎门、九龙共买串扁谷八十五石，及碾米食用盗卖缺少之处与林家相所供若合符节。谢永兴实名滕有兴，据称，省城、东莞、庵埠共买串扁谷八十石四斗，及碾米食用盗卖缺少之处与李昌桂所供若合符节。陈裕兴自言,东莞、虎门买串扁谷八十余石,及碾米食用盗卖缺少之处与黄志成所供若合符节。邓文兴乃汤广万,向之汤广万乃邓文兴所供,买挽扁谷、碾米盗卖缺少之处,亦两人如出一辙。黄奇昌诡名刘阿进,据称,买串扁谷于黎阿二所供六十三石之外,尚有天字马头买串扁谷九石,虎门买串扁谷五石,建濠多买面请宪示,道宪仍命审明将船变价赔补。

余思:范巡检监守自盗,已经漏网,倘将船户尽释,则千石将问何人?为道宪赔补两千余石固所甘心,为船户赔补一千余石,无此情理。范仕化言此等谷石何须赔,即使新官交代,有道宪泰山为主,谁敢不接受哉!然余心终未敢安。仕化退,谓人曰:"招宁司虽暂时落职,总有开复之期;潮阳县亦在旦夕,且祸烈于我百倍,直张目俟之耳。"寅僚以告。余曰:"仓谷颗粒,皆关民命,未便有名无实,欺诳朝廷。况道宪大人长者,为国为民断断乎无此事也。"越数月其言果验。

  仓谷民命所关,押运官役,猫鼠同眠,以国家勤恤民隐之隆恩,恣其嫖饮花梢之受用,虽欲不治不可得也。阅至令君亲造海船,因看见数粒之米,就地生风,究出许多奸弊,一网罗尽,供招历历,不觉之拊掌称快。但上司欲为掩盖,则投鼠忌器,岂可过于认真,自贻伊戚。朝廷远而上司近,信乎邑令之不可为也。

郭公案

目　录

郭公出身小传 ·································· 065
欺　昧 ··· 067
　　富户重骗私债 ······························· 067
　　断客人失银 ··································· 071
　　女婿欺骗妻舅家财 ························ 075
　　罗端欺死霸占 ······························· 081
　　断妻给还原夫 ······························· 084
　　设计断还二妇 ······························· 088
人　命 ··· 093
　　吴旺磊算打死人命 ························ 093
　　争水打伤父命 ······························· 098
　　磊骗书客伤命 ······························· 101
　　断问驿卒偿命 ······························· 104
　　游旆谋毒三命 ······························· 106
　　强僧杀人偷尸 ······························· 109
谋　害 ··· 112
　　猿猴代主伸冤 ······························· 112
　　断拿乌七偿命 ······························· 115
　　木匠谋害二命 ······························· 118
　　井中究出两尸首 ···························· 123
　　鳄渚究陈起谋命 ···························· 128
劫　盗 ··· 132
　　问石拿取劫贼 ······························· 132
　　金簪究出劫财伤 ···························· 135
　　双头鱼杀命 ··································· 139
　　赌博谋杀童生 ······························· 144

赖 骗 · 149
　　做柴混打害叔命 · 149
　　争鹅判还乡人 · 153
　　判人争盗茄子 · 154
　　争子辨其真伪 · 155
　　骗马断还原主 · 158

伸 冤 · 161
　　水蛙为人鸣冤 · 161
　　究辨女子之孕 · 163
　　剖决寡妇生子 · 166
　　前子代父报仇 · 169
　　捉拿"东风"伸冤 · 173

奸 淫 · 175
　　判问妖僧诳俗 · 175
　　江头擒拿盗僧 · 179
　　净寺救秀才 · 181
　　和尚术奸烈妇 · 186

霸 占 · 190
　　改契霸占田产 · 190
　　兄弟争产讦告 · 194
　　追究恶弟田产 · 197
　　豪奴侵占主坟 · 201
　　佃户争占耕牛 · 205
　　邻舍争占小驹 · 207

郭公出身小传

按：公吉之泰和南乡人。公之先，累世积德，好善乐施，雅重文学。传至公之封君孺人，身虽以编户殖赀为家计，而乐善之心尤笃。公生于世庙壬寅之岁，年甫食食，即能默诵《孝经》、《曲礼》，九龄出就外传，颖悟迥越类萃。博猎经书子史，日记数万言，饶为之。迨成童，业举子业，锋刃便自逼人。督学使阅其文，即知公天下士也。庠于府，群儒辈莫不宗师之。子欧阳氏，恪闲姆教，听从婉娩，而敬戒兼备，有古馌野断机风度。穆宗庚午乡试，公以《易经》入彀，魁于燕京。辛未会试，公赴礼部，时江陵张公主试，陈吉□，张洪阳同为考官，公复于邓新建文节公榜，取居第六。是亦易之二卷也。观政刑乡庭试，愿求外补，以展致君泽民之略。铨部，嘉其有志为民，补员建州节推。公自入建，仁明智勇，并运彰殚，毫无假借，柔不茹，刚不吐，真所谓不赏而民劝，不怒而民威斧钺者。其二千石乃盱江邵公廉，居官殊无治行，未免以封靡刻敷闻，公独镇之以勤谨和缓。每从代巡简阅，入闽刑赋，至一郡则一郡神明父母，尸祝之称之为"一路福星"也，称之为"召父杜母"也，称之为"来何暮"也，甚至称之为"宁为刑罚加，毋为陈君短"也。三年考绩，公以耿介不阿，见忤当路，左迁燕台监丞，品秩虽丞，而大司成则不肯丞之。《圣经贤传》曰："率海内士子，朝夕明听，其耳提面命，继往开来，德造豪杰，不既宏深乎！"文教益茂，转为博士，翊赞皇酋，文风丕振。时广之潮州缺刺史，皇上悯潮民素苦于贪残，即擢之莅潮。诸缙绅都门祖饯，一时荣何如之。当日宋仁宗劳大参赵清献出守成都，非黜之也，为蜀民计父母也。公之刺潮，盖先后一辙矣。五年在潮，省刑罚，薄税敛，抑权贵，屏金刑，不惟十县属吏清正惜民，而岭表十郡同寅亦何不是则是效。节财爱民，奉公守法，皆不敢见短于公。正己而物正。昌黎化鳄暴，公殆昌黎之复生欤？及其去任而升两浙大中丞，潮人奔走悲号，无计挽留以遂借寇。况钟守吴一十九年，民不忍释。公之深仁厚泽，其又过之乎！公自入浙，分巡杭、严、武林，诸郡多不育子女，而亲死火葬。公到即首示以孝慈，甚至三谕。不从则重绳之以法。悉洗其不美之弊俗，而焕然孝慈遍洽。公其大有造于浙民欤？任满入朝报政，三法司嘉其廉公有能，学邃德广，蕴坐平之，而且中贵不敢梗商贾，倭夷不敢扬海波。黄福在交六年而六年化，公居闽两任而两任治。他日郭尚书非他人，必公也。庚子春，四川酋杨应龙，贼杀五司七姓，入寇綦江。朝廷以西北有警，起公巡抚云、贵。公毅然以平虏自任，督五路大将军，荡平贼垒，殄厥渠魁。即其反地，开立遵义、平越二府，总隶八县、二州。公不惟扫除百年强虏，而开疆展土，厥勋良懋哉。其冢子孔建、二子孔阳、三子孔潮，皆善之人杰。语功名，仅拾芥耳。指日行义达道，则立朝大节，经纶事业，当不让唐时汾阳王下矣。公今已陟公车，坐部就列，其成德大业，宁有既邪？公有五省新民之治，风闻难以枚举，姑取其折狱明刑数百条，开列于左，庶薄海内外，亦知我公新民之所自云。

欺　昧

富户重骗私债

　　浦城县北乡九日街，有一乡民刘知几，因郡知府命他为北京解户，解银五鞘入京。刘知几因缺盘缠，托保立批与本乡富户曾节，借出纹银一百两，前去过京。知几领得银来，遂别家中，到府押鞘，前往京去交纳。来往耽搁一年。旧年八月出门，今年八月始回。且喜平安无事，入府缴了批文。适家中时年大熟，遂将田上稻谷粜银一百三十两，竟到曾宅，完纳前债。曾节喜其老诚，留之酒饭。忽值刘家着人来赶知几回家干场急事，又值曾节被县中催去完粮甚紧，两在忙迫之中，曾亦忘写受数，刘亦忘取借批，两下就此拜别。不想过了数年，曾节在帐簿中，寻出刘知几亲笔借批，陡然昧起心来。即时着家人，到刘家索前银。说他逋欠多年，怎么不完。知几见他家人来说，一时忘记。少间忖得，即答曰："债无重取，罪无重科。前年本利，尽数完纳。止因尔家主往县事迫，我又归家甚紧，特未上簿，未取原批。此乃人心天理，尔去拜上家主，瞒心事做不得，头上有青天！"家人只得回去报知主人。曾节又着人来取。刘知几见他再来，遂闭门不理，说道："尔家曝了天理，就是知县上门，我亦不该重还。"那家人无奈，亦只得归去，报与主人知道。曾节初时只说："刘不记忆。"谁知弄假成真，遂具状告于浦城县朱大尹台下：

告状人曾节，系三十九都民籍，告为地虎蒙骗事。曾苦治农产，积蓄赡命银壹百两，预备葬资。地虎刘知几，领府钱粮、元宝五鞘解京，称言缺少路费，串中王玉七，蜜言立批，尽行借去，约至本年交还。不料虎食无餍。自京抵家，公然延挨，不理屡取，扬言已还。银上百两，身命所系，文契血证，债敢重科？恳乞仁天，追银活命。上告。

朱大尹接了状词，细看一遍，即票差承刑前去拘得刘知几，前来对理。知几见拘，即写下诉状，赴县诉曰：

　　诉状人刘知几，甲年在籍，诉为平空黑天事。身充解户，托中借银是实。彼年京回，八月初三即将银本利一百三十两，一并全完。两因忙迫，彼无受数此未取批。节欺乡民愚蠢，又无证据，故执前券责偿，哄告爷台。银上百余，五年寂不来催，明欺原批在手，得肆虎吞。恳乞劈冤，生死感德。

朱大尹看了诉辞，即叫曾节到堂对理。曾节曰："小人全赖此银活命，今被刘知几尽行骗去，一家待毙。望乞老爷伸冤！"刘知几曰："小人彼年八月，委实本利全还。只是曾节见无受数，尚存批文，故来重取。"大尹曰："借银既是实，则欠银亦是实。但或还本还利，必有一欠，未必两还。尔莫昧心！"曾节曰："莫说本钱，就是这几年连利钱，分文也不肯还。"知几辩曰："焉有一百余两银，借五年并不提起？"曾节曰："焉有还了银子，不取批文，不写受数，并不凭一中人？"两下争辩起来。朱大尹大怒，即将刘知几责打十板，押出要完前银。刘知几延了半月，只是不还。曾节又来催状，朱大尹怒曰："乡间有此刁民！"拿刘知几到衙，又打十板，骂曰："莫说曾节之银，尔不肯还，就是我押尔出去，尔亦延挨半月！"吩咐手下："把这狗才监起追给。"刘知几听得要监，乃告知县曰："限小的出去三日，办银来完。"大尹准限。刘知几走出衙前，思量半晌。自忖只有府中郭四府，善能为民伸冤。即时搭舡下府，明日五鼓即写状，到理刑馆郭爷处去告：

告状人刘知几，系浦城三十九都民籍，告为捞救事。前年身充解户，凭保明借同乡富户曾节纹银一百两正。京回，彼年八月初三，连本利一百三十两，一并完足。祸因促归，未写受数、未缴原批。不料，豪乘两隙，捏告本县。县官不理，只是追银。小人冤不得伸，奔台控告，乞怜伸冤，衔恩无任！

　　郭爷将状，从头至尾，详阅数次。问曰："尔果借银还银，从实说来，我好断理。"刘知几曰："小的借银经今五年，若是未还，岂得到今不取？只为当时事忙，未讨得受数，未取得借批，酿成此祸。县中朱爷一时被他瞒过，望老爷青天，代小的伸得此冤，万代感恩！"郭爷曰："尔不要吊谎。"刘曰："小的吊谎，就该万死。"郭爷曰："也凭不得尔，且把收监。"禁子带刘入监去了。郭爷即吩咐承发房写下一纸拿强盗窝主牌票，说道："本府已拿得劫人强盗周同、蒋异，供得窝主系浦城三十九都曾节，金银财物，悉藏曾家。仰该县速拘犯人，连赃解府听审。承差捕盗游信。"游信当堂领得此牌，就带三四跟随径到县堂下了公文。朱大尹看了来文，说道："曾节原是富户，怎么干这勾当？莫非这人果反？前日刘知几一场公事，却不是我误他？"乃即发县差两个，同府差四五人执票径到曾节家中。游信问曰："谁是曾节？"曾节答曰："小老便是。"游信取出铁链，登时锁了。曾节不知来头，乃曰："愚老平昔无事干犯府上，长官何事锁我？"游信取出牌来，望曾节面上一掷。曾节取牌一看，见是强盗扳他窝主，乃对公差曰："这是白日黑天！但官差吏差，来人不差。"即整酒款待，府差每人打发一两，县差每人三钱。即收拾家中生放银两及流水逐日帐簿，同差人径赴县中。

　　知县发牌，起解入府。游信进馆禀曰："拿得窝主犯人到了。"郭爷叫带他人来。郭爷一见曾节，连说："好个窝主！看此人横恶，不消三推六问，取赃上来，验过便是。"曾节哭诉曰："小的银虽有数两，却是自己经营得的。原有流水簿两扇记载逐日出入，并无纤毫外来之财。望老爷观簿，便知端的。"郭爷曰："拿上簿来。"先观出簿，从头详查。见内一行载道："癸酉年八月十一日，刘知几解粮上京，借去纹银一百两正作盘缠，凭中叶文。"又观入簿，寻至内中一行，又载道："甲戌年八月初三日，收刘知几本利纹银一百三十两，大小六锭，知几自交无中。"郭爷观罢，将簿发与曾节，叫手下取粗板过来，将节打下二十。打到十五，曾节忍痛不过，喊曰："小的委实不是窝主，爷爷忍把屈棒打死良民！"郭爷曰："尔不是窝主？"叫禁子取前日那强盗来对辞。禁子取得刘知几来到，曾节见了知几，便问曰："尔是强盗，尔自承当。何得妄扳我做窝主？"知几曰："尔不是窝主，怎么昔年还了尔一百三十两银子，尔平自在朱爷处结告，更与我取？"曾节曰："那时有借无还，我来告尔。"郭爷曰："这个老畜生，一发该死。尔那出入簿，俱载明白，何得昧心骗人？本该重打，看尔老面，罪却不饶。"曾节情知理亏，低头画招。郭爷笑曰："这刁老畜生，我若不把窝主扳尔，杀死尔也不认。"即援笔判曰：

为富不仁，见憎于阳虎。取之有道，不犯乎明条。执故口而重征，欲以一手掩人双目。特无凭而勒算，将为愚人可以术笼。曾借刘还，取予自当。券存再骗，财利迷心。据出入簿，曾节不合，乘机搆衅还两次债。刘岂肯畏法从奸？利银三十两，给断还刘以惩曾之科骗。罚谷五十石，交纳上官，以儆曾之横豪。县官朦胧不决，罚米七石。知几冤恨得伸，释之宁室。

断客人失银

建安县大州园范达,以磨豆腐营生。一母一妻,勤苦持家。三口只是安分度日,并无嗟怨。一日,年至十二月二十六日五鼓,其妻陈氏呼之起曰:"人家俱在备办过年物件,我知尔虽贫,亦要早起,做几作豆腐去卖。倘攒得分毫,亦好买些柴米过年。"达听妻言,即来往河下挑水做豆腐。天尚黑暗,走到水边,却在人粪边脚踏着一银包,将之举起,约有两斤多重。达想:"此是谁人早起净手掉落在此,且待他来时还他。"候了多时。不见有人,乃挑水归家。放下水桶,将银报与母、妻。其母王氏曰:"我等口母,这等小心做生意,尚讨不得吃。这银子一定是甚么客人归去,起早失落在此。客人这银子是一家待命。尔若拿了他的,他寻不见银子,或是赴水自尽,或是一家埋怨。尔可速将此银,送在原处去还他。"

范达听母之言,连忙执银走到原处。只见一客人走在那里啼哭寻银。范达向前问曰:"客官为甚啼哭?"那客人曰:"我是徽州人汪元,在家将田典得三十两本钱,打漆在尔府中卖。昨日收得本利银四十余两,包作一包,清早起来大便,一时遗失,不知下落。若有人拾得,我情愿与他平分。"范达曰:"尔银是甚么包的?"汪元曰:"我银是青绢包袱包。"范达曰:"我才见人拾去,尔肯分一半与他,我便引尔去接。"范达乃领得汪元到家,便报母亲曰:"我寻得失银客人来了。"一时轰动,两边邻里俱来观看。范达即拿银出来,对汪元曰:"凭众人在此,我也不要尔平分,尔只把四两与我做本钱也罢。若我后日做得好时,这四两亦奉还尔。"汪元不得银到手，即时许诺。范达递过银子，汪元便将银收起说道："这银俱是整锭，难以凿开。我店在临江门，尔同我到店中，取银与尔。"众人见汪元欺心，大家骂他："尔这客人好不知礼！先前许分一半，如今连四两亦不肯秤。若到尔店中，我想一分也无。今日我众人与此，范达亦是一片好心，尔可将银出来，剪四两与他。"汪元陡然变色曰："范达与我讨银，干尔众人何事？"众人不忿，揪倒汪元，乱打一顿。汪元翻转脸皮，反喊叫地方说道："范达抢他客本八十两，欺凌孤客。"大家扭到府上，正值邵廉知府坐堂。

　　汪元即口告曰："小人徽州客人汪元，贩漆在爷台发卖，得银八十五两。年终促归甚急，五更独自出门，陡撞恶棍范达挑水，怒身撞倒他水，扭身乱打，乘浑抢去漆银罄空。彼时喊叫地方，追出原银一包，止得四十五两，余有四十，吞归不吐。众人偏证无银。自忿财命相连，若无前银，一家俱死。万乞父台作主，殄恶追银。"邵爷听了口词，乃问范达曰："尔怎么抢去他的银？"范达曰："小人五鼓间河边挑水，天黑未明，在于人粪堆上脚踏着一绢包，不知银有几多重。彼时只在等候交还，候久不见人，挑水归家复来寻人。偶见汪元啼哭寻银，小的即认拾得，汪元即许分一半。领元到家交还，元得银入手，先许四两后分文不与。众见不平，将他乱打是实。今不与银，反陷抢夺。望乞做主，究伸冤枉。"汪元曰："范达一片假辞！那有人拾得银子，肯平空认帐送还？"范达曰："小的本是好意送还，反遭冤陷。"邵爷曰："此银一定是尔偷他的。如今还他四十，则那四十不消问了。若是拾得，怎肯拿出？尔速去取那四十还他，免受刑法。"范达曰："小人委实拾得这包银子尽数还他，那有八十？"邵爷怒曰："狗才不打不招！"即时喝令皂隶重责二十。范达有屈无伸，打得皮开肉绽，叫苦连天。汪元曰："望老爷念小的异乡人氏可怜，追银不得，不得还乡。"邵爷曰："范达尔这强盗，好好把银还他！"范达曰："小的真个一厘未得，把甚还他？"邵爷曰："且把这狗才监起，明日再问。汪元推在外面伺候。"范达家中母亲、妻子听得儿子打了二十，又监禁在监。思量无计，婆媳乃头顶黄钱，双双满街拜天呼屈，说道："我只有一个儿子，要他活命。今日监了。坑我三口活活饿死！"一边拜一边哭。

　　看看拜到大中寺前，忽撞着郭四府老爷来，婆媳回避不及。郭爷叫皂隶带那妇人前来问他。王氏、陈氏跪在轿前，将拾银情由细诉一遍。郭爷知其冤枉，及吩咐王氏曰："尔不必拜，我去放尔儿子回来。"婆媳磕头去了。郭爷乃亲到堂上，单请范达一场公事去问。邵公畏郭公，即在监中取出范达送入馆去。郭爷坐馆，细问范达缘由。范达细把始末缘由，从头至尾明诉一遍。郭爷密吩咐曰："霎时取那客人来问，尔也要受些刑法，就认偷了他银，去家变卖妻子还他。尔将妻子送开一日，我这里把四十两银与尔拿去，尔说卖妻子来的。那时且看他怎么理说。"吩咐已定，即出牌唤汪元听审。汪元人到馆中，郭爷问曰："范达怎么抢了尔银？"汪元曰："小的卖漆银八十五两，廿六日五鼓赶回家去。突撞范达河边挑水，喷小的撞倾他水，因此扭住小人乱打，便抢去客本一空。身赶至家不放，众人劝解只还本银四十五两，余有四十，定然不还。小的银命相连，故此结告邵爷，得蒙追给。今蒙爷爷提问，又是青天开眼。"郭爷叫取出范达来问。取得范达到台，郭爷骂曰："尔怎么抢了客人银子？"范达曰："小人拾得他银一包是实，彼时他许与我平分。后赚银入手，一厘也不分与小的，被两邻不肯，将他打了数下。他便在大爷处诬告小的，望老爷推情。"郭爷曰："想尔卖豆腐为由入他店中，见他出外大便，尔便带来是实。还他一半也是实，还有那半怎么不还？狗才好胆！"范达曰："小的原未偷他的。"郭爷曰："贼骨头，不打不招！禁子将夹棍夹起！"范达见夹，即忙招曰："小的情愿去家卖妻子赔他。"汪元曰："我只要我原银，那里要尔卖妻子！"郭爷曰："皂隶可押范达到家取银来还汪元。"皂隶押得范达到家，密把郭爷事情与母、妻说了一遍。母曰："既是如此，尔可速行。"乃将妻子寄去个家，故意在家推延。汪元又催郭爷曰："范达去了一日，并不取银来还小的，明是欺负老爷。"郭爷叫该值皂隶过来。丁申向前，郭爷即批手：速拘范达完银。丁申走到范家，只见皂隶已押范达出门，乃同带见郭爷。郭爷骂曰："狗才怎么去了许久？"范达曰："小的变卖妻子，得银十四两，后又在各亲戚家揭借，共凑四十两来秤，因此耽搁。"郭爷曰："拿银上来。"叫吏对过，足足重四十两。郭爷曰："我若不用刑，尔便骗了汪元之银。叫汪元补领来领去。"汪元即时补领状来。

郭爷发银与汪元，因问曰："此银是尔的不是？"汪元曰："爷爷青天！此银果系小的卖漆之银。"郭爷曰："此银范达说是他卖妻子之银，怎么说就是尔原银？只怕不是尔的，看错了。"汪元曰："小人手中之银，怎么会错。"郭爷始起身大骂曰："这等欺心畜生！我郭爷之银，尔也思量骗去，莫说范达尔不骗他。这银是我内库取来之粮银，尔也认作尔的。这等可恶，叫皂隶选大号粗板过来，与我重责三十！"汪元情知理亏，哑口无言，低头受刑。皂隶打了三十，郭爷叫："汪元，取前所失之银过来付与范达。"吩咐范达曰："此银合该尔的。尔拿去做本钱，我批执照与尔。"范达接了银与执照，拜谢而去。郭爷叫抬一面大枷过来，将汪元枷号一月，以儆后来欺心之人。乃援笔判曰：

  以德报德，报施之常，未闻有德而以仇报者也。故用治命，而老人结草绝群缨，而战将效力。此皆知恩酬恩，不敢忘其所自也。今汪元失银于散地，已是沧海遗针，而范达见取，全璧交还，此在达则见利而思义，在元则得财而忘恩。比之杀人颠越而夺其货，心何异哉？合宜重究枷号，以儆刁风。

女婿欺骗妻舅家财

　　崇安县九都石灰街叶毓，种田营生，积有家赀近万，五十无子。其妻张氏单生一女，名玉兰，年方十八，不忍出嫁，乃央媒人顾宽招赘同都黄土垆游干第三子游吉为婿。择定十月十七日过门成亲。吉虽女婿，叶毓夫妇待之犹如亲子，略无形迹。一日，叶毓有一通房婢女名唤月梅，颇有姿色，毓乃乘酒兴牵之强合。月梅欣然受之，遂觉有孕，迨至十月生一男子。毓夫妇心中甚喜，三日汤饼会，大开筵宴，宾朋满座、贺礼盈门，因取名叶自芳。只有玉兰夫妇，不喜父养儿子，心中常存妒忌，几欲谋害，每被家人看破，不敢下手。一日，叶毓年至六十二岁，得病将终，乃对孺人张氏商议曰："自芳母子年俱幼稚，我若过世，有尔尚在此家事他还不敢独占。若是他日尔亦死了，谁人与自芳母子作得主张？"张氏曰："我今正为此事日夜忧虑。自古女生外向，他夫妇终是不顾我们。"毓曰："我今有个计较，明日尔去托得邻人王正岳、秦韬二人来我家，我写个拨约，将家财尽数与女婿掌管，自芳一毫不要与他。但内中暗藏字义，他日子大，必然与姐夫结告官府，那时清官辨出，岂不省得使他郎舅相戕。"张氏曰："尔的主意甚善。"及至天明，张氏乃命月梅整起酒筵，着人请邻亲王正岳、秦韬来家，乃把要分拨家私之情由说与二人知道。王、秦二人曰："他日有我在世，小官定然无事。"二人床前说罢，遂出庭前。张氏命女婿陪酒，王、秦二人曰："尔令岳分拨家财与尔掌理，叫我二人作证。"游吉曰："霎时分家，千万便言多分些与我，我当厚谢。"王、秦二人曰："谨领教。"叶毓乃叫张氏取纸笔到他床上，叫月梅扶起，乃执笔写拨约曰：

　　崇安县九都二图叶毓，止因五十以前无子。正妻张氏，止有一女玉兰，招赘同都游吉为婿，生则事奉，死则殡葬。迨至五十三岁，取妾月梅在身，特产一子叶自芳为传代之血。此仅可语继续，而不得与我出嫁之女招赘之婿并论。今有传代之田四百顷、瓦房五十七间、金子三百两、银子一千三百两，什物、家财等项，悉付女婿前去管业，外人不得争占所有。幼子叶自芳，出世既迟，生年又晏，合族邻右，不得以子道、婿道并论。已拨家财婿自收执全与幼子无干女婿之事，悉遵前约为照。

　　叶毓写罢，分口遗嘱，叫张氏拿与王、秦二人看罢，游吉接过从头读过数次，见丈人尽数分拨与己，心中不胜欢喜，遂取了王、秦花押，当席收了。王、秦作别回去。不想叶毓既立了拨约，知大事已定，遂叫女婿同女儿近床吩咐曰："我今谅无生理！尔夫妇务要孝顺丈母，勤谨持家。月梅母子若长进，尔把只眼看他；若不长进，随他自去过活。"游吉曰："小婿必口待他有始有终。小舅若是长大，我还分半家财与他。"叶毓曰："那家财是尔本分内的，决不可与他。只是如今，我生前还积有银五十两在此，贤婿可收三十，这二十把与他子母也罢。"游吉曰："一发把与小舅。"月梅只受二十，张氏叫游吉收去三十。不觉过了一日，叶毓一气不来，已归大梦。游吉感丈人厚恩，哭之极哀，大为厚敛，葬祭尽礼。玉兰亦感父亲之恩，其待月梅子母视昔日尤加厚一分。谋妒之心，夫妇至此尽释。张氏见女儿、女婿改变心肠，亦觉叶氏有后，几度与月梅同坐，叙及己与丈夫所处之事。月梅盛德不浅。

　　迨至数年，自芳渐已长成。在学攻书，众学生都笑他靠姐夫讨饭吃，白白一个大家，不能管理。自芳不知其故，归问其母。其母与大娘，私下备说其详。叮咛他权且隐忍，不要说破。自芳心性聪明，即会其意。后到学中，任人取笑，只作不知。不想再过一年，张氏亦寿终正寝。

自芳来治孝成礼，游吉遂不用他来理孝事。玉兰说："自芳，尔自去读书，这不干尔之事。"自芳曰："妻分大小，子无嫡庶。虽非生母，实系我嫡母。何敢不来治丧！"玉兰说："我的母亲要尔拜他做甚？好不羞人！"自芳曰："尔游家人，管得我叶家事！"玉兰曰："依尔这等说，这家是尔的？"自芳曰："不是我的，是那个的。"玉兰曰："尔这丫头小种养的，尔骨头才硬，便来作怪！"自芳曰："我有父母养我，要尔养我？"只见姐弟两个大闹起来。游吉在孝堂听得，说道："尔两人争些甚么？"玉兰将自芳言语告诉丈夫一遍。游吉曰："自芳尔不得无理，尔父死后那见尔来。今日尔大便来胡讲，若不看当日先人分上，将尔母子一顿乱打，赶尔出去，且看尔在那里去安身？"自芳听得游吉之骂，也不回言，一立出门去了，竟至县中写状，望本县魏良静大尹处去告游吉。行到县前，只见大尹坐堂，叶自芳即手执状辞，告曰：

  告状人叶自芳，系九都二图民，告为欺孤吞噬事。芳父先年无嗣，嫡母生女玉兰，招赘同都游吉为养老女婿，家财悉付管理。五十岁取妾生芳，游吉夫妇惧分家财，屡欲谋害。父终虑吉行凶，故央邻右王正岳、秦韬作证，整将田产悉拨吉管。盖为将取，姑与之计，以塞吉凶心，保全蚁命。不料，恶果瞒昧，欺身无亲作主，竟行赶逐，不容入门。鹊巢鸠据，已自寒心。孤寡遭冤，先人绝祀。恳天作主，以杜枭风。上告。

魏大尹看了状辞，即命承行发牌，差邹陵领牌前去，提游吉及邻右来审。游吉见提，亦写诉状，奔县诉曰：

  诉状人游吉，年甲在籍，诉为欺死瞒生事。吉系叶毓嫡婿，代毓顶户当差，供养二老，存殁不衰。兽舅叶自芳，出自通房，毓疑年老未真，故将田产、屋舍，尽拨身理，所积余银五百金付自芳，凭中议定，各守所有，不行争意。岂料芳银花费，复来争产。虚词耸告，明竟谎言。似此欺瞒，刁风益炽。只得乞爷爷斧断，立见真情。

魏爷看罢诉状，即叫两家同邻右来审。魏爷问游吉曰："自芳怎么告尔吞并家财？"游吉曰："小的是叶毓招赘上门养老女婿。祸因岳丈临死，将家财分拨。见自芳出自通房，恐非真正血脉，故把田产、屋舍、家私，凭中王正岳、秦韬尽付小的，算计价钱止值三百两。当付银五百两与自芳母亲，折作家业。谁想他母子荡废殆尽，今日故捏赶逐，虚情哄爷爷。"魏爷曰："叶自芳，尔这小小年纪，敢来告此假状！那个教尔？"自芳曰："当日父亲临死之时，怕游吉害死小的，绝了宗嗣，故把田产悉拨与他，以塞恶兽贪心。父亲死时，止遗银五十两，小的止得二十，余三十游吉当父亲面前亲手拿去。那有五百两银与小人？望老爷审问邻右。"魏爷即唤邻右来问。谁知王正岳、秦韬两人俱死了，今只是二人之子，不知前面来历，乃曰："叶毓原有揆与父亲，原有花押，乞老爷追看拨契便知端的。"魏爷叫取拨约上来。

谁知游吉欺心，即将拨约写过，窃取王、秦花押在上。魏爷一看拨约，便问邻右曰："此是尔父亲花号不是？"二人仔细一看，说道："这是父亲亲笔花号。"魏爷听了口辞，即叫自芳曰："尔父说游吉代尔顶户当差，送他夫妇过世，故凭邻右将家产尽拨与他，故不与尔干涉，尔何得冒争？况尔父写定明白，尔若再来缠扰，我这里重重责尔！"自芳哭曰："此拨约是游吉假写的。"魏爷曰："邻右认得他父亲花号，尔反说是假！"喝令皂隶责打十板。自芳叫屈起来，魏爷叫："赶将出去，任尔那里告来。"一起人犯俱发放毕。游吉归到家中，欢天喜地，置酒谢了邻人。玉兰即翻转脸皮，把月梅赶出，不容入门。自芳哭到家来，见母在门外啼哭，自芳备将官府不准之事，一一报知母亲。母曰："是尔失于计较，尔父我收有他字迹在，如今再不要入县去告，府中郭爷清廉，我这里有簪一对五钱重，尔可拿去做盘缠，我权在秦韬妈妈家借住几日。"自芳带了父亲亲笔迹，搭舡径到府中。

适值郭爷在朝天门送官，即具状告曰：

> 崇安县九都二图告状人叶自芳，告为有冤难伸事。芳父母双亡，身系庶出年幼。嫡母张氏，生姐玉兰，招游吉为婿养老。先父临殁，怕吉害芳，故将家产拨吉，凭邻为证。吉见约存人亡，遂作假约，哄瞒县官，责打赶出，不与作主。芳不得已，奔投爷爷明照覆盆，追给原业，感恩。上告。

郭爷接了叶自芳状，带回馆中审问明白，遂行牌县中，提得游吉一干人犯，到府亲问。游吉诉曰："小的丈人叶毓，五十无子，招赘小人为婿，养生送死，顶户当差。年至五十三岁，与通房生自芳，毓疑非真血脉，故把家产，不拨与他，原有拨批存照。魏爷审问明白。"郭爷叫取拨约上来，游吉又将假的上去。郭爷叫自芳来看："此是尔父真字不是？"自芳曰："父写遗嘱小的年幼，小的今带有父亲笔迹数纸在此。"郭爷展开一看，全然不同。郭爷曰："怎么是两样字迹？"游吉曰："丈人临死手战难写，故此与生前字不同。"郭爷曰："不同只是生熟，怎么笔法大异？"郭爷故意骂自芳曰："这事糊涂，我这里难明。"自芳哭诉曰："爷爷若不肯理，小的母子死无葬身之地。"郭爷曰："尔要我问，拿这拨约抄去，问尔母亲明白再来。"丢下拨约与自芳抄。自芳知郭爷意思，只推"小的不会写字。"郭爷曰："自芳不会写字，游吉替他抄去。"游吉不知是计，拿笔连真带草抄了，递与自芳。郭爷叫："拿上来，我看详细。"一认，字虽有真有草，笔势却是一样。乃指游吉大骂曰："这等狗才，尔自假写拨约，欺死瞒生。"吩咐皂隶，重责二十。游吉初不肯认，郭爷吩咐："与我夹起来！"游吉心忖："我丈人拨约，亦未把与自芳，拿出何妨？"即叫曰："爷爷息怒！小的拿出真的，爷爷观看。"复在怀中，取出丈人亲笔拨约递上。郭爷从头看了一遍，笑曰："尔那丈人就是神见，内中说'不得与我出嫁之女、招入之婿并论'，又曰'全与幼子，无干女婿之事。悉遵前约'。他怕尔谋害他子，故把此约，稳尔之心。

尔出嫁、招入之人,安得占他家业、金银?叶自芳尔上来,我吩咐尔,尔看父亲、嫡母面上,田拨百亩,屋拨三间,家私每十分拨一分,金银各拨一百与他,以念骨肉之亲。"叶自芳曰:"爷爷公断。小的万代感恩!"郭爷曰:"我将这拨约,批作执照与尔。所拨之产业,亦明批在上。"用印钤记,付与叶自芳收执。仍立案存照。判曰:

  审得叶自芳与游吉本郎舅至亲。叶毓当年无子,嫡妻一女,招吉养老,是实。老得妾子承后,虑吉谋害,临死设计,全拨家产,盖为留儿而姑不敢留财也。吉肆贪号,便欲一网打尽,不思强客,不当夺主。强欲以姊而占弟家。理合断还原产,谅情随拨全亲。立案惩奸,永杜欺骗。

罗端欺死霸占

建安县吉阳街汤墩汤聘尹，屡世殷富。因为无子，娶妾何氏，止生一子，名唤汤隆。刚才三岁，汤聘尹一旦死去，寿止三十六岁。何氏与大娘叶氏，共哺孤儿，撑持家业。先夫在日，蓄有租田八百亩。每冬，叶氏叫家奴汤旺催取各庄苗租，变银完纳钱粮。各处租谷无欠，只有顺昌地方万全坑有田二百四十亩，离家窎远，屡年未曾取足。叶氏每见收到万全坑租，不胜忿怒。适有王孙街刁民王虎，立心甚险，为谋诡谲，亦买得有租田七亩，在彼与汤聘尹之田，叠叠相连。王虎遂欲吞为己业，乃设为巧计，来哄叶氏曰："万全一路，田土甚瘦，百姓狡猾无比，佃户拖欠，视为常事。若遇天一干旱，便自升合不与，年年捱欠，不奈他何。我今有田八十余亩，在彼地方，逐年亦虚破钱粮，受多少呕气。去取只是逃躲，告县便托人情。千方百计，亦只忍气。况尔家主不在，尔乃寡妇孤儿，如何征得租起？不如以田佃于我们，年年替尔取租，完纳钱粮，岂不甚妙？"叶氏被他巧计所哄，遂以万全坑租田二百四十亩，尽租与王虎，苗租果然收得完足。

及过三年，王虎往嘱各田佃户曰："前者叶寡妇以田租我，收苗准息，今已全图俱卖与我。尔众佃户，各要立佃批与我，然后给表约，方许诸人去佃，将来租谷俱要送至我庄，明白交还，不得短少升合。"各佃户不知其谋，遂信此言是实。此时王虎外收佃户之租，内纳叶氏之苗，众佃户自后听命惟谨，盖惟知王虎是他田主，而不知汤隆之为田主也。不觉奄忽便过二十余载，叶氏已故，王虎遂伪造契书，用茶染纸，成淡黄颜色，相似远年旧纸，以为告状之本，遂不纳汤隆之租。

汤隆着家人往王宅取讨，王虎曰："我家有田数百顷，那里有余力，佃别人之田？"汤隆知得，遂不问王虎取租，乃亲自到万全坑去取。众佃户曰："我只知此田是王虎收租，那见尔来？"遂各不理。汤隆复到王虎家中，请问明白。王虎曰："往时，我租尔家田，当还尔租谷，故不敢少。今尔令堂已将前田二百四十亩，一概卖与我，当时田价未完，故权纳三年租谷，补准息钱。今价已完足，田是我家的，岂复再纳尔家租乎？"汤隆曰："我家只把田租与尔，代收租谷，何曾卖与尔？尔若不还我租谷，我去郭爷处告尔！"王虎曰："莫说郭爷，就是皇帝处去告，我决不怕尔！"汤隆忍气不过，遂写下状词，竟赴府中郭爷处去告。

告状人汤隆，年甲在籍。告为土豪骗产事。隆孤母寡，佃多顽欠。虎豪王虎，计租隆田二百四十亩，代收租谷。一向完纳无欠，经今已二十载。讵豪久造深谋，熟交各佃，冒称母卖，欺死瞒生。切思千金之产，一旦谋占，王法何存？冤惨无地。告恳天台惩恶追租，断田还主，庶杜刁风。上告。

郭爷接了汤隆状词，反覆翻阅，细思此必王虎之奸，遂出牌来拘王虎。虎思汤隆雏弱无力，此必积歇刘云教唆他告状。遂将金银买赂干证，安排衙门、吏书、门皂，乃始入府诉状：

诉状人王虎，年甲在籍，诉为唆骗事。虎先年用价银三百六十七两，买到汤隆之田二百四十亩，契书明白，中见可证。历今二十余年，两经大造不旨过产，岁贴粮差，银一十二两五钱，厘毫无欠。积歇刘云，唆索补价。奸谋未遂，复唆耸告，捏称占田。切思时价明买，契书存照。乞天剪唆究诬，民不遭枉。

郭爷准了诉状，遂呼对理。汤隆曰："王虎做小的家总佃，只代收租，小的交他租银，已经一十九载。今一旦冒称买到小的田主，平白占产，情理何堪？"王虎曰："小人有契书执照，隆母叶氏，亲手花押，亲手受价。中见人等俱存，可证。卖产二十余年，今日何得听人教唆，强来争业？"郭爷一看契书，纸张颜色俱黄，即知王虎所造假契。干证人等俱是买嘱来的。全不动问，惟问汤隆曰："尔既收他有十九年租谷，亦有日记、苗簿，可拿来看。"隆即以前后所记租簿呈上。郭爷一见簿上，逐年记载，租谷、银数明白，知隆是实。乃骂王虎曰："汤隆之母，何曾卖田与尔？尔只代他作总佃，收租银而已。"王虎曰："远年买田，旧契可证。隆母虽亡，中人可审。"郭爷曰："选过粗板，把王虎着实打四十板。"复骂曰："尔能谋占隆田二百四十亩，岂不能以数十金，买赂干证来证？尔说旧契可证，此契只是近日伪造，不是二十年前的。汤隆二十年之簿，尔看颜色何如！"又叫书手何清，取过二十年前案卷纸色来对。只见外面堆尘则黄，内中尚白。恰与汤隆之簿，一样颜色。王虎假契，纸色内外俱黄，乃是用茶染的，故知其为伪造。遂叫取夹棍夹起。王虎初不肯认，喝令重敲一百，若不招认，再加严刑，必欲重夹。中人陈嵩，见王虎伪造契书是真，已被郭爷识破，不必代他受刑，遂不待夹，即自招曰："小的原日并未曾与他作中，特因王虎许谢银二十两，买我作证，望乞老爷超活。"郭爷曰："陈嵩未敢欺瞒，乃释放不究。"即拟王虎欺占田业，杖一百、徒三年，追田给还汤隆管业。判曰：

　　审得王虎，财利迷心，贪饕溺志，既口智以笼人，复乘机而罔世，代收寡妇之租，重剜佃户之肉，蚕食百家，强威日肆，狼贪一里，恶气风生。因寡妇之既卒，欺孤儿之无知，伪作契书，强占产业二百余亩。膏腴安可白占？一千余斛白米，难容强吞。严加刑罚，痛惩贪残。杖以一百、徒三年，田业悉追还主汤隆，照管无疑。

断妻给还原夫

弋阳县有一做马尾帽客人路十九,在于福宁州南街做帽多年,积得有二十多两本钱。因店主艾俊有一女子,年方十八,未曾许聘他人。见路十九勤励,肯做生意,年亦止二十四岁。俊妻秦氏心甚爱之,乃与隔壁吕荣商议曰:"我看这路师父,一双好手艺,他家中又无妻子,我欲招他为女婿,央尔替我作伐,何如?"吕荣答曰:"既妈妈爱他,我便与尔去说。"乃至店上,对路十九说曰:"尔自十七八岁在我这里,今日一发长成了,生意又好,尔家店主妈,有一令爱,要招尔为女婿,尔意何如?"路十九曰:"出乡人贱,他女怎肯嫁我?"吕荣曰:"委的是实。"路十九曰:"既他肯招我,不知要几多聘礼?"吕荣曰:"他既招尔,必不计较。"路十九笑曰:"尔去说来。"吕荣即入里面去说。秦氏曰:"我只要他十两银子,打些首饰,妆扮女儿便是。他不消费用。"只见艾俊亦喜招他,遂叫吕荣:"尔快去说,今日日子吉利。"吕荣出店与路十九说,只要银十两。路十九有银二十余两在身,遂将一半,递与吕荣,托他送入作礼仪。吕荣送与艾俊夫妇,遂安排成亲酒礼,邀请两邻诸亲六眷,与女儿合卺交杯成其亲事。自后路十九在艾家,敬奉二老、孝顺妻子、和睦邻时,一连三年,买卖兴旺。

忽值家中信到,报道家中父母病重,要他带妻子同归,相见公婆一面,再来事岳丈。路十九得信日夜啼哭,只是要归。丈人、丈母,亦留他不住,遂打发他夫妇归去。时路十九妻子已生一子,年方一岁,亦带同归。河下遂雇了一只快舡,别了岳丈诸人,竟自望福州进发。来到福州停舡在岸,路十九上岸,买些零碎货物归去。正买了货,遇着兰溪一个算命先生徐二十，背个包袱，要搭舡上建宁，走到舡边。艄公图他舡钱，遂许搭他。路十九见是一人，亦不阻挡。乃开了舡，望上水而进。谁想徐二十，是个奸险、油嘴光棍，朝暮在舡，与路十九答话，又替他抱儿子，连艾氏亦不防嫌，或同坐叙话，或同食茶饭。十九知他会算命，遂将妻子八字，与他推算。又将丈人一家八字，与他推算。徐二十既得其年月，遂究问其丈人家及艾氏姓名，路十九无心人，但事一一对他说及。后儿子吃乳，艾氏胸前亦不遮掩。迨至旬日，舡至建宁通都桥下，徐二十却翻了脸皮，手中抱了儿子，要艾氏同他上去归家。艾氏不知来历，徐二十便将大拳打来，便把路十九揪住说："尔怎么奸我妻子，哄弄他变了心肠，是何道理？"喊叫地方，地方俱来究问缘故。路十九说："这是浙江人，搭我舡的，今日骗我妻子，说是他的。"徐二十曰："这个是江西人，平白在舡，哄弄我妻子与之通奸，如今遂不睬我。"地方曰："难凭尔二人说。府中郭爷决讼，极是明白。"即将二人送至府中。

　　适值郭爷坐馆，地方即带二人进禀曰："小的是通都桥地方，见这两人在舟中厮打，争取妻子，喊叫地方，小人恐怕打伤人命，故此解到爷爷台下申究。"郭爷问曰："尔二人怎么相争？"徐二十诉曰："小的是浙江兰溪人氏，在于福建福宁州做客。娶得艾氏为妻，三年生子丑儿，年已岁半。不料此人亦在福宁州作客，终日在店，往来甚密，妻子被他哄奸。在舟又搭我舡，妻子一发与他好合作一路，反把小人来打，不认我为夫。平空骗去，情理何堪？望乞老爷作主，万代感恩。"路十九诉曰："小人弋阳人氏，在于福宁州作帽营生，积银二十余两，赘入艾俊家为婿，凭媒吕荣说合，夫妻已经三载，子已岁半。前日因父病重促归，讨舡竟到福州，上岸买货。回遇此光棍，称能算命，舡家利其舡钱，搭他同舡，小人不自提防，舟中无分尔我。今至爷台，不料他起此枭心，白骗我妻。有此不法，从古未闻。恳乞爷爷捞救小人，惩治刁棍，万代感激！"郭爷曰："据尔两人口词，江刁浙诈，实难准信。且从舟中拘得妇人来问。"不一时间，拘得妇人到台。郭爷问曰："两夫争妻，尔可从实说来。"艾氏曰："小妇人凭媒吕荣，嫁与路十九为妻，经今三载。闻得家中公婆有病，回归看视。来至福州，冤遇此光棍搭舡，旬日之间，言语无忌，饮食同席。不想到此，陡然说是他妻子，平空黑天，望乞老爷电察。"徐二十哭告曰："小的妻子，三年与路十九心情厚了，故不认小的。爷爷且把一小事来证，此妇若是路十九的，他说妇人身上那里有疤痣？"路十九曰："我妻结发三年，那里有甚疤痣？"徐二十曰："小的妻子左乳下有一黑痣为记，乞爷爷究验。"郭爷着门子一看，艾氏左乳下，果有个黑痣。徐二十即将妇人骂曰："我抛家做客，明婚正娶，取尔归家，接绍宗支，尔反爱上别人，抛开亲夫，是何道理？"路十九与艾氏，都说光棍不过，放声大哭起来，只叫"爷爷作主！"郭爷思想半晌，叫把三人监作三处。即分付承发房，写关文到福宁州，关得艾俊夫妇，及男艾节、媒人吕荣，俱到台下。郭爷升堂，叫先取出路十九与艾氏出来，艾氏夫妇，一见父母、兄弟人等，相抱大哭，十分伤情，说道中途接遇光棍来历之事。郭爷又叫取出徐二十来，二十认不得艾氏父母，一直走到堂上跪下。

郭爷笑曰："尔的丈人来了，想尔嫌他女儿养汉，故此不瞅不睬。不然，他一家哭做一团在那里，尔怎的不顾看？"徐二十自忖失了打点，连忙下去，扯住丈人啼哭。不想扯错了，把吕荣扯住，连叫丈人。郭爷仔细观看，忍笑不住，叫皂隶一齐带将上来。郭爷骂曰："尔这光棍，丈人也认不得，敢说艾氏是尔妻子？"叫取过粗板子来，将徐二十重打三十板。徐二十尚辩说："艾俊亦爱了路十九，故不认小人。"郭爷曰："尔把吕荣叫作丈人，那是丈人不认尔？"叫取短短夹棍过来，将徐二十夹起，重敲三百椰槌。要他招认。徐二十还强辩不认。郭爷曰："这等刁棍，尔敢抗拒我！"叫把脑箍上了，将沸汤煮过铁链过来，把二十衣服剥了。禁子抬得一桶滚水煮得铁链来到，郭爷叫把二十身上缠住。禁子用铁链链在二十身上。彼时二十头上是脑箍，脚里又夹，身上又缠，熬刑不过，只得叫："小的情愿招罪，望爷爷宽刑。"郭爷曰："要尔招了，我才放尔。"二十乃招曰："小的算命营生，不合福州搭路十九舡，见他夫妇意思殷勤，内外无忌，将他一家年命推算，故探出名姓。因他儿子吃乳，得知他疤痕，即起枭心，意图白骗。蒙爷爷明烛，所供是实。"郭爷叫放了他刑，遂用好言发放路十九等一干人等归去，再吩咐路上仔细，复给与关引，切记不要合反人同行。路十九一家大小，磕头而去。郭爷甚怒徐二十，叫禁子取过大枷，将二十枷于通衢，限三个月为期，方解还原籍。因执笔判曰：

审得徐二十无籍光棍，滥称算命觅食，技微心险，专逞口舌，愚弄乡民。不思微技止可掣骗分文，必难劫骗人妻子者也。弋阳路十九，载妻艾氏、子丑儿归家。二十得附舟尾，复思以术愚路，意路必然中术。算命以识年庚，抱子而知氏体，执此便希白骗艾氏，且以奸稔挟制。若不辨其哭之真伪，则俊几两婿而艾无专夫矣。枷号三月，锁解原籍。庶使棍徒，知此儆畏。

设计断还二妇

寿宁县五福街，有一村人家姓毛，亦有三百人烟。有毛荣、毛华兄弟二人，专一贩盐为生。一日出外贩盐，毛荣妻姚氏生一子五岁，毛华妻陈氏生一子半岁，正当八月天道，棉花正熟，适逢丈夫皆不在家，姆婶二人乃各抱儿子，去到埂地收检棉花。此埂乃是河边，离家一里路。陈氏将儿把衣服盛起，安在埂上，令姚氏之子看顾，姆婶二人发狠检花。只见一只小舡，荡拢岸边，有两个客人上岸，问二妇借茶湿口。二妇对云："未曾带来。"那客人即取自己所食烧饼付与姚氏之子。其子接过便吃，客人又取几个付与二妇。说道："我要去五福街屯盐。"二妇听得，低声答曰："我家丈夫正去贩盐，今夜必定回来，二位财主就在我家去歇便是。"二客曰："既尔家官人有盐，我要得二三十两，便在尔家去买。"二妇只说是真。又把一个烧饼与姚氏儿子，又把一个付与姚氏，说道："饼在舟中，未曾多带，此是尔府中来的，且是一分银子止买得四片。"姚氏、陈氏只说是实，姆婶遂分开食之。一食入口，登时被晕倒在地上。二客抛了他儿子，各背一妇，放于舟中，顺流而下，连夜撑到延平。客人略将些溪水灌入口中，二妇醒来，见是客人骗他在舡，二妇即时放死放生，客人狠将起来，用大挽手将妇恣打。二妇受刑不过，只得隐忍屈从，被他奸宿。将至十日，已到福州，遂买衣服将二妇梳洗，扮作娼家，放在洪塘街上接客。

二妇丈夫，彼日将暮归来，经过埂上，只见二子在那里啼哭寻母。毛荣、毛华放下盐担，抱起儿子到家中，门已锁上，未见妻在。及问邻舍，俱言姆婶两个下午去地收棉，各抱儿子同去，至今未回。毛荣兄弟慌了，却说他莫非是老虎咬去，又无血迹；若说是跌落河中，并无人见。天色又晚，兄弟哭回家中。天早又各处去寻讨，寂无踪迹。毛荣兄弟，亦只无奈，止请近寺和尚，做功课超度他罢。过了一年，姚克廉在书坊，贩得书籍，往福州发卖。舡湾洪塘，上岸往娼家戏耍。行至一胡同，仔细一看，认得是姐姐、姆婶两个，即做在他家歇夜，共包两个，房钱银六钱一晚。谁知那客人是湖州东张人王际明、赵成让，在此开娼。姚克廉人在姐姐房内，先时作喧哗唱曲行令、掷骰饮酒，待至更尽，忘八睡去，姚克廉哭曰："姐姐怎么遭此不幸，同婶婶在这里做此勾当？"姚氏把先前事，备细对兄弟说了一遍。彼时，姆婶一床，姚克廉独睡一床。待至天明，克廉对姐姐曰："尔切不可说破！我到福州就去告来，拿这忘八。"三人约会已了，克廉起来梳洗，食早作别。回至船中，将舡直抵省城，将书发入铺中已毕，即具状到按察司周爷处报告：

    告状人姚克廉，系寿宁县五都一图民，告为阱陷事。亲姐幼适毛荣，姐婶毛华，嫡亲妯娌，冤因荣、华出外买盐，姆婶出地带幼孩检拾棉花，恶龟王际明、赵成让私驾小舡泊岸，借茶为由将麻药作饼，赚姐误食，登时口不能言，强背入舡，打作娼妇，洪塘接客。身嫖方识奸情，良家白骗为娼。禁逼令丧节，活拆人夫妇，啄贱人妻孥。恳天斧劈枭，惟庶得室家完聚。上告。

周宪台接得姚克廉状词，从头一看，乃叫廉向前审曰："尔果见姐不曾？"廉曰："小的昨晚亲在他家假歇，与姐、婶商议一晚，今方奔告爷台。"周爷曰："尔是寿宁县人，就批建宁府郭推官去问。"姚曰："若批郭爷，青天开眼。"周爷即将状词及人解到郭爷处。郭爷看了状，乃问姚克廉曰："尔曾洪塘走了消息不曾？"廉曰："小人密不通风，只是姐姐得知。"郭爷即行牌到洪塘，拘王际明、赵成让及邻右陶松、范大章来馆究问。王际明知得消息不好，即将二妇寄在漳州海口周林富户家藏起,却移两个别家娼妇在原处;又将银二十两买了邻舍窦呈、彭贵之心;将银十两买了本妓忘八涂娄之心。打叠端正,遂请一干人犯,同馆差来到建宁府理刑厅上。王际明取出诉状诉曰:

> 诉状乐户王际明等,系湖州东乡人。身因训蒙不赡,买妇开娼洪塘,十有余年。祸因寿宁客人姚克廉,骋酒入院耍嫖,嗔身慢于应接,扭娼乱打,院内什物悉遭打破,挽邻赠妇,赔宿求伏。天明不容,狗命捏身骗姐作娼。毛氏人烟三百,孤客安能劫妇?酒色昧心,冤恨莫吁!乞天歼此大奸,贱人鼎德。上诉。

郭爷看罢诉状,叫邻人窦呈向前问曰:"姚克廉告王际明之事,从直说来。"窦呈曰:"前月克廉在州卖书,乘醉来洪塘嫖院,嫌际明接待稽延,一发把院内什物罄空打碎。际明怕触客人,仍将一姐与他赔宿。小人隔邻亲来赔话。不想天早又告周爷台下,批来老爷究问。原宿一姐,尚在洪塘。"郭爷曰:"彭贵怎么说?"彭贵所说亦与窦呈无异。郭爷曰:"再拘娼妇来到,便见明白。"公差承牌,不日,就拘得两个娼妇到台。郭爷叫克廉问曰:"这是尔宿的娼妇不是?"克廉曰:"当日是我姐姐,小的痛哭一晚,那里见此二妇?"那一姐曰:"尔逞醉撒泼,来我家把什物尽行打破,我又相赔尔宿,肉面来证,还说假事?"郭爷叫把妇人拶起。禁子用刑,二妇着实忍住,只是不说。郭爷叫:"且把各人犯监禁起,明日再问。"到晚,郭爷复取出姚克廉私下审曰:"尔实见尔姐姐,与他商议未曾?"廉曰:"姐姐骨肉同胞,受这冤辱,望爷爷作主。"郭爷仍叫廉去监中坐住。乃遣两名亲随捕盗马如彪、章明,装作客人前到洪塘访察,就在王际明对门娼家去嫖。饮酒之间,乃问娼妇兰娥、菊娥曰:"尔对门先有两个好妇人,今日怎么都不见,在那里去?"兰娥低声答曰:"那忘八欺心,将麻药骗得寿宁两个姆婶来此接客。前日,妇人兄弟到这卖书看见,具状，按察司批四府郭爷处问。忘八买嘱两邻及他同乡，忘八先把两个妇人寄在海口富户周林家住，却将涂忘八两个娼妇买去抵搪。世间有此欺心异事！"

马如彪得知在心，佯若不知，只管饮酒猜枚，掷骰作乐，歇了一晚。天早还了歇钱，二人径奔建宁。见了郭爷，将忘八际明之事报知。郭爷即起文书，差八名快手，到漳州说道："福州强盗王际明，劫得寿宁毛荣金银及妇女，俱寄在海口周林家中。"漳州知府丁永祚见是按察司词讼，发郭四府审问，即差本府皂隶四名，同前快手俱到海口周家进去。府差认得周林，即相叫曰："丁爷有牌在此。"周林听得丁爷牌到，心中犹豫，不知是甚公干，连忙请得众公差上厅坐定，吃罢茶后，请牌看。郭爷快手骂曰："老不知死，按察司牌票，这等易看！"两人走向面前，便打两掌，取出铁链来锁。周林见锁，心中慌了，便吩咐家中宰猪相待。酒饭中间，周林再三求牌一看。快手刘夫取出牌来，周林细读一遍。

建宁府理刑厅，蒙按察司周爷批据，本府寿宁县姚克廉状告强盗劫掳事。拿得强盗王际明等，借招财帛、妇女真赃，俱寄海口周林窝藏，理合拿究。今差捕盗刘夫等，速拿窝主及财物、妇女，到厅对理。毋违。

万历元年三月二十日票

周林见了牌票，乃对刘差曰："我原不知王际明为盗。他委实将两个妇人，及衣银数事寄在我家，今既扳我作窝主，只得对理。"即打发府差银四两，本府皂隶银捌钱，即日将妇人、衣银，一齐起身，解到建宁府来见郭爷。刘夫禀曰："今解得周林等到了。"郭爷叫放出姚克廉来认。克廉一见姐姐，向前扯住，两下大哭。郭爷叫姚氏、陈氏，且在外面俟候。复取出际明及邻右、娼妇、克廉来审。王际明诸人，仍旧是前日之言，遂不更改。郭爷曰："姚克廉真是与此妇歇宿？"窦呈曰："委实无假。"娼妇曰："同睡一夜，怎么敢谎。"

郭爷曰："只怕是谎。"王际明曰："若是谎，甘当死罪。"郭爷曰："外面取姚、陈二妇过来。"际明听说姚、陈名字，心中不胜惊恐。二妇来到台前，见了王、赵二贼，亦不怕法，向前揪住，用口把二贼脸上连咬几口，哭诉曰："小妇人良家之女，本存节操，遭此二贼，用麻药拐走，打作娼妇，彼时即欲自尽，止为未见丈夫儿子，故此隐忍到此。今得爷爷申究，终身不忘大恩！"诉罢啼哭不止。郭爷闻说，不觉泪下，叫取粗板子将王、赵二贼，各责四十；邻右窦呈等各责三十。王、赵该拟用毒杀人之律，问发陕西山丹卫充军；窦呈等人受赂偏证，拟杖一百、徒三年，追赃发配大安驿摆站；其二娼妇判与姚氏、陈氏为婢，叫克廉带妇归家。遂命各犯画招已毕，克廉、姚、陈二氏，磕头谢恩而去。郭爷即判曰：

审得王际明、赵成让买良为娼，四心尽丧，只图苟利肥家，不顾名节扫地。路经寿宁，欺妇野处，计献饼食幼童，遂赚二妇入圈，舟载洪塘，勒为贱妓，鳏人之夫，孤人之子。毛氏惊遭虎水，姚生陡识勾阑，不思宪司，法守难逃，敢嘱邻右、妓妇妄证，若不究出周林，必难杜此贼恶。王、赵减死，充军山丹；窦、彭党恶，摆站大安；二妓拨付姚、陈为婢。克廉大能为姐申究，罚罪无私，立案存照，招报按察司。

人 命

吴旺磊算打死人命

　　瓯宁县三都项龙街吴旺,三代豪富,钱粮一百五十石。放债取利,每要对本加五,乡中人皆怨晋詈骂。只有一等极穷无聊之人,要银供给衣食,不得不吃亏与他揭借。时有罗滩罗子义,卖米营生,攒得升合供家,有兄子仁亦要买米去卖。一日,托保叶贵立批,借出吴旺银九两一钱,准作十两,本外要加利五两。罗子仁要去买米,只得忍气受去。谁想罗子仁一下有些时运,买米去银七两,载到福州去,适逢州中米缺,不消三日,变出价银一十六两。就在州下买得鱼货,上到浦城去卖。又值货贵,遂得两倍利钱,收银三十六两。除了费用,即在浦城又买米去福州卖,仍是前价,又得本利五十七两。复买鱼货,到建宁府来卖了十日,刚刚算得银一百两。罗子仁心中大喜,连夜赶到家,将银与兄弟、妻子看了,即买办三牲,酬还愿信。天早请得中人叶贵来家,酒肴相待。

　　叶贵问曰:"尔今去了半年,生意颇得利乎?"子仁曰:"托赖洪福,也攒得四五两银子。今日央尔来,我把吴旺财主这项债还了他,年月虽未满足,也对银一十五两。"自同叶贵到吴宅交还前债。吴旺出来相陪,问曰:

　　"得利乎?"罗子仁曰:"托赖财主造化,亦攒得二三十金。"吴旺知他得利,即取天平来对。中人叶贵将银对了一十五两,吴旺说:

"如何对这些？"罗子仁曰："批字原写加五利息，况且年月未满，止是半年，只该二两五钱利息，只是小人多得财主提携，亦不敢论年月。"吴旺曰："我这里放债，那管年月？出门便要加一日，今尔得许多利钱，合该还我二十五两，中人可再对来。"罗子仁曰："乡中借债，自然只照原批、乡例还息，尔今何得蛮来磊算，违禁取利？国有律法，私债事情，要人心服。安可如此强横？"吴旺被他说得无理，遂翻过脸皮，将罗子仁骂："尔当初手无分厘银子，一贫如洗，纵有擎天本事，亦无施展。今得我银做买卖，不消半年，身衣□食，一家件件充足，合该一本十利，欢喜还我。自古钱归算路，欠盖□头。尔这欺心狗骨头！"罗子仁曰："我不还尔，乃是欺心！前得尔九两一钱成色银子，今还一十五两纹银利息，不为不多。尔要我再对，违禁取利，法外科骗，我心怎服！"吴旺大怒，便将罗子仁当面两掌，大骂曰："州城府县，远近人等，谁不来借我债？谁不依凭我算？尔独愆赖，偏与我闹！若不打尔，他日我债亦放不得！"遂喝令家仆数人，一顿乱打，打得遍身青肿，即时气绝。叶贵劝不能止，飞忙走到罗宅报知其弟子义。即具状到本具王大尹处告：

   告状人罗子义，系九都民籍，告为土豪放债食兄事。县豪吴旺，家财百万，奴仆百余，枭勇凶谋，人人侧目。兄子仁托保叶贵，借旺银九两一钱，准作十两，买米营生。半年即还银一十五两。恶嗔短息，勒要廿五两，兄辩触豪，喝令家僮，登时打死，气绝身亡。原中叶贵见证。违禁取利，死者含冤。私债食兄，一家泣血。人命关天，冤情惨地。恳天。上告。

王大尹广东人，贫贱出身，素恶土豪，见了状词，心中大怒，即差民壮聂寅、洪文承牌即到项龙街拿吴旺。吴旺谓聂、洪二人曰："罗子仁兄弟窃盗我家财物，被我家小厮捉获，黑夜登时打死，但不曾禀官，何曾是为私债打他。"遂整酒饭，相待来差。次日早到县，即写了诉状。投到：

诉状人吴旺，年甲在籍，诉为烛诬事。惯贼罗子仁，究盗害人，一乡不容。本月初三日，夜潜入室，偷盗财物，仆见获，当即打死。不料贼弟罗子义，捏告违禁取利情由诳台诬陷，人命至重，贼害难禁。仆止黑夜杀贼，未尝白昼殴人，吁天详烛，蚁命沾恩。

王大尹接了诉词，详阅一番，即拘原、被、中人对理。罗子义哭诉："小的哥郎，借他成色银九两作十，已赔加一在内，不满半年，凭中还他一十五两。这等重息，怎么当得？吴旺勒要二十五两，哥郎心中不甘，触犯了他，一时被他打死。望爷爷作主详究。"吴旺曰："小的虽有分毫剩银，未借与他。罗子仁兄弟乡间为贼，众所共知。前日挖穴偷盗，谁不知小的捉贼，律法云'半夜入人家，登时打死勿论。'况小的现有墙穴见证，爷爷可审四邻。"谁知吴旺已先用银四十两，买嘱四邻陶兴郎、金五郎、游申、谢本来证。王爷复出牌，俱得四邻来到。王爷曰："尔是吴旺邻右？"陶兴郎曰："小的四人俱是。"王爷问曰："前日吴旺打死罗子仁是真否？"陶兴郎曰："打死是真。"王爷曰："怎么打死？"陶兴郎曰："那时半夜后些，小人俱已睡去，梦中只听得喊叫拿贼，小的连忙起来，只见贼已打死，小人俱来看视，认得是罗滩罗子仁。小人只说吴旺天明必在爷爷台告明，不想他未告明，合得应死不该擅杀之罪。"游申曰："罗子仁是小的母舅，他虽窃盗，乃是初犯，亦不该死。望乞爷爷问他偿命。"吴旺忙叫屈曰："罗子义与游申俱是贼党，买他偏证。"罗子义曰："小的一贫彻骨，借银是实，那里是贼？况贼岂一人做，岂无伙伴？"王爷曰："尔哥既是做贼，被他打死，亦只问得他一个擅杀之罪。"罗子义见王爷不准他告，便指吴旺骂曰："尔这活强盗，用钱嘱托官府，买倒邻右，屈死我哥，我恨不得咬尔的肉！王爷听尔，上司还有府道司多少衙门，终不然尔都去买得他听尔说话！"王爷见罗子义把言语冲撞他，怒将起来，喝令把子义打十五板，赶出不理。罗子义无计可施，思量如今

只有郭四府老爷明决,即写过状,径到理刑厅告:

> 告状人罗子义,系瓯宁县九都民,告为买嘱人命事。兄贫,揭借虎豪吴旺本银九两,半年还本利一十五两,豪要廿五两,兄辩遭嗔,当被率仆群打,登时气绝。豪嘱邻右徇门,本县不为做主,反问半夜偷盗该杀。白昼活活打死,私债扭为窃盗,昼夜悬隔,债贼异情。乞拘原中叶贵,立辨冤诬。上告。

郭爷看了状辞,叫将罗子义收监。行牌即下县中,提得吴旺一干人犯来到馆中。便叫:"吴旺私债杀人,诬善罔众,该得何罪?"吴旺即怀中扯出诉状,呈上:

> 诉状人吴旺,系瓯宁县三都民,诉为刁贼赖骗事。富遭人怨,贼计百端。本月初三夜,被贼掘开房壁,盗出笼箱,仆见逞怒,失手打死,当喊邻右明证。罗子义同恶相济,捏兄还债称冤,本县询明赶出,恶复虚诉赖骗。半夜杀贼,众目难瞒。掩贼作债,一片罔法。乞合殄奸扶弱。上诉。

郭爷看罢诉状,即叫游申上前问曰:"吴旺取债打死罗子仁乎?"游申曰:"罗子仁是小的母舅,向传为窃盗,又未见真赃,不合前夜入吴旺家,挖壁入房,财物并未偷出,被吴旺仆从捉获,喊叫四邻,登时打死。小的近前看视,方知是母舅,悔救来迟。彼时众欲呈县,吴旺说他自己承当,应死不该擅杀,乞爷爷搭救母舅初犯。"郭爷曰:"尔母舅不才,死有余辜,只是尔该来首。"再叫谢本上来骂曰:"尔这狗骨头,擅自杀贼,藐视官府,贼不该死,尔该偿命。"谢本曰:"吴旺杀贼,他说自来首明,不干系小的,因此小的未来呈首。"郭爷笑曰:"未首减一等充军,擅杀问杂犯拟斩。"遂抛纸下来画招。兴郎四人,见是问军,私相谓曰:"我等只得他十两银子,替他去充军不成?他今日自己也问死罪。就是证出人命,亦只是死罪,我等何故做这冤家?"大家私相埋怨。郭爷喝令画招,吴旺辩曰:"杀贼反该死罪,杀死平人不该凌剥?"兴郎等曰:"不首贼死,该即充军;不首平民,就该杂犯？"郭爷曰："将吴旺打下四十，兴郎每人打下三十。"皂隶如数打了，郭爷曰："白日还债，捏为夜间窃盗，十两勒要三倍，岂不能将银买尔为证？"叫取叶贵来问。

叶贵见提，连忙向前诉曰："罗子仁卖米营生，托小的借银是实，不止半年，九两还成一十五两，还要算他三倍，不容小的劝解，喝令群仆揪打，说道今若不加威势将子仁打，恐怕后来乡民为例。不想登时打死，反嫁夜盗，一片虚辞！"郭爷叫取夹棍来，把游申夹起来重敲一百。"尔受赂冒认母舅擅杀，减等拟徒，尔这奸计，只瞒得王爷，敢来瞒我？尔从实招来！"游申还不肯认，郭爷叫上了脑箍，与我再夹起来。游申受刑不过；招为："吴旺磊债打死罗子仁之时，小的四人俱不在家，直至王爷拿问小人四个，俱得他银十两。今日爷爷审出，叶贵所言是实。"郭爷曰："这等活强盗！尔说擅杀良民就该凌迟，不首良民，就该杂犯。今复何说？"吴旺等低头画招，只叫"小的有罪，望爷爷超豁！"郭爷乃问吴旺大辟典刑，秋后议斩；兴郎四人，受财妄证，拟徒五年。罗子义领兄尸埋葬，叶贵无罪还家。

判曰：

审得吴旺以万金土豪，肆恶无厌，乡民屡遭蚕食殆尽。今乃违例磊算，活活打死罗子仁，反诬子仁半夜入室，偷盗财物，计图脱网。夫以九两低银，不及半年，勒骗二十五两，此等阎王之债，连命勾去，岂止为富不仁哉！妄捏贼情，兴郎等昧心受银十两，以擅杀贼情虚证，此正是为人须向损边生，阳为有罗而阴实附旺也。以日改夜，隐债驾贼，而兴郎等同恶相济，似此枭鸷，合拟如律。

争水打伤父命

　　建安县汤墩汤盘,父子兄弟,历代务农,专力田间水道。每遇天旱,便恃父子人多,专一一霸占水利,自己田亩皆要田田水荫,禾苗丰盛。若是别人之田,凭他旱死,亦不分水与他。即有人小心哀告,偶或许他,倏即阻截。此其立心甚狠毒,操行甚刻薄,盖一乡之虎狼,汤墩之蛇蝎也。时有同乡杨大目,亦种田业,其田落在汤盘田心,节次谋夺之不遂。适值天旱,乃四下阻截水路,不容大目承荫。大目乃曰:"田虽上万,水利通行。尔田要纳钱粮,我田亦要纳钱粮;尔田要收成,我田亦要收成!均是田土,均是水利,奈何恃强倚势阻截我水,只图尔家饱暖,不管我家饿死?"汤盘怒骂曰:"蠢奴才,尔田远我田近,水势必自近流到远处;尔田少我田多,必先荫多田而后荫少田;尔田低我田高,必先润高田而后润低田,皆是一定之理,那个敢来强争?"杨大目曰:"放水只可论先后,岂可日日阻住,不许我放!尔是口蜜心苦,利己损人,天眼恢恢,必定监察。俱同是一块土上住,尔田丘丘有水,我田干得发裂,亏尔下得狠心肠,断送我一家性命!"汤盘大怒曰:"谁是谁非,谁浊谁清,尔要仔细,莫惹我打尔!"杨大目说:"尔便打来!"汤盘遂把杨大目揪倒,一顿拳头乱打。大目力弱,打他不过,喊叫救命。其父杨闵听得,即忙奔救,口称:"尔这恶人,何故阻我儿子田水,又打伤我儿?尔明日天不容地不载!"汤盘听了杨闵之言,心中愈怒,遂骂:"老叫化!尔儿子强横与人相打,尔又来火上添油,何等可恶!今日不打尔,我恨气怎消得!"乃将锄头头上连打几下,血流满地。杨大目无奈他何，只得背回家中，顷刻气绝，冤不得伸，只得写状去告。就在大市街撞见郭爷，即拦轿跪告：

  告状人杨大目，系建安县民，告为伤命事。地虎汤盘，恶胆包天，横行乡曲，官水独占。稻枯食绝，身论触殴，父闵闻凶奔救，遭恶锄头破脑，背归登时身死，陈位见证。父死家破，冤惨天昏。叩法检填负冤。哀告。

郭爷接了状子，遂即审问情由，带转本厅，即为准理，发牌拘拿汤盘赴府问断。大目见状准了，还家。其弟大受等三十余人，遂抬尸首直入汤盘中堂，因便乘风，卷掳财物，打破门壁，骚扰一场。汤盘具状入府诉云：

  诉状人汤盘，系建安县民籍，诉为冤陷事。天年大旱，本月初七日，身与杨大目争水，遭殴晕地。石昆救证，并无杨闵在旁。次早称父被身打死，统集群虎弟侄数十余人，破屋劫财，谎状捏告。哭思争水田间，去家二里，恶父瞀病多年，不出户庭半步，贫无飞石，安能打死病父？乞究根源超拔。恳诉。

郭爷看了诉词，遂拘原、被二犯，并两家干证人等，到馆略审。明日亲自去到尸场，唤仵作一一检验，杨闵果有破脑重伤是的，理合问汤盘偿命。盘即将金银买贿承行吏书，滞卷莫进，谋缓复审，欲待郭爷升迁，翻案告脱死罪。大目知盘奸谋，遂复催告一状：

  告催状人杨大目，告恳急取供招事。爷政清明，万民瞻仰。凶恶汤盘，打死父命，告蒙检明致命重伤，将经一月，未蒙复审成招。恶钱广用，日久奸生。仁台早夕乔迁，冤民无处控告。乞速取供，免遭奸计，生死感恩。上催。

郭爷望见大目催状，即奋然叹曰："一时是我事多，亦必书吏按卷不呈。若不早断，他日我设若升去，大目怎么争得他过？必定脱了死罪。死者无辜,生者受罪,岂不是我误他!"遂呼承书吏急取供招,归结前件事情。汤盘放刁,不肯供招,苦推人命,哭诉掳财。郭爷复将两家干证研审,皆云:汤盘打死杨闵是实,大受掳掠汤盘家财亦是实,总乞爷爷公断。郭爷见干证诉说明白,即判曰:

审得汤盘虎踞一方,霸截众人水利,恃强殴打杨大目,已为行凶。况父杨闵亲见儿子被打,奔救号冤,此亦父子常情耳。盘胡逞凶之甚,丧其命于锄头乎?大受痛父身亡,统集族众,抬尸入汤,乘机掳捡,虽曰妄举,亦以忿虎之咥人,快虎见诛而并欲空虎之巢穴也。汤盘合拟填命,大受姑罚不应。

磊骗书客伤命

建宁府大市街有一滕宠，屡代世宦，家富石崇。生放延、建两府，取利甚重。专一与府、县官员往来，恃强逼取息钱。内中有不听算者，即呼奴仆狠打不休，重则送官惩治。或有逼死人命，亦只罚得他纳谷数十石；或遇对头，他亦广钱买嘱，拒捕不赴审对。满城人皆号他霸王，彼亦自夸："缠我老滕，必难脱身。"一日，有浙江龙游贩书客人龚十三、童八十在太中寺卖书，折了本钱，托保陈正，写批往滕宠处借出本银二十两。未及一年，已倍息还足，当凭原保，立有收完票帖为照。自后龚、童二客人，勤俭克苦，朝夕不息，生意顺遂，大有所得，遂在府前开一大书铺。滕宠一日府前经过，知是龚、童二书客，见他不来礼，他便生骗心。归家即叫原保陈正来说："龚十三、童八十，二人开店，生意大利，皆是借我银为本，奈何不还我银？屡次取讨，竟未见分毫，他是何等主意，特欲欺负我耶？"陈正曰："当日他就还了，是我写完批，大官人怎么又取？"滕宠喝曰："尔得客人银子，故此代他争辩。"陈正曰："凭尔去取，我不管。"滕宠遂呼强奴五六个，一齐往龙游书铺，叫家童骂龚、童二客人："尔数年钱债，屡取不还，是何道理？况得我家银子作本，今已多趁利息，若不还我，天理难容！"龚十三答曰："借银未及周年，本利倍还，立有收帖存照，今何可复来索取？"滕宠怒曰："尔们借我银为本，买书开店，今生许多财帛，负债不还，反把假收票在此抵搪。尔既还了，如何不取原日借批？"龚、童心中不服，遂与争辩起来。滕宠乃喝令手下多人，将龚、童捉住狠打，破其头面，

折伤左股,冤屈莫伸,于是写状,即在清廉郭爷处告:

> 告状人龚十三、童八十,系浙江龙游人氏,告为黑骗伤命事。缘龚、童府前卖书,旧年揭借滕宠本银二十两,半年倍还,收批血证。岂恶复执借券重骗,理论触凶,喝令家僮毒打,重伤可验。周傍救证,二命悬丝。恳台亲究,殄恶保辜。上告。

郭爷准状,即遣医生验明,连发五牌严提滕宠。宠广将酒食、金银,买嘱衙门、人役,抗拒不赴对理。龚、童二人,复催一状:

> 催状人龚十三等,催为抗提玩法事。凶豪滕宠,斩打孤客重伤,医生验明。五拘抗牌不到。天台视民病若己伤,凶恶藐官法如故纸。身在歇家,调养无人,雇借抬归,审理不便。即目血髓时流。朝不保暮。迁延屈死,上负天恩。哭恳爷台速拘归结。上催。

郭爷一见龚、童催状,心中大怒。即刻严差守提,风火雷霆,十分紧急。无计可逃,只得赴馆诉告:

> 诉状人滕宠,诉为沉冤陷害事。枭客龚十三、童八十,约借老母衣棺银两。过期不还,坐取触恨,呼党擒身,棍石乱打,浑身寸节有伤,幸得张松救归,几死三次。恶反诈伤二命。蒙牌五提,痛难起床。死壳回生,匍匐上诉。

郭爷看了滕宠诉词,遂拘原、被告并保人干证,一一鞠问。众皆受宠贿嘱,偏证客人。郭爷遂用重刑,将张松夹起,大怒喝曰:"尔这一带奸刁,私受滕宠多少银财,买来偏证客人?若不从实说来,即夹至死亦不少放!"张松受刑不过,乃直言曰:"龚十三当日借银为本,未过限期,已一一还讫,并无分毫少欠,滕宠亲笔写立收帖是实。今见龚、童卖书,多获财利。因昨日宠在店前经过,未曾与他作礼,故持陈券索骗,磊算前债。龚、童不服,理辩滔滔,宠心怒起,随呼手下，将龚、童扭打，破头、折股，俱有实伤，小的不敢隐瞒。兄原中陈正，见他欺心，因此逃去。"郭爷曰："我未加刑，尔便不认。"松曰："未入府时，宠已置酒店中，哭说四五一二，实未敢受其钱财。望乞爷爷大施恻隐，超拔小民。感戴无任！"郭爷乃取笔判曰：

  审得滕宠宦虎踞市，磊债戕民，流毒乡方，已非朝夕之故。今乃持已偿之废券，贼无欠之良民，破龚十三之头额，折童八十之左股，五拘不至，百计逃躲，乃又挠法之尤者也。尚欲捏无作有，将假搪真，诈言遭打致病，卖脱前件愆尤，讵知身无伤迹，何得口报遭冤？夫强附己于伤人之列，欲脱刑于无刑之中。合剪刁风，拟罪如律。张松误饮其酒，姑免究治。二商既受保辜，已得汤药归家宁养。

断问驿卒偿命

万历乙亥年八月,郭爷在府理事,闻报杨公四知代巡来闽,已入分水关,众官俱要到关迎接。郭公一日府中起马,行至叶坊驿,天色已晚,不能前进,即吩咐众俱去睡,明早好行。公秉烛独坐,忽闻窗外有女人声音吟曰:

> 夜月悬金镜,春风飚锦帆。
> 红花如有意,飞点绣衣衫。

女子吟罢,郭爷仔细静听,其女又吟曰:

> 旭日转洪钧,园林万树新。
> 画屏朝弄色,彩槛夜移春。
> 巢鹊俱堪托,人家尽不贫。
> 独怜寒谷底,黄叶尚凝尘。

公听罢女子之吟,心大诧曰:"有是哉!女子何以至此?"女曰:"妾非人也!有沉冤欲诉。"公曰:"尔试诉来。"女即趋前,跪于灯下,泣诉曰:

> 告状妾徐氏,系衢州常山县人,父徐材选晋江罔川巡检。祸因辛未年九月初七日,从父赴任,抵驿安宿,驿夫杨重,见妾貌美,毒父犯妾,妾固不从,罗巾缢死,尸掩园中,浅土仅足覆面。命官遭毒,室女含冤,阴魂飘扬,望光哀告。

女曰："望乞爷爷详察施行。"诉罢不见。郭公听了状辞，一夜不寐。迨至天明，公集群驿夫庭下问曰："五年前有徐巡检在就城犯了重罪，逃至此间，上司着我来访，若何人能捕获，捉得来见官，给赏银五十两。"有一驿夫向前禀曰："小人曾听得有人已杀之矣！"公曰："尔姓甚名谁？"答曰："小的姓杨名重。"公曰："尔见甚人杀他？"杨重见问得古怪，遂改口说："小的只闻此语，未知真否？"公大骂曰："思奸人女，而遂杀人之父；纵一时之欲，而伤两人之命！"叫手下选过粗板子，将杨重重打三十。

杨重受刑不过，乃哭诉曰：

诉状人杨重，系叶坊本驿驿夫。身贫入驿作夫，曾经三载。五年巡检被杀，止得风闻，人命事干重大，指杀必执实证。巡检虽职卑，从行谅有跟随；女父既同行，相伴不离母婢。未有一女一父可以朝夕相随，驿夫一人应难行刺。乞爷爷嘱冤，死生佩德。上诉。

郭爷听了诉辞，大怒曰："这贼骨头，不打不招！"叫将夹棍夹起。杨重曰："小的不知来历，莫说是夹，就是如刀，小的情愿伸颈，此事决不敢招！"郭爷叫只管夹起。敲了一百，杨重只是不认。郭爷曰："这奴才总是该凌迟！与我再打三十，拶起来。"杨重只说郭爷也是风闻，又无对证，只是熬刑不招。郭爷曰："尔贪他女貌，毒死他父，女不从允，罗巾自缢，葬在园中浅土，尔尚来辩！"杨重听得郭爷说出真事，自知理亏，只得供招。郭爷遂判曰：

审得杨重以积年淫棍充当叶坊驿夫，瞰徐巡检父女两口入驿，身无仆从，悦女貌美，遂毒父命，女抗节自缢，父旅魂衔冤。依依浅土，两命谁归？一点游魂，灯前诉屈。似此纵欲吞云，合拟凌迟处死。仰地方具棺改葬徐材父女，庶使冤魂不遭沉滞。立案解府，地方免罪。

游筛谋毒三命

　　政和县五都徐村有游旗、游筛、游旗兄弟三人,藉祖父余荫,家业巨万,富饶堂室,田连阡陌。但游筛年虽第三(二),立心甚毒,每行利己损人之事。虽凭族长分家,往往欺兄本分,田产要取附近,承荫房屋,要取高大精洁,衣服器皿,要取华丽新美,凡一切家中动用,俱要占哥弟便宜。游筛心下犹不自足,乃与其子游志高商议曰:"我欲尽取大伯伯之家,尔有何计可以一网打来?"游志高曰:"尔(我)伯尚有哥哥游志广、侄儿游自成,一家三人卓然,奈何能尽取得?"游筛曰:"事由人干。若有好计策,莫说三口,即三十口亦不难于置之死地。"志高曰:"若欲谋他家业,必应先毒伯伯,后毒死哥哥,又毒死侄儿,方能斩草除根,方能夺其家业。况又有小叔游旗,亦要摆布他,方可成事。若有一个不死,他日我等必难存济。"游筛喜曰:"我儿实有机谋。"遂日夜伺候游旗动静。一日,游旗往田中耕田,婢女送饭并携老酒一罐,行至无人去处,游筛故意叫婢女后面路上代他接耕田饭来。其婢放饭在路,游筛见婢去远,遂将毒药倾在酒内,向后来接婢饭。婢仍携前饭,与主人去吃。游旗耕田辛苦,即先取酒来连吃数碗,不觉肚中又饿,毒药发作,遍身发热,望塘中去浸,登时死于塘中。婢只说酒醉投水,连忙来报家中。筛、旗诸子侄俱来痛哭,具棺收殓,谁知此是游筛毒死。

　　过了数日,游旗似觉略有风行草偃,在外言三语四,游筛知得心中深衔。一日志广偶得伤寒,游筛曰:"伤寒亦是大病,虽(也)要请医服药。"志广遂着家人,请得县中刘医士来家医治。服药数帖,其病少愈，刘医士曰："尔病渐渐要好，我家中有事要归，明早我叫小介，再送两帖药来，便可断根。"说罢辞去。游箎遂置毒药手中，及至天明，在总路去等，果见刘医士送得药来。游箎曰："此药是我家去的？"小童曰："是也。"游箎接过手来，开包一一看过，遂将毒药尽放在内，仍旧包了。小童送到游志广家，辞别归去。志广煎药服去，一时毒发，遂不可救。游箎见侄已死，乃假装怒曰："刘郎中素号明医，百无一误，今独医死志广，必有缘故，我想此必游旗那畜生，欺奸侄妇陈氏，故串医人毒死志广。不然，何其死亡如此之速，有此异事？淫人妻子，毒人丈夫，我必代为伸冤！"遂写状往县中洪大尹处去告：

  告状人游箎，告为代侄伸冤事。恶弟游旗，禽兽邪行，秽污闺房，调奸侄妇陈氏至稔，恐侄志广闯（闻）知不便，乘伊伤寒，遂买串医士刘一梁，毒死志广。冤□□天，骨肉相残，人伦大变。乞天究治，存□沾恩。上告。

然志广之死，实系游箎用药，乃嫁祸于游旗耳。且又密嘱其子志高，包药于糖饼内，再毒广子自成，意欲斩草除根耳。自成不食，故误杀其家僮，通族尊长，举皆知之，莫不忿恨游箎，且骂曰："至亲手足，安可以如此狠毒？既害其父又害其子，犹欲害其孙，何等过当！我和尔若不举首，则恶暴日甚，冤鬼悲号。凡有人心，不可坐视！"遂召集一族三十三人名，于洪爷台下出首：

  首状人游忠、游恕等，系五都民，首为不公不法事。族恶游箎，兄弟寇仇，操戈入室。先年与兄游旗争财不和，密谋毒命。又虎吞幼产，毒死旗子志广、孙自成，反陷游旗抵罪。夫游旗既恤其孤，安有杀孤之理？游箎既杀其父，岂无杀其子之心？三代两父子，俱各埋冤；一族百男妇，莫不切齿。况今田产入囊，复欲陷旗同死。黑夜冤魂号天，白昼怨声载道。恳乞天台，锄强翊善，感德无涯。上呈。

洪爷接了状辞及首词，遂拘原告及通族人等，一一细加推究，皆曰："虎不食子，狼不残亲。游旆父子只知有田业，不知有骨肉。望爷爷悯察。游𬘘本以悯孤恤侄，触怒游旆，遂诬陷奸谋，然皆虚情。乞宽恩苏释。"游旆见众俱压倒他，遂哭诉曰："长兄当父，幼弟当子，父子纵是无状，必不忍食父而吞子，况难得者兄弟，易得者田地，焉有轻其难得者，而重其易得者？乃低头受刑。"并不供服。洪爷又恐游旆特立而为人所共恶，难好决问。遂写申文，把游旆一干人犯，遂解入刑馆郭爷处参详。郭爷看了申文，心中已有了然，遂唤游忠上前，问曰："游旆父子谋兄家财，丧他父子三口，果是真否？"游忠曰："毒兄水死，侄病加砒，毒孙误中其仆。"郭爷曰："游𬘘亦旆亲兄弟乎？"游忠曰："系同胞共乳。"郭爷曰："旆死哥哥一家，已自遂志；幼弟游𬘘未死，兄家岂不二人平分？帮毒行于兄而奸陷于弟。此骑虎之势，安得放下者也！"遂喝令皂隶，将游旆父子每人重打四十。遂举笔判曰：

审得游旆与兄游𬘘争财，骨肉冰炭，用药毒死，立心奸险，当时一家，疑已不决矣。今又毒杀兄子志广，则凶谋欲盖弥彰，反诬幼弟与侄妇陈氏通奸，串医士刘一梁药死，此笼络一家，一举两利之计也。况又日嘱男志高，糖饼下毒，害志广之子自成，是欲剪草除根，绝其血脉耳。幸而自成不食，误杀其仆，此天意耳！在不绝善人之后也。夫游旆既杀其父，又杀其子，曷为又残害其孙，并陷游𬘘死于非命？此等极残极忍，虽蝮蛇穷奇之心，未有若此之甚也！合拟凌迟，法所不赦。其子志高仍拟同谋，律例取供。游𬘘本系无辜，陈氏奸情殊假，一梁之药无毒，毒出游旆，旆无逃刑。游旆家财，悉断与游𬘘、游自成掌管。立案存照，以儆将来。

强僧杀人偷尸

瓯宁县斗峰寺有一极富僧官柯一空,田产家财,不止数千。四乡租谷甚多,少人催取,处处佃户,延挨都不完足。一日,县中催纳钱粮,缺少银两,一空思曰:"各处佃户,租俱未完,钱粮把甚来纳?不得不下乡去取租谷。"由是遂往茶埠问佃户黄质、黄朴算明数年租谷。除交还之外,尚欠三百余石,一空怒骂曰:"尔年年种我田,拖欠我租谷许多,坑我无银纳粮,受官府催逼,天理何存?今年算明前后新旧租谷,一一要完。再若延捱,定行告官,决不轻放尔!"黄质曰:"田中无谷,教我那里讨来?凭尔去告!我也有口,决不该死!"一空大怒,骂曰:"尔白得田种,自在无忧。我替尔赔钱粮,又替尔承板子,天下有这道理,教我这气怎消?"劈头把黄质揪翻在地,乱打一顿,登时呕血身死。一空还说假死,又踢两脚。黄质妻子见丈夫打死,哭做一团。兄弟黄朴自外而归,见哥子死在地上,乃大骂曰:"这秃驴敢如此无状!就是拖欠钱粮,亦不就该打死!况尔只是寺中舍来的租田,又值这几年荒旱,自古租粮无利,尔来累算,活活打死我哥子。若不告尔,这冤怎么得伸?"写下状子,闻得杨大巡巡至建宁,遂至察院投告:

> 告状人黄朴,系建安县七都民,告为活活打死兄命事。痛兄贫懦,佃田度活,冤遭孽僧柯一空,十月初二来家取租,嗔兄酒馔不厚,打碎盘桌。兄辩触孽,逞凶揪打,登时吐血身死。邻里范清见证。乞委廉能枪填,吁天哀告。

杨大巡见是人命重情,遂准了黄朴状辞,即批仰本府理刑厅郭推官，问明解报。此时柯僧官闻得黄朴出门告状，知他家只是两个妇人，遂统恶僧一群，扮作强盗，黑夜明火持枪，惊得两个妇人走了，遂将黄质尸首，偷入寺中园内，埋在两个大树下，寂无人知。自以为人命无尸可验，决难问我偿命。遂写诉状亦到大巡处诉：

> 诉状僧纲司僧人柯一空，年籍在牒，诉为图赖事。僧幼离俗，素守清规。冤遭地虎黄质、黄朴，辖佃僧民三十九亩，屡年捱欠租谷三百余石。十月初二，往算租银，完纳钱粮，适质病危，后来身故，与僧无干。岂恶弟黄朴，顷立枭心，图骗租谷，悬捏人命，赖陷僧身。乞调检验，有无伤害，真假立分，租银不致图赖。上诉。

杨大巡准了柯一空诉状，亦批郭推官问报。柯一空既准诉状，遂自赴理刑厅郭爷处报到，郭爷遂拘黄朴对理。黄朴哭诉曰："孽僧活活打死兄命，情惨黑天，乞爷爷做主。"一空曰："恶佃图骗租银，驾（嫁）陷人命，天理何在？"郭爷叫皂隶把一空夹起，重敲一百，让他招来。一空曰："那日小的到他家取租，黄质病重在床，不曾见面，焉能打死？若有重伤，乞调死尸一检，情愿小的填命，死而无怨！"郭爷遂发牌，吊尸检验。黄朴曰："小人前日往察院告状去了，黑夜被孽僧装做强盗，偷去兄尸，不知弃在何处？他故以调尸检验为辞。既打死兄命，又盗去兄尸，似此立心，奸毒犹甚！乞爷爷详察。"一空辩曰："即是死尸，日夜人都烧香不绝，小的何能偷得？全是假词。"黄朴哭曰："村居小户，小的出来，止有两个寡妇在家，安能守得尸住？况他那晚明火执抢，小的妻、嫂只说强盗，连忙逃躲不暇，又敢顾尸？"郭爷听此两家辩论纷纷，乃提四邻居民及干证来问。华房、柏森皆说离黄朴家弯远，不知谁人盗去黄质尸首。郭爷复将一空夹起，只是固争不认。华房、柏森亦遭拶夹，亦不肯认。郭爷叫把犯人通监起，遂退入后堂，焚香祷告上苍。一夜明烛后堂，坐以待旦。时当半夜，一时桌上隐几而卧。耳边忽觉人报四句诗曰：

属耳垣墙不见天，斗峰寺里是神仙。
人间莫道无明报，新土离离旧草添。

郭爷听了诗词，忽然醒觉，复对天拜曰："此乃神明告我这场人命也。"早起即命吏书、门皂人，亲自往斗峰寺一游，假言要谒伽蓝。一路心中自忖：这四句诗词，下三句皆易晓，只首句解意不到。及入寺中，众和尚迎接坐于观音堂，吩咐众人外面俟候。公乃焚香礼拜而祷之曰："本职奉命察院明文，为问黄质人命。无尸可检，事体难明。闻有神人语诗四句，只有首说'属耳垣墙不见天'。观音娘娘显灵显圣，若是尸在竹墙园中深处，乞求三个阴筊。"公掷下三次，果皆三个阴筊。公乃心中自喜，辞了观音，出外茶饭，复登观音阁上观望，果望见寺后有一大园，两边俱是修竹围住，茂盛遮蔽天日。公曰："尸在其间矣！"即下阁要往后园观看，众僧曰："后园污秽不堪龙步。"郭爷曰："神得之矣。"遂叫门皂跟随，径自入到墙竹之间。仔细一看，见前面竹下一团烂草之下似有新土。叫皂隶揭去其草，果是一个新坟，遂叫仵作掘开，便带黄朴来认，果是他哥子。黄朴抱尸大哭，郭爷遂命检验，果有重伤。即将一空重打八十，又将叶、柏二人打三十，问他接了一空几多银买嘱。二人受刑不过，只得供言：各得他酒一席、银五两来证，是实。郭爷即判曰：

审得僧官柯一空，名一奸宄，外空中实。贪财利而恶同阎王，欺佃户而势如马面。不思田乃擅越之田，惟知租为肺腑之租；全无舍身之仁，恣行剜肉之凶；不论荒旱无收，只知逐年叠算。凶怒质理辩，登时打死方休。初二受打吐血，初三早死无辜。抢尸希图漏网，赂证意在逃生。茂竹墙中埋尸虽密，神明报处，拟偿允宜。一空秋后取斩，华、柏三年摆站，具由解道，用戒孽僧。

谋 害

猿猴代主伸冤

瓯宁县八角楼下有一积年叫化，乃建阳同由桥头方池。只因好赌倾家，游手好闲，酗酒忘返，遂为乡人所贱，难讨饭吃，乃为乞丐多年，羞愧尽忘。乃买一猴教之，搬演作戏，人家去讨钱米。教猴熟了，遂别了家乡，往府八角楼下去住，日日街上弄猴。过却数年，腰间遂积有空银十三四两，年已将老。一日，思到家去访亲眷、故人，求个结果，乃到叶坊驿铺中借歇。晚间买酒露出白来，被府中一民壮谢能看见，遂起枭心，多买酒来与此弄猴者同吃，假认亦是建阳人氏，在府前居住。那方池见是同县，一发放心吃酒，将大瓯一连饮了数瓯，不觉醉倒，就连衣服上床去睡了。谢能见他睡得熟，即解下牵猴之索把方池勒死，腰上银子，解将去讫。猴见谢能勒死方池，乃跳将起把谢能满面抓破，跳在屋上去了。谢能待至夜静无人，开了店门，把方池背去丢在深潭之中。不想猴在屋上，望得分明。谢能见天未明，亦不待炊饭望府去讫。店家起来开店，看昨晚借宿并弄猴者俱不见影，止见猴在屋上悲鸣，似有告诉之意，店主亦不解其意。店主呼猴下来将饭与他吃，其猴两眼垂泪，丢饭不食，一直出门走向树上高坐。

店主心下正在踌躇，忽报郭爷、邵武查盘讫，从此回府在驿打中。大猴在树上见郭爷轿到，即跳下树，攀住轿杠叫号不已。郭爷带猴入驿中坐定，只见猴跪在案前，悲号垂泪，若似告状形象。郭爷曰："尔有冤来告乎？"猴即点头，"尔有冤在何处？我差皂隶与尔拿来。"猴即踊跃前导。即差两个皂隶，随猴同去。行至前面水边深潭之中，用手指住水中叫号。皂隶不敢下去，回报郭爷。郭爷叫猴来问："尔曾有主人否？"猴即点头前行，皂隶随猴到一店中，手扯主人，皂隶即带店主人到驿。郭爷问曰："尔是何处人氏在此开店？昨夜甚么人在尔店歇？"店主诉曰："小的系本府临江门人，姓徐名殿，在此开店十数余年，只是平易讨吃。昨晚有一弄猴叫化在此借歇买酒吃，后有一民壮来，说是与他乡里，亦买酒与他两个痛饮，后即还了小的店钱，因此未曾起来看。只听得五更早，民壮叫我一声而去。小的天明起来，只见其猴坐在小的屋上，小的呼他下来吃饭，他止悲鸣而不肯食，跳在树上去了。今日在爷爷台下告状，想必那叫化是民壮谋死了。"郭爷曰："尔叫两个会游水的来。"徐殿即叫得两个拿鱼人来见郭爷。郭爷叫皂隶同猴俱到深潭边，猴向水中一指，拿鱼的下至水中，捞起丐子上来。猴扯住尸身，叫号不已，郭爷亦为恻然。徐殿曰："昨夜正是此人。"郭爷细验过了，叫地方取棺木收贮，停在溪畔，发落地方诸人回去。思想民壮既是府中，不难问出。乃带猴藏于轿内，回至府中，将猴收入私衙。

次日坐厅，乃言衙内有一坐椅，善能说话，知得人间休咎，凡城中但有不平之事，可都来问，椅自能替尔报出。一时喧哄，城内城外，不问贫贱贵介、衙门厮役俱来看郭爷坐椅。郭爷将椅子把锦被蒙住，抬在月台上，三推六问叫他说话，大开衙门，人都相挨而进。郭爷私叫皂隶负猴于肩上，可在人丛中往来行走。猴在人肩上遍寻不见，行到二门，只见那民壮亦来看椅，那猴遂跳过在那人身上，紧紧揸住不放。皂隶即扭进见郭爷，其猴揸住犹不肯舍，将那人耳鼻俱咬烂。郭爷叫猴且放手，那猴遂伏在一边悲号。郭爷曰："我椅已对我说，此民壮谋人，但尔众人未曾听得，可都散去。"郭爷曰："将刑具过来，先把谢能打下三十，仍将夹棍夹起，敲下一百。"谢能见猴在面前，又见郭爷呼他名字，遂自招曰："小的在乡间去催粮，回到叶坊投店，不合见叫化方池腰露白银一十四两，遂将酒灌醉，背沉深水，惟猴脱走。今遇爷爷电烛，不敢一毫隐瞒，所供是实。"郭爷问："前银还有许多在？"谢能曰："银尚在身未动。"郭爷即吩咐承行的，将此银把四两与方池造坟，其余十两，行文书到县，叫方池亲人来领去作祭祀。谢能问抵偿命，其猴释放归山。猴见郭爷决断明白，磕头拜谢，遂大叫数声，撞阶而死。郭爷见猴有义，亦命同葬方池墓中，立一个义猴石碑，以旌猴节。郭爷为之立案，以垂后世。遂判之曰：

  垂缰湿草，犬马尚能恋主；跪乳返哺，鸦羊亦全孝恩。谢能何以人而不如禽兽乎？方池弄猴生意，其银积之甚艰。叶坊露白，其亦防闲少密。谢以民壮征粮，素怀狼贪虎顾。见财动意，即谋醉死沉尸。岂知猴不忘主，则必不肯释仇。扳轿诉冤，椅言捉贼。发银四两，营葬方池，余银十两，亲人领去作祭祀。谢能秋后处决，猴则建节表扬。立案刑馆，用昭天罚。

断拿乌七偿命

郭爷承杨大巡命查盘漳州，转府空闲无事。一日，在文案卷内揭出一张是人命状辞，郭爷拿出细看：

> 告状客人方文极，系徽州歙县人，告为追究父命事。隆庆五年八月，父方烈揭银八十两，来建宁府前开店。十月，义男方兴来店，寂无人迹。访究四邻，皆言未到。兴归，身奔细察，依路有踪，惟到近府不见。切思清廉在上，道不拾遗；至仁之邦，路吞商旅，只得奔告爷台，乞究父冤。上告。

郭爷看罢状辞，即取状在手，出厅问书吏曰："府前有一徽州方店，如今还在此间否？"书吏禀曰："隆庆五年正月收拾回去，彼年十月有子来告状寻父，前阮爷见是无头公事，亦未与他对理。这几年他儿子一发未见来，只是他义男方兴，还在那店中卖些杂货。"郭爷正在答问之间，忽见七个乌鸦飞在厅上，连叫数声，望南而去。郭爷曰："好怪哉！"心中自忖："若谋死方文极者，莫非乌七乎？"遂唤两名捕盗施功、葛木上厅吩咐曰："尔其与我不问城市、乡下，但有乌七，可拿来见我。"葛木曰："无牌难拿。"郭爷即标一牌，用了关防。两个捕盗走出府来，满城去寻乌七，寻了一日，并无形影。明日清早，二人出乡，穷土僻坞，俱去问过，亦无踪迹。看看日晚，来到瓯宁五都箬村地方，见一人往前跑走，施功问曰："老官往何处去的？我是府里人，去箬村追钱粮，可带我去来。"那人曰："此去箬村只一里路，乃是大路，公差只管缓行，我要去得紧。"葛木曰："老官甚事去紧？"其人曰："我要去叫屠户杀猪就赶转，恐怕天黑,故此去得紧。"葛木曰:"屠户甚人?"其人曰:"乃洪乌七。"施功曰:"我正要去他家催粮,一同前去便是。"

三人趱行,不一时间,已到乌七家中。其人叫曰:"七官在家否?"乌七听得门外人叫,连忙出来。其人曰:"劳七官明早我家来杀一小猪。"说罢就行。乌七送出去了,转来见两个差人在堂上坐。乌七问曰:"公差何来?"施功曰:"县中王爷唤尔去对钱粮。"乌七曰:"我前日对完了。"施功曰:"金花借办,银子要紧,尔且明早同我去对,不要去杀猪。"乌七曰:"便是称银付公差,代对也罢。"葛木权应曰:"天光又作计较。"乌七整酒相待,安歇。待至天明,复整早饭吃完,乌七对出文银三两,托葛木代对。施功取出郭爷牌票,对乌七说道:"我乃理刑厅差人,非是县差,尔可就要去见他。"乌七曰:"我与郭爷并无干涉,何事勾我?"施功曰:"我亦不知,尔去说明便是。"乌七闻得郭爷之事,只得取了些盘缠,同二差到府来见郭爷。葛木禀曰:"小的拿了三日,方才在箬村拿得乌七到了。"郭爷曰:"带上来。"乌七跪在下面,郭爷曰:"尔便是乌七乎?"乌七曰:"小的便是。"郭爷看他横眉蛇目、赤发,便知此人性恶,遂问曰:"隆庆五年八月所干之事,从直说来。"自古说:为人不作亏心事,半夜敲门心不惊。乌七听得说八月所干之事,心便慌了,口中糊涂应曰:"老爷所问不知干甚么事?"郭爷曰:"方文极八十两银子乃尔干去,又说甚事!"乌七曰:"小人山僻村严,朝夕只在田中,况小人所居之地又不通大路,有甚客人在此经过?"郭爷见他言语支离,叫禁子取刑具过来,即将乌七双手拶起,连敲数百,亦不招认。复叫取短夹棍夹起,敲上三百。乌七见事是实,想难脱罪,只得招曰:"小人住居箬村,大溪水通浦城。不合隆庆五年八月廿日晚,有客舡泊于岸下,内有方文极见舡舱狭隘上岩,小人店中借歇,秤银买酒。小人见财起心,遂用药酒毒死,弃尸溪中,取银入己。所供是实。"郭爷见了招诉,大骂乌七:"尔既谋了他银两,亦该埋葬他尸。有此残忍，天理何容？"遂出牌府前去叫方兴来证。

方兴蒙提，即到衙内。郭爷曰："此是杀尔家主之人洪乌七。"方兴见了乌七，切齿咬牙，骂乌七曰："千里做客，被尔谋死，恨不生啖尔肉！"郭爷曰："今将乌七家产，悉断与尔变卖归去。尔不要瞒昧家中小主。"方兴曰："小主人方烈在家读书，这店中财物尽是主人的，老主母一切委小的掌管，小人事同一体，何有瞒昧？"郭爷遂拘乌七族长到衙吩咐一番，叫将乌七家产尽行出卖与方兴，抵还前银。把乌七即上了长板。判曰：

审得洪乌七箬村瞰溪开店，意贪水利。盖以舟客买货急迫，得以刁瞒分文，此则蚊蚋之毒，害人尤小者也。夫何孤客借宿买酒，见财遂行毒药，褫其命而利其有？弃尸入水，情惨蔽天。若非旧卷现情，飞禽显异，则文极固作溪畔怨魂，而方烈遂成蓼莪酿恨。似此网漏之囚，合加大辟之典，家产给还原客，立按永惩凶残。

木匠谋害二命

　　建安县吉阳街五里亭起造祖师殿，化募道人郑法海化得四方钱财上百，雇请江西临川木匠萧重、王远、易俊、阮乾二十余人，在于亭子上搭起木厂，造作佛殿。时乃冬十二月，出外作客之人，俱赶归过年。有三个客人是崇仁人，姓廖。一个叫廖明，一个叫廖彰，是嫡亲两兄弟；一个叫廖子成，是廖明之子。三人走到五里亭，天已昏黑，就到亭子上借歇。道人不肯留歇，木匠听见乡里，遂留于木厂中歇。廖子成死要拗父到吉阳街歇，廖明走倦了，便不听子之言，廖子成公然走到吉阳街去了。廖明兄弟入到厂中，萧重是个头目，素心凶狠，便叫徒弟烧水，客官洗澡，整夜饭来吃。廖明兄弟吃了夜饭，脱衣洗澡，身上露出搭包落地，连忙来藏。萧重笑曰："我等至亲乡里，不必疑忌。乡亲若不放心，小老代尔收起。"廖明只说是实，即付搭包交与萧重。重略提起，约有二百余两，心中便生计较，叫徒弟多烫好酒与廖老官解辛苦。廖明兄弟见萧重劝得殷勤，遂饮得尽醉。萧重乃让床与他兄弟睡，自同徒弟去睡。廖明兄弟被酒醉了，一睡遂不复醒。

　　萧重乃同帮作王远、易俊、阮乾商量曰："此二客人有银一百余两，交与我收起。今晚他又酒醉，不如一人奉承他一斧，抬在前面松林丛中，谁人识得是我谋死？"王远曰："待我一人下手便是。"走向二客床边，一个劈一斧头，寂无人知。萧重、王远、易俊、阮乾，两人抬一个，遂抬在前山密松林内去了。转来便把床铺打扫，斧头洗净。萧重即把银纳起一半，遂打开搭包，取来平分，每人得银三十两。收拾停当，时已半夜，乃各自睡去。不惟道人不知，众徒伙伴，无一人知得。迨至半早晨，廖子成在吉阳王规店中，专等父亲、叔叔同行，不见形影，等得心焦，复在亭子上来叫。萧重问曰："尔叫甚人？"廖子成曰："昨夜二客在尔这里借歇，怎么不见起来？"萧重曰："昨夜果有两个客人在此借宿。他说要去吉阳街赶儿子，因此睡到半夜，饭也未曾吃，二人背了包裹漏夜走了。"廖子成曰："我早起望到此时，并不见影。"萧重曰："莫非赶上前去不定？"廖子成曰："莫非果是前去？"遂转王店吃了早饭，星忙赶上前去。看看行到傍晚，依路问人，皆言不见。子成曰："他两人不成会飞，我这等走得快，如何不见他？又晓得我身上无盘缠，焉有丢我之理？我今早在五里亭问信，只有道人师徒昨夜不容我歇，今日又不见他，我再去问那道人，便知端的。"复转五里亭，来见法海，问曰："我父、叔二人，昨夜甚么时候到此，今往何方去了？"道人曰："客官好蛮，昨夜纵有二客借歇，我那里记得他？况我这里屋宇又无，那里有客人借歇？"

正在辩论之间，只见二三个樵夫在亭子上唧唧哝哝说："前面松林内，被人谋死两个客人。"廖子成听说，大惊，忙到松林去看。果见父、叔两人杀死在地，血污头面。抱尸大哭一场，连忙转亭子上报了萧重、王远、地方韩浩山、邻潘自成，一同相验已了。萧重是他乡里，廖子成即周（同）萧重借银一两，为告状使用。权将三钱，买两领篅围，遮堵其尸。遂问了道人名姓，奔入理刑厅郭爷处告：

> 告状客人廖子成，系江西崇仁人，告为谋死二命事。父廖明、叔廖彰同身，福州卖布，货完归家。路经吉阳五里亭，天黑难行，身宿吉阳，父、叔匍匐，道堂借歇，天明失伴，恶道郑法海，阳推不晓。死尸突见前山松林，萧重、王远、韩浩山、潘自成见验。切思生入亭庵，死暴松山。父、叔可怜遭谋，恳天捞究。上告。

郭爷接了状词，从头细看，即出牌差民壮孔程、汪云，前到吉阳街五里亭，拘得道人郑法海、萧重一干人犯到厅审问。众人见拘，即

同民壮一齐赴厅听审。道人郑法海,惧其人命重情,恐祸累己,遂出诉状,洗己之身。诉状:

> 道人郑法海,系欧宁县吉阳街人,诉为杜患事。身幼出家,亭庵住持,化缘度口。本月二十日晚,客人三个来庵借歇,身系草庵一间,仅容一人,固辞未纳。不料天明,报客杀死前山松林,当凭地方验证是实。人命重大,祸必有原,预诉洗明,庶使不遭连累。上诉。

郭爷接了诉词,遂问道人曰:"昨夜果有三人借歇?"道人曰:"三人借歇之时,天已将黑,小的庵中难堪居住,因此不敢停留。后不知歇在何处?今早只见杀死松林。"郭爷叫萧重、王远等问曰:"尔见客人何处借宿?"重曰:"小的离庵半里,不是歇店。"廖子成哭告曰:"小的昨夜与父、叔同行,行到庵边,小的要赴吉阳大街居住,父、叔脚疼不能进前,堕落庵中,小的独往吉阳借歇。天明父、叔不来,寻转庵中,道人骂我不该乱寻。忽听樵夫传说松林谋死两人,小人去看,果见松林中父、叔砍死了。"郭爷曰:"松林离庵几多路?"子成曰:"止一望之路。"郭爷叫道人上来:"尔好大胆,怎么谋杀人?"郑法海曰:"小的一人怎么砍得两命?"郭爷曰:"尔不谋他,早上怎么嗔他儿子来寻?好好供招。"道人哭曰:"小人平素戒酒除荤,暴言亦不敢自口出,况敢谋人?"郭爷曰:"尔不谋人,偏尔就出诉状?"道人曰:"小的慈悲存性,懒管闲事,因此洗明。"郭爷曰:"庵中前后无人,必是尔谋。"遂把道人上了长板,问抵偿命。道人曰:"无赃不证贼,老爷怎么屈死小的!"郭爷曰:"尔不偿命,尔可去收葬他尸首也罢。"道人曰:"小的情愿收葬。"廖子成哭曰:"小的父、叔活活被人砍死,谋去布银二百余两,怎么白白甘休?"郭爷曰:"此等无头公事,叫我郭爷填尔的命!"乃吩咐众人都去好生与他安葬,又用好言劝廖子成曰:"死者不能复生,我这里发银二两与尔做盘缠归去,来年着人载丧归去也罢。"廖子成只得同一干人去葬父、叔。

郭爷乃随差一亲信家人，扮作江西客人，雨伞包袱，望尘跟随，走到道人庵中借宿。道人曰："前日两个客人我不曾接得他宿，后来客人被人谋死。几乎累我填命。尔今要宿，我情愿明灯守尔到天亮，免得有甚长短。"客人曰："尔专说此不吉利的话。"道人乃整茶饭与客人吃。客人问曰："那边甚人歌唱？"道人曰："是江西一伙木匠代我造庵。"客人曰："我出去听他唱甚么曲。"道人曰："尔辛苦睡罢了。"客人曰："我明日只在吉阳街去，无甚辛苦。"遂行至木厂边，听得人说："客人之事，老郭想不能究得出来。"又一人问曰："师父、师父，老郭曾问尔否？"其人曰："未曾。"其人曰："如此却好。"客人得知于心，转来歇了。及至天明，道人备办衣棺，收葬二客之尸。萧重及地方诸人，俱来看证。廖子成取水洗过父、叔之尸，入殓。客人亦向前去看伤痕。客人仔细一看，见是斧头砍碎，再把衣服一看，见沾有几片木屑，只藏在于心。星忙转府，将始末之事报知郭爷。郭爷曰："此即木匠谋死无疑。"

　　次日又着孔和拘道人一干人犯再审。郭爷喝将道人重打十板，道人曰："小的无罪！"郭爷曰："尔请木匠造庵，怎么瞒我？"道人曰："老爷未曾问及，小的不敢乱说。果萧重、王远就是。"刘头、郭爷曰："尔是木匠？"萧重曰："小的便是。"郭爷曰："尔说老郭想不能究得出来，这是怎么说？"萧重吃了一惊，正思量答对，郭爷又问曰："师父、师父，老爷曾问尔否？此时甚么意思？"只见萧、王二贼，登时面色变了。郭爷又问曰："尔那杀人斧头，放在那里？"萧、王二贼强争曰："小人是客人至亲乡里，他若来投宿，还要看顾他，怎敢下此毒手？"郭爷曰："还是银子尔更亲，那有些乡亲？左右与我将此二贼夹起，着实敲来。"二贼尚捱刑不认，郭爷曰："死尸身上木屑那里来的？着实与我夹起。"二贼熬刑不过，只得招认：半夜酒醉，萧重用谋，王远用斧劈死是实。赃银二百五十两，王远、易俊、阮乾各付银三十两，遗下皆萧重独得。造谋萧重，下手王远，抬尸四人同在，余皆不知。

郭爷即叫快拘易、阮二贼,并取赃银到来。孔和不一时间,拿得银、贼俱到。郭爷令廖子成领银归家,即将四贼每人各打四十,钉了长板,解道定罪。道人、诸干证无干,皆放归家。具由解道。判曰:

　　审得廖子成父、叔三人,以黑夜匍匐,投店失伴,木匠萧重以乡里留宿,盖以他乡故知故也。见财动谋,灌醉行杀,而遗其尸于松林。又以木厂人不见其来,而半夜人不识其去也,子早寻父,自宜波及道人。若不遣人默访其语、默验其伤,几何而不免脱雉罗乎?斧痕、木屑、老爷之问,其殆天厌凶德,而不灭其真赃乎?萧、王合加极刑,易、阮拟就大辟。银给廖子成,道人郑法海并诸干证,释放。

井中究出两尸首

　　建安富沙庙前有一卖棺材客人叶乾，乃连城人，立心奸险，极贪极残。住在城外，专一谋害孤客。适有浙江开化客人方澜，贩得色绸两担，价值百余两银子，来店借歇。已是二更时分，城门俱闭，无人看见，挑夫放下转大洲去了。叶乾见其财物重大，即设酒肴，尽心劝醉。方澜行路辛苦，已喜饮杯壮神，乃开怀痛饮，遂成大醉，不省人事。叶乾即将客人勒死，丢尸后园井中，绝无人知。两年后仍有开化一客人，亦姓方名廿五，少年人物，心却乖觉，装载各样货物，到建宁发卖。在富沙庙左边，滕清一店中安下。一日卖货，看见对门裁缝店有一妇人，生得十分美丽，芳容可挹。方廿五问店主曰："此是何人妻子？"滕清一曰："此是邵武县裁缝，施明妻子江氏。这施明极是好手艺，做好衣服。"方廿五得知于心，色欲不能禁止，乃多买罗缎绸绢，来店便请施明裁剪。来做款待甚厚，相语中绝不涉及女色。但绸绢等项若有剩的，辄曰："师父家有令政，可拿去做鞋面，我客中无用他处。"施明十分大悦，但遇时节，亦得常常来往饮酒。一日，思慕江氏不得就手遂染相思，其病甚重，各处帐目便不能去收取，乃寄书回家，叫父亲方廷来店管帐。

　　此时，施明却有两月未到方廿五店内，一闻其病，遂往店中来看其病。廿五曰："贱疾久缠，日夜思兄，少叙心话。今日得见，实是万幸！"施明曰："有何心话，但说不妨。"廿五曰："小弟此病除是兄肯医治，方能安痊。不然绝不可救矣！"施明曰："小人原不知医，如何能救？"廿五曰："只兄肯救，其病不难。"施明曰："但我干得的事，无不尽心，况且执事，常常照顾小人生意，恩德非小，岂有不从之理！"廿五曰："感兄肯救贱疾，权奉白银十两为开手谢仪。待病安痊，还当厚谢。"施明曰："小人本不知病体，怎敢受此银子？"廿五曰："尔只欢喜受过，我方敢说病症。"施明乃拜而受之。廿五即下床跪曰："我病非为别的，只因相接令政，妄想成此症候，心中不能放下。公肯惠赐一宵衾枕，则虚火自消，始可服药。"明思之良久，乃徐应曰："我心固不敢辞，但不知房下意思何如？"廿五曰："兄既不弃，谅令政亦必从夫。"施明曰："我试归家达之。"施明到家，佯为不悦之色，默坐不语。江氏向前问曰："尔往日回来欢天喜地，今日何事烦恼？"施明曰："今日有一事难对尔说。"江氏曰："夫妇一体，说之何妨？"施明曰："今早我去看方客人病，他说只为爱上尔不得相见，故染此相思病症，要尔同宿一宵，方可救得。已奉纹银十两在此。我念主顾，一时误许了他，但未知尔意何如？"江氏曰："方客官本是个少年君子，且得他照顾甚多，今日病危，救他亦是一场阴骘。况他尽礼求合，原非妄自行奸。尔既有心，我当从命。"施明得了妻之言，遂往方店报知，纳定今宵相会。廿五得了约期，心中不胜欢喜，病遂减去一半，只得日晚，便去成亲。谁想到晚，适逢父亲方廷家中到了，廿五不敢离身，遂失其约。

　　施明是夜往别处去了，江氏在家遂修饰晚妆，明烛整馔，专候方客。等到二更，遂倚门悬望。对门有一漆匠甘燃，乃福州人，窥见江氏，遂暗藏一把刀，向前戏之曰："更阑夜静，娘子倚门等甚相交的？"江氏曰："守我官人，尔休胡说。"随即进去，甘燃即跟到房内，笑曰："尔丈夫今晚在大洲耍去了，断不回来。我今来陪尔同宿一宵，永不敢忘大恩。"江氏大骂曰："死畜生敢如此大胆！明日官人回来，决不轻放过尔！"甘燃曰："尔不从我，我便杀尔！"江氏曰："尔杀来我看！"甘燃恨其不从，遂将江氏一刀砍死，割落头来，走出门前。燃素恨叶乾不肯把棺材赊与他埋父，遂把头吊在叶乾门首铺上。叶乾早上起来大惊,忙取其头丢在后园井中,寂无人知。及到半早时候,施明归家,见妻被杀,头亦不见,大哭大恨,遂往廿五店中哭曰:"尔心这等狠毒,要我妻子救命,缘何把他来杀死,头亦不留?"廿五全不知情,连忙辩曰:"我昨晚因家父到了,相陪至今,并未曾往尔家来,奈何冤屈杀人?"方廷亦辩曰:"小儿昨夜伴我,顷刻未离左右,怎么说他杀尔妻子?"施明大骂曰:"必是尔这老贼,恨子因我妻致病,故杀我妻,以绝子之望想!"遂写状往邵太爷处去告:

  告状人施明,系邵武县人,告为活杀妻命事。淫恶方廿五,嫖赌飘荡,窥妻姿色,无计成奸,积思成病。伊父方廷,深怀忿恨,本月十九夜,挟刀瞰身出外,潜入妻房,砍头匿无踪迹。乞天究还妻头,断恶填命。激切上告。

  方廷闻告,心中十分忧虑,深责廿五曰:"尔不能务本,又不能保身,今又累及我(为)父,尔心何安?施明告此大状,尔将何以对理?"廿五被父大骂,乃不得已,只得带病入府诉状。
诉状:

  客人方廿五,系浙江开化人,诉为辨冤事。痛身孤客,病害相思,用银十两,买施明妻江氏救病,约以夜会,尚未出门,适父方廷远到,未敢赴约。当夜明妻不知何人砍死,盗去头首,嫁祸身父。哭思子买奸情,岂容父识?奸情既遂,安忍杀人?恳天洞烛冤情,生死感恩。叩诉。

  邵府尊准了方廿五诉词,遂出牌拘原、被(告)赴审。施明曰:"我妻从来无有外交,左右邻里,人人通知。只因廿五贪妻成病,将银十两私求买奸,妻身既污,妻命又丧,妻首无存,非廿五恨杀我妻,必方廷怀怨,下此毒手,安能推得他人?"廿五亦曰:"我若恨杀他妻子,当在未遂谋之先。今既明白将银买尔夫妇,何故又去杀他?况此私情,我父初到,怎得遽知?杀尔妻者,必是仇人。"邵府尊乃究左右邻人,众干证皆曰:"此妇素无外交,不知何人杀死。即廿五买奸之情，当初亦只施明自知，他人全未识得。"邵府尊曰："此妇平素既是平生清洁，又无外交，独廿五买奸，必是廿五害他性命。好将头来还他，免得受刑。"廿五泣曰："他人杀死他妻子，我那里去讨头来还他？"邵府尊曰："尔不招认，叫将夹棍夹起来！"廿五死也不认。邵府尊曰："且将监候再问。"到了一载，适杨大巡委郭四府清理刑狱，方廷乃置酒邀施明饮曰："我儿与尔平素相好，决不忍害尔令政！今尔令政死者不能复生，不如择个上等的女子，我出礼银与尔续弦，尔去府中递一息状，放我儿子出来也罢！"施明应允，果到府递息状。适郭爷到堂，传众囚去审。见施明息辞，遂不许息，乃曰："人命至重，何可容息？我当为尔鞫问明白！"即发牌拘其邻右问曰："妇人平生不与人通情，独许廿五买奸，则杀之者必廿五也。定拟填命！"即将廿五重打三十收监。随差皂隶周泮曰："尔去街上密访，看有谁人说廿五死罪冤枉，即拘来见我。"周泮上街去，见人人皆云："此妇被杀不明，又失去了头，若谓非廿五杀他，彼夜又无他人，着实可疑可怪。"甘燃有一徒弟问曰："廿五问成死罪，不知当否？"甘燃喝曰："莫管闲事，只管做尔的漆，世上屈了多少人？"周泮听得甘燃骂徒弟，即把甘燃拿见郭爷。郭爷遂命周泮取重夹棍过来，将甘燃夹起。大骂曰："施明妻子分明是尔强奸不从，杀伤其命，砍去其头，尔好从实招来！"甘燃硬受其刑，口叫平白冤枉。郭爷曰："方廿五不合买奸，我故打他三十，岂真问他填命？尔今快把妇人头出，不然活活夹死尔！"甘燃情知理亏，又受刑不过，只得招曰："委实当初是我见他倚门待人，我不合持刀赶去调奸不从，因此杀了。其头彼时挂在叶乾铺上，后来不知丢了何处。"

郭爷即差周泮，拘得叶乾来审曰："去年七月十九夜，甘燃杀死施明妻子，将头挂在尔的铺上，尔埋在何处，从直说来，好问甘燃死罪。"叶乾见说甘燃杀人，与他无干，一时忘记自己谋死方澜，尸首亦丢在古井，遂直应曰："当日清晨，见一妇人头吊着铺上，恐有祸患，悄悄丢在后园古井。"郭爷遂差仵作下井取头。不想先取一付头骨，后取一付全尸，一齐回报郭爷。郭爷见了，先验施明妻头明白，后随问叶乾曰："此全尸必定是尔谋杀的，果是何州、何府人氏？何年、何月、何日下手？一一招来，免受刑法！"叶乾心亏，晓得冤债来到，便一直招认曰："前年三月间，开化缎客方澜，黑夜挑两担罗缎到我店中，当时不合将他谋杀，弃尸古井。"廿五听说，大哭曰："方澜是小的至亲叔子，拿我父本银二百余两出贩罗缎，不知死在何处，今日方知明白。"廿五磕头谢郭爷曰："因究江氏之死，得见叔父之尸；江氏之冤得明，叔父之仇亦报。因是天理昭彰，实谢老爷神明！"郭爷遂将甘燃、叶乾各打四十，上了长板，秋后处决。叶乾家财追给方廿五变卖，甘燃家财追给施明娶妻。廿五不合将银买奸，误伤人命，减一等罚谷五十石入官。余皆免究。

判曰：

    色、财人所同欲，一贪使坏法绳。故财示苟得之戒，而色谨非礼之求。今叶乾财利迷心，凶狠存性。瞰客人方澜夜至无人，见其罗缎价重，遂行毒酒，缢死其身，遗尸古井。情发于江氏之头，实天理之不容昧也。斩罪奚疑？甘燃身为漆匠，不思色非己者休淫，乃于暮夜妄思江氏之容，持刀挟奸。恨其不从，即砍其头，而致之叶乾之门。此盖欲贻祸报私仇，而思逃己实罪也。如此枭恶强奸固不可赦，而杀命犹当重刑。方廿五不合买奸伤人之命，施明不合卖奸以致妻之亡，各宜杖惩供罪。

鳄渚究陈起谋命

潮州府东门巷有一宦家姓陈人家,世代仕宦,子弟皆膏粱纨绔,不谙世事,故后其家零替,而骄奢武纵之风不能顿革,专一结交四方游籍、枪棒戏术之辈,饮酒宿娼,走马射箭,赌博围棋,无所不为。时有陈伟,乃陈白沙之嫡孙,闻得家中子弟,俱不守先人规矩,败坏门风,一日遇祠堂祭祖,合族皆在,遂叫众少辈向前责之曰:"我家世代非寻常阀阅,皆祖德父功,刻苦之所延留以裕后昆者也。为宜尔辈世守其清规,庶几光前裕后。近访尔辈今日皆结交无籍,放辟邪侈,无所不为。白沙公当日怎么操修,方得个配享成此令名!今日尔们这等无耻,为宜速改前非,方是我陈氏子孙!倘再稔恶不悛,小则祠堂重治,大则送官不赦!"众子弟闻言,一齐跪下禀曰:"不肖一时为邪人所惑,遂成此不讳之名以激怒宗长。今既洞闻法训,敢不毅然更新。但吾辈之所为皆此守祠家人陈春之子陈起、陈趋之所导引,望宗长亦要训治他一番。"陈伟曰:"尔等且去,我言不再,无为说而不绎,从而不改。"陈氏诸子弟得伟之训,皆改恶从善去了。陈伟复叫陈起、陈趋过来,大骂曰:"尔本仆隶下人,我着尔父在此看守祠堂,穿衣食租无所事事,亦尽勾了。怎么该勾引无籍、卖药教头,哄弄我家诸子弟习此异端。恣酒撒泼,无所不为,是何道理?"叫取粗板过来,每人重责二十,以戒将来。两人受打皆曰:"此俱众大叔之所好为,小人怎么谏阻得他住?"陈伟曰:"尔还争辩,活活打死尔这奴才!"喝之令退。

自后陈趋奋然改行,便为良仆。只有陈起不悛,背地怨怒陈伟,说道："世间海阔天高，那里安我不得？只尔陈家有些饭吃、有些衣穿？我有这等勇力，这等武艺，还要做些事业未定！遂肯甘心为人仆乎？"即飘然出门，欲往大帽山塞去结党造反。去心如箭，不觉忘记带了盘缠，行了半日之路，手软脚倦，腹中饥馁，不能前进。行至秦岭，坐在路旁歇息。忽见一卖糕者，亦潮州东门外人，叫做郑明，来至身边，陈起遂把饥饿苦情告诉他一遍。郑明念其同处，遂取数片糕与他充饥。起再三拜谢活命之恩，郑明曰："此是甚么大事，穷途逆旅，同行同命，我身上尚有几两碎银，还供得尔两日。尔且随我作伴，早晚供给吃我的。若他日或有相会，尔休忘我便是。"起深感谢，相将行至秦岭下一姓蔡酒店，同时歇宿。郑明又买酒同吃，现出碎银三两在前。起心便思量："此去大帽山尚有半月路程，无盘缠怎么去得？"遂对明曰："今日承兄厚意，谢不能尽。但我去赣州有半月路程，尊兄碎银，肯把几钱借我做盘缠何如？"郑明曰："小弟只有两方银子，要作本钱，不敢奉命。"陈起见其不肯，笑曰："我是戏言，得食足矣！何敢过望？"遂同睡到半夜后，郑明起来做饭，饭熟呼起同食，食毕同行。天尚未晓，两人缓缓而行。乃相将行到鳄渚，深不可测，起便动不良之心，即将郑明推下水中，登时淹死于渚内。乃打开糕担，内取出碎银三两，弃其糕担，一直走了。走至前途十里，天还未亮，有一韩文公庙庭，起入内少歇片时。日光渐出，起举目一看，只见庙前池中，恍若郑明在水中挣命，心下十分着惊，向前一看，寂无动静。遂取地下土块，书于庙中粉壁曰：

　　我因家主赶，吃尔饭数碗。
　　今日尔下水，盘缠借三两。

书罢于壁，遂行至庙庭，走到蓝关十里铺酒店歇息。此时，郭爷正在程乡查盘海舡，回来亦行到韩文公庙边。忽遭风雨大作，不能前进,乃止于庙中躲雨。散步而行,忽见壁上有此四句诗。郭爷心中疑曰:"此字却是方才写的,点画明白,人去想亦未远。必有奸谋。"欲究地方,又值天晚旷野并无人迹。郭爷看雨止了欲行,众人役皆禀曰:"天黑无光,不如明日早行。"乃宿于庙。是日,郑明之弟郑诚,自乡卖糕而归。路闻鳄渚有卖糕者被人谋死,连忙奔到渚边,果见哥哥糕担丢在那里,即放声大哭曰:"此我哥糕担也。奈何被人谋死,连尸也不见了?"遂赶至前面,要往府中去告。只见郭爷正在庙中起马,遂写状赴庙中告:

  告状人郑诚,系海阳东隅人。告为剿贼捞尸事。兄郑明卖糕度活,攒银数两在身,资赡糖本。本月初七,担糕行至鳄渚,突被恶贼谋杀。尸骸不见,财本一空,止遗糕担,见在道傍作证。切思路当要津,白昼杀人,地方大变。恳天殄贼究尸,生死衔恩。上告。

郭爷看了状词,乃曰:"此正是壁上题诗的人谋死尔兄。其尸必在渚中。"即差步兵尹祚、陆加,去拿鳄渚两党里来究。渚东党里王化曰:"谋人在渚西,与我渚东无干。那边是大路。"渚西党里翁杰被步兵拿住,不得不到官来辩,乃具词诉曰:

  诉状人翁杰,系海阳八都人,诉为分豁事。身充党里,遵守明文,乡户各守法度,寂无反人容隐地方,咸称道不拾遗。今本月初七清晨,鳄渚路旁,遗有糕担,绝无人踪。郑诚便认是伊兄故物,捏告爷台。大路往过来续,剧贼胡容肆恶?执存物,究遗尸,焉知别处谋死?青天电烛,苦情哀诉。

郭爷一见翁杰诉词,遂大骂曰:"尔为渚西党里,倘有谋人贼情,地方即当救护追赶。今乃袖手旁观,玩法不理,又不告官呈明。纵非知情,亦难容恕!"翁杰曰:"小人住居离渚三里,即有谋害,路远亦不闻声。今早正欲来诉,已蒙爷台拘提。小人实不知情,望乞爷爷恩宥。"郑诚曰:"谋兄贼人,实在渚西,只是党里容隐,不肯吐出真情。"郭爷乃取夹棍，把翁杰夹起。翁杰哭曰："小的地方本是无贼，安敢妄报有贼，害人性命？即杀死小的，亦只枉屈。"郭爷曰："尔兄往来常宿那里？"郑诚曰："小的哥子，常宿秦岭下蔡家酒店。此去只隔十五里田地。"郭爷即差尹祚，前去蔡家酒店，拿得蔡清来到。

郭爷曰："初六晚，甚么人在尔店中安歇？"蔡清曰："一个是卖糕的郑明，小的相熟。还有一个同伙，小的只说是亲眷，一夜同时饮酒，五更吃饭同行。后来小的不知去向。"郭爷曰："谋杀郑明必是此人！但不知他的姓名。"遂焚香往文公神前，行香再拜，祷述前情。须臾之间，只见地下一匝尘灰飞起，郭爷曰："贼人莫非陈起乎？"遂取签决之，果为陈起。郭爷曰："想必此贼在前途不远。"即差尹祚、陆加，星忙前途拿来。两人沿路追问，问到饶平镇，只见一人逞酒，戏舞枪棒，乃自夸曰："我陈某今日在此显个手段，明日要上大帽山去演武。"尹祚即向前扯住曰："阁下莫非陈起乎？"起即答曰："执事何为知小人名姓？"陆加曰："郭老爷闻尔英雄，请尔讲话。"遂绑缚了，解见郭爷。郭爷问曰："尔被主人赶逐无依，郑明好意将饭供尔，尔倒不思报本，反谋害他命，拿去他银子三两，连累地方。"陈起初不肯认，郭爷即呼蔡清曰："前夜宿尔店中，是此人否？"蔡清曰："正是此人。他先与他借盘缠，后不知如何？"郭爷曰："逆贼好欺天地！这粉壁上诗，是尔明明写的，尔还要强办（辩）！"起见冤不能逃，只得招认："昨早不合行到鳄渚，将郑明推落渚中，夺其碎银三两。情愿偿命。剩二两七钱，悉还郑诚。"郭爷以翁杰失于呈明，拟科不应。陈起谋财害命，问供填命。判曰：

    审得陈起，以宦室豪奴，不安为下之分，纵恣撒泼，忿主责打，背义出逃。此诚反主忘恩，罪己不赦矣！行路匍匐，遇郑明卖糕，济其饥而活其命，此尤当没世图报者。胡乃利其银，而沉其尸于鳄渚，且自夸人不能知，公然题诗韩庙，岂知举头三尺神明。既不能掩蔡店之目，又自逞于镇上之豪。合治重刑，以伸死恨。

劫 盗

问石拿取劫贼

邵武客人龚一相,因大造黄册年分,闻广东潮州册纸甚贵,遂往江西永丰七里街,贩得毛鞭黄册纸二十担,载舡竟往潮州去卖。一日,已到潮州,离城五里,海湾处泊宿。时夜二鼓前后,并无舡伴。不想有潮州惯贼竹青看见,遂转城中,纠得伙伴郎因、季正贤、梅廷春等,带领凶党二十余人,明火执枪,走到舡中,将册纸尽数劫去。明日侵晨,即上与海阳诸纸铺,对银去了。龚一相躲在舡舵底下,天明辞了舡家,入府做状,竟到郭爷府中去告。

告状:

客人龚一相,系福建邵武人,告为打劫册纸事。身贩册纸二十担,口爷台发卖。本月十七夜,天黑海湾泊宿。不料地方纵贼,时至半夜,盗贼三十余人,蜂拥入舡,明火持枪,白白劫去册纸一空。哭思财命相连,财去命绝。恳天究贼、究财,不致异身流落,万代感自。上告。

郭爷看了状词,遂问客人曰:"尔这纸乃是无头状子,教我那里代尔拿人?"龚一相曰:"小的揭债买得二十担来爷台发卖,指望攒得分厘,归家供养老小。谁知一旦被劫,小的无计活命了。"郭爷曰:"我与尔准下状辞在此,尔权在店俟候。"郭爷即差四个捕盗,遍城去访。访至城南门外,只见一人挑五六把册纸在那里卖。捕盗即连人带得来见郭爷。郭爷问曰:"尔是那里人氏,纸从何来?"其人曰:"小的海湾人氏,姓胡名桂。"郭爷曰:"叫那龚客人来看纸。"皂隶叫得龚客人到府,郭爷问曰:"此纸是尔的不是?"一相曰:"此纸正是小人的,但是裁去了印记。"郭爷叫把胡桂夹起:"尔怎么劫了客人的纸,敢来城外发卖?"胡桂曰:"小的家中只一老母,小的又是跛了一足,怎么能劫得他纸?"郭爷曰:"尔非劫他的,是那里来的?直直说来,饶了尔夹!"胡桂曰:"小的早上海湾挑水,见遗纸数把在地,拾得归家。母亲看见有印,叫小的裁去了印,拿在此处买几升米,归去养母。全不知是客人被劫的。"郭爷曰:"且把监起,拿到真贼放尔!"胡桂哭曰:"监死小的不打紧,饿死了老母。"郭爷曰:"这倒是个孝子,尽孝必不为不义。且放他归去,明日贼来扳尔,那时决不相饶。"胡桂得放归家去了。郭爷思忖:"这纸怎么计较得出。"乃问龚一相曰:"尔舡边有些什么物事?"龚一相曰:"舡边只有个石头,在那里系舡。"郭爷曰:"这必石片知风。"遂发民夫数十,走到海湾,去抬那石片,入府审问。众皂隶听得,莫不私相笑曰:"我们老爷,又不颠狂,叫人去抬石头,终不然那石头会说话乎?"民夫在海湾抬得石头入府,哄动潮州一府,城内、城外,俱来看郭爷问石头官事。但见府内百姓,挨肩接踵,塞满衙内。皂隶呵叱使去。郭爷叫人开两门,放他进来。郭爷乃起身问石曰:"龚一相纸被贼劫去,分明是尔知情,尔可详细报来。"三问而石不能言,叫:"皂隶将石打下二十,再问。"皂隶将石来打,众皆哗然,笑将起来。郭爷怒曰:"我这里理辞讼,尔都来笑我,是何体面!"喝:"皂隶,把头门、二门,都与我闭上!"众人看见闭门,都慌了手脚。郭爷问曰:"尔这伙狗才,官长面前哗然大笑,本该问尔重罪,尔今还是愿罚愿打?"众禀曰:"小的情愿愿罚。"郭爷曰:"无事入公门,各罚绵纸一刀,将簿下去,俱填了名姓、地方。"郭爷分付,俱放他去了。郭爷曰:"且把石头收监。"不一时间,只见众人俱来纳纸。须臾,满城纸铺,纸俱买尽。

郭爷既见了这许多纸，想客人纸亦必在内，遂唤龚一相来认纸。一相将纸细看，内中有七刀纸是客人的，余皆不是。郭爷遂将先前胡桂的纸来比，果是一样，但尾上亦去了印记。郭爷即问纳纸的曰："尔这纸那铺买来的？"其人曰："小的纸，是城南门首谢惠铺中买来。"郭爷即差皂隶尹和，去南门勾得谢惠到府。问曰："尔这纸是甚么客人卖与尔的？"谢惠曰："是城外十里铺竹青，挑来卖与小的。"郭爷即吩咐："纳纸众人，俱各领得纸回。我这里因要认赃，那里要罚尔。"众人俱各磕头领纸归去。郭爷止留谢惠对词。周和即到十里铺，锁得竹青到。郭爷骂曰："尔这贼骨，怎么纠党，劫去龚一相册纸二十担？"竹青曰："小的在澄海买盐去了，今日才归，那里晓得劫人的纸？"郭爷曰："这纸是那个卖的？"竹青曰："小的不知。"谢惠曰："尔前日早上，挑四担纸在我铺内，止对去价钱一半。今日不认！"竹青见谢惠硬证，又见册纸是实，遂低头认罪。招曰："不合本月十七夜，见纸舡独泊海湾，即时纠聚同党郎因、季正贤、梅廷春等三十七人，劫去册纸二十担。在于胡桂屋后分赃，遗落八刀失取。十八早挑四担，兑于谢铺，收银五两是实。"郭爷即差步兵数十，押竹青同到各地方，将三十七人，一齐拿至府中。将册纸悉追还龚一相前去发卖。龚一相拜谢，领纸去讫。谢惠亦释放转店。遂把竹青等每人重打八十，上了长板。各拟大辟，不时处决。

判曰：

> 苟非所有，虽一毫莫取，况行劫乎！竹青等贼性贪残，立心狠毒。群居而言不及义，聚党而惟欲骗人。恶穿窬之无大获，图明火之可多求。四方到处，不知奸淫屠戮多少平民。不思海湾孤客，难可黑夜欺谋罄检烹分，谢铺明卖。若非问石而探奸，易克纸来而赃现。强盗不分首从，各科大辟无疑。

金簪究出劫财伤

潮阳县七都高坪坂有一富户，姓魏名仁。家中有一女琼英，年方二八。男家约定，十月初一日完亲。魏乃谓妻李氏曰："亲家书来，约十月初一日归亲。今已七月到了。我明日到府内，去买些绫罗缎匹，换得几两金子，归来打发女儿。"李氏曰："此也是时候，尔可作速去来。"晚间乃收拾纹银六十余两，用包袱展起。清早吃饭，起身入府，行至海亭埂上，看看日子，赶店不上。只见一人挑酒路上卖，魏仁口渴肚饥，即叫住与他买吃。身上又无零碎银，乃展开包袱，取银一分，与他买酒。不觉被一短路劫贼周灵看见。魏仁吃罢酒，背了包袱，往前忙行。行到十里，又有一松林，前后无人。周灵即走在后面，一刀把魏仁砍死，取了包袱。又见魏仁头上有一根镏银金簪，极是奇巧，亦拔之前去。弃尸林下。后有四五个过路客人，见死尸杀在地上，吃了一惊，连忙走去。走到前途，只见秦岭朱巡检，带有十数名弓兵来到。客人即禀曰："后面松林下，谋死一人，暴尸在地。乞老爷着落地方，收贮尸首，擒捉劫贼。庶使尸不朽烂，地方不遭连累。"朱巡检得知，即差弓兵蒋深、孟杞，前去看取。二人走到林中，果见尸横在地，贼已无踪。只见一后生挑酒来到，蒋深与他买酒止渴。其人曰："我酒已卖尽了。"孟杞曰："尔不把酒卖我？尔在此谋死了人，就拿尔去见老爷！"其人曰："人在那里？"蒋深曰："这里不是。"其人一看，连忙叹曰："此人先在海亭埂上，与我买酒。我亲见他包袱内有五六十两纹银，怎么被人杀了？"蒋深曰："尔果真见？"其人曰："不多时买我酒吃。"蒋深曰："尔既知得，且请尔去见老爷。"二弓兵即把其人，扭到朱巡检面前。禀道："林内杀人，此人知情。"朱巡检曰："既是此人知情，叫绑了。"即时解到府中，来见郭爷。

郭爷问曰："尔是那里人氏，怎么林中谋人？"其人曰："小的东门口戴恩，素年卖酒营生。父亲店中卖酒，小的挑酒四乡去卖。今日挑酒在海亭埂上，遇见一客人与小的买酒。展开包袱，取银一分买酒，内有纹银五六十两。不知后来甚人谋死他在松林内。小的挑担转来，遇见这两个弓兵，强要与小的买。小的酒已卖尽了。怪小的不肯卖酒，便扭小的做贼。小的若是贼人谋了银子，惟恐不能逃走，又肯转至原路，又肯说出行迹？"郭爷曰："与尔无干，尔且出去。"郭爷遂吩咐朱巡检，前去着落地方，收贮死尸，密访贼人来报。谁想那贼人周灵，既谋人魏仁，遂将十两纹银，在海阳南门交结一个小唱，名唤习翠儿。约年二八，十分美丽。善能弹唱，人人爱之，不啻美姬。那翠儿与周灵，时常往来饮酒，见周灵头上一根镏银金簪，遂抽去插在头上。时有城中两个帮闲谢良、阴顺，原亦与翠儿相厚。及见他头上那根金簪，遂问曰："谁人送与尔的？"翠儿初然不认。谢良再三询究，翠儿报说："是相交周灵哥送我的。"谢良一向嫌他占了他小唱，常要摆布他无由。及见金簪，即对阴顺曰："此贼今日死在我手中了！"遂到魏家，去见魏仁之子魏承诏，曰："前月我将镏银金簪，与尔令尊换了二两银子。今日我见戴在小唱习翠儿头上。我后查考，却是周灵送他。论此原故，令尊莫非周灵谋死乎？"魏承诏一闻谢良之报，即大哭曰："吾父身死财散，坑我姊妹母子三人无依。幸公指教，冤有可伸，仇有可报矣！"谢良曰："我时报知，千万不要下我名字。"魏承诏即取钱，谢了谢良，随即写状赴府哀告：

    告状人魏承诏，系潮阳县五都人。告为谋财杀父事。惯贼周灵，素行谋劫，虎噬一方。本月十二日，父带纹银六十余两，只身入府，买办嫁妹奁仪。不料赋恶蓦见，跟至深林，砍杀父命，银两整夺，拔去头上镏银金簪一根。

> 小唱习翠儿现插可证。哭思盗赃既出，谋命显然。乞严究贼追赃，民得安生。哀告。

郭爷见了状词，即时出牌，差捕盗闵旺，到南门挨（捉）拿。果见周灵同小唱，正在那里饮酒、弹唱。走向酒店，就把二人锁了，带见郭爷。周灵见拿，便想此是谢良见他包了翠儿，来陷害他。遂写诉状，向郭爷诉：

> 诉状人周灵，系海阳南隅人。诉为扳陷事。淫恶谢良，帮奸小唱习翠，妒身分爱。冤因习翠换身金簪。良捏谋人所得，妄报魏承诏，扳身谋杀伊父。切思金簪妻幼嫁仪，安得独良博换。仇淫陷命，指物证谋。平空天黑，情惨草伸。恳恩哀诉。

郭爷看了周灵诉词，遂并提魏承诏一干人来审。先呼小唱曰："金簪是周灵送尔的，是尔换的？"习翠曰："是周灵送的。"郭爷再问周灵曰："尔金簪从何得来？"周灵曰："是小的妻子，幼年嫁来插戴的。"郭爷又问魏承诏曰："尔父金簪是从何来的？"魏承诏曰："小的金簪是谢良前月拿来，与父亲换银子的。当时换去二两五钱银子。"郭爷问谢良曰："尔在何处得此金簪？"谢良曰："小人是城东胡银匠，打与妻子插的。因家中无食用，故将前去换银使用。"郭爷叫拿胡银匠到此。民壮时真即往东门拿得胡银匠来到。郭爷即取金簪与他观看，问曰："此是尔几时打的？"胡匠曰："这是前年小的与谢家娘子打的，得他工银一钱。头内还有一胡字在上。"郭爷接来观看，果觅一胡字。乃取周灵向前，将夹棍过来，把周灵夹起，重敲一百。灵初不认，故强辩曰："委的是小的妻子的。"郭爷曰："去丢拿他妻子来问。"时真走到南门，问周灵家属。地方说："灵有家，倒不去打劫他，自幼我见他只一人，那里有家？"时真连忙转来回话。郭爷曰："这等刁奴才，着实与我夹死他！"皂隶再将重夹棍夹起。周灵受刑不过，只得供招。说道:"灵不合在海埂上,遇见魏仁取银买酒,见他包袱财物,随跟至松林,用刀劈死,夺去银六十五两、金簪一根。所供是实。"郭爷叫时真,押周灵前去取赃。即在周灵卧房内,掘出金银二包,约重二百余两,俱送到郭爷台下。郭爷叫魏承诏,前来认赃。承诏开了银包,拣出纹银六十三两,折去二两。郭爷曰:"还有二两那里去了?"周灵曰:"买酒请小唱艳费了。"郭爷叫:"那包把二两凑他。"叫魏承诏领去。承诏拜谢归去,却将余银收寄官库。谢良虽为争风,所报是实,赏银一两。小唱赶出不问。周灵谋人罪重,即时枭首示众。

判曰:

审得周灵,以海阳惯贼,不务生营,专务匿林短路为生。遇孤客则必行劫,见财利则必操戈。幽僻山寠,不知杀害多少性命。五更半夜,不知戕谋几许生灵。海亭遇魏仁买酒,松林劫包袱挥刀。若非小唱争风,安得金簪出世。谢良口报,胡匠面呈。此虽天理不容,是亦冤魂不散也。六十余银给还原主。一刀两段,以儆奸贪。

双头鱼杀命

　　惠来县有一舡艄,姓高名寿,专一驾舡海上,装载往来客人、货物。一日,来至海口,搭一徽州黟县客人武元名,往广州府,买白藤、沉香。有银一皮箱,重有八百余两。家人打发岸上先去了。舡上只是己与舡家两个,并无他人。一日来至澄海,舡家见他银子重大,久欲谋害,思量只难下手。元名恐人暗算,只在舱内,亦不轻出。行了数日,将到广城,时夜月明如昼,水天一色。高寿见上下无舡往来,可以下手。遂给之曰:"武客人快出来,快出来!此处怎么一个大鱼有两个头?亦是怪异之事。"元名一时忘记防备,不觉伸出头在舱外。高寿即入舱内,向后一托,元名后轻前重,不觉堕入水中。可怜万里孤身客,化作茫茫海底尘。高寿既谋了武元名银子,遂驾舡归到惠来,将舡卖与别人去撑。遂挑得客人许多银子,往长平村,买一所小小房子,种些田地。过了一年,遂将客人银子,娶一妻子李氏在家。再过一年,遂生一子,十分聪慧。渐渐将银把近方田业,买得六七石粮。又将百数两银,造起大屋。儿子七岁读书,先生取名高达。既从师之后,日就月将,遂有儒者气象。年至十三,提学来孝,遂入惠来县学。高寿与他娶王氏为妻。自是高寿得了客人之银,家道渐成富饶,心中思忖:"不如请和尚做几日功果,超度他上升也罢。"遂对李氏说:"我向在海上驾舡遭风,溺死多少客人,可怜游魂沉于水内,我今思亦得他舡钱用了,今请些和尚来做几日功果,超度他,亦显我等一点好心。"李氏听夫之说,遂整斋素,高寿即到慈宁寺请得和尚万大、惠汪、如海诸僧,来家做三日三夜功德。夜放海灯,意旨簿上,即写客人武元名打头。功果圆满,将经钱打发了众僧归寺。

不想高寿做此功果,本为超度武元名,谁想阴阳怕憎懂,一番叮嘱,一番祸生。高达本是武元名恨气未散,就在他家出身。一向性格温存,孝顺父母。及至功果做完,高达若有鬼神差使,时年已十八岁,遂私自在铁铺打了一把刀,藏在身上。几度与父母同时说话,陡然举刀就要杀死父亲。被母看见,便喝开了。自后日日如此。父若提防不及,刀便加身。高寿乃对李氏曰:"达儿不知害甚心颠,怎么拿刀在身,只是要赶杀我,这是何意?"李氏曰:"待他学中归来,我问他是甚么心病,好叫医士与他医治。莫致日久,遂成癫疾。"及至晚,高达归来,李氏叫在身边问曰:"尔又不疯不癫,怎敢持刀杀父,是何道理?"高达曰:"儿颇读书半行,寄迹黉门,怎敢行此不讳(韪)之事?"刚才说犹未了,达复拔刀,恨恨口中,要杀老贼。母亲忙来挡住。高达径自走入学中去了。高寿乃与李氏商议曰:"明丑我去告诉学里师父,叫他惩治他一二,使他知所儆戒。"李氏说:"明早尔可去来。"高寿次日乃穿了礼服,敬(径)到学中去。见邹教官说道:"小儿高达不知为甚缘故,一把尖刀常常佩在身上,不时要杀老拙。霎时小儿至此,万望师尊谢诲他一二。"邹教官曰:"谨领教。"高寿辞别归来。饭后,高达入斋作揖,邹教官叫达向前问曰:"诗言'迩之事父,远之事君',自古在家尽孝,在国尽忠。尔今已附籍仕途,怎么身佩尖刀,日日赶杀父亲!干此逆天大罪,是何道理?"高达曰:"门生读书知礼,况且天堂父母!瞽瞍百般害舜,舜皆逆来顺受。门生虽不能学舜,焉敢持刀杀父老?父年来老悖,师傅不要认真。"邹师傅曰:"我固知尔不干此事。"言罢归家,好好一团和气。过了数日,依旧持刀把父来杀。遇得父无走处,连忙呼李氏来救命。李氏一出,达即走了。一日,父在路上看田水,达归遇见,即拷刀去二三里田地,口口只要杀死老贼方休。高寿舍命逃归,忙叫李氏:"尔养得这好儿子!今日路上,若我走得不快,几乎丧于尔儿子之手。这样畜生,我今不要他了。明日写状入府去，送了他性命。免得如此受他怄气！"迨至天明，直入府中，即写状郭爷处去告：

> 告状人高寿，系惠来县四都民。告为逆子杀父事。贫事农业，生子高达，年历一十八岁，附名县学。不料心非癫痫，每每持刀赶杀，作此凶残。似此五（忤）逆不孝，不认一本天亲，明理而敢为悖礼，至亲而忍于戕亲。乞台斧断，诛此凶人，庶不罹于利刃。望光哀告。

郭爷接了高寿状辞，详细看罢，乃问寿曰："世间有此不孝之子，持刀杀父，身亲陷于大逆乎？况尔子又是县学秀才，非以下愚辈之人，必尔别有大不是处，此子乃敢如此无礼。"高寿曰："小的上无多男，下无多女，单生此一子。从小教他读书，十六与他婚配。不知此子不认亲父，刀不离身，遇则赶杀。望乞爷爷代小的治此不孝之子。死生感恩！"郭爷审了高寿口词，即出牌，差皂隶拘得高达来到。郭爷曰："子杀父无刑，尔知之乎？"高达曰："公祖老爷，何为出此言也？"郭爷曰："尔为人子，又是学中生员，怎么不思尽孝，持刀杀父。当得何罪？"高达口诉曰：

> 诉状生员高达，系惠来县学。诉为剖冤事。达名仕籍，幼习圣贤，稔知忠孝，朝夕事奉二亲，罔敢一毫有缺。祸因父请山僧，超度海魂三日。事散陡心昏惑，持刀逐父，如在梦中。一时醒来，悔死无及。父怒送台，甘心认死。乞爷推情，死生感激。上诉。

郭爷听罢诉词，遂唤高寿前来对理。高寿见子即骂曰："狼虎亦不食亲，尔今常时杀父，是何道理？"郭爷曰："天下无不是的父母，尔怎的时常佩刀赶杀亲父，该得何罪？"高达曰："就是愚人亦知父母，小的忝居学熟，岂不知天伦而妄行不义乎？止因老父心癫，见身馆中未归，遂怀忌心，疑小的不孝，遂告爷台。乞爷重责小的，庶老父心安。"郭爷听了高达言辞，心忖此子原无不孝，怎么高寿告子不孝？

郭爷乃叫高达前来曰："我本不该责尔，看尔父亲分上，打尔十板，权免父意。"叫皂隶取凳过来，将高达打了十板，发放回去。高达拜谢郭爷训诲之恩，正待起身，又将父亲扭住，叫："快取刀把这老贼杀了！"郭爷一喝，高达茫然自失。郭爷心想此必前世冤仇，遂命将他父、子各监一处再问。郭爷思忖一夜，说道："子杀父者虽有，未闻以生员明理之人，而持刀平自杀父者。今高达赶杀高寿之事，必有莫大冤枉。明日必要去叩问城隍，便知端的。"及至天明，遂到城隍殿内去行香。将高达杀高寿之事，详祷于神。郭爷遂去了府中政事，一连在庙宿了三日夜，并无报应。

及至三日五更之时，郭爷假寐于案上，似有人耳边说话。说道："若要究子杀父之情由，尔去问双头鱼之事，便知缘故。"郭爷得知于心，遂挽轿转府，坐于府堂。即叫取出高寿过来，皂隶取得高寿来到，郭爷骂曰："尔这欺心奴才，尔说高达是尔儿子，乃是尔的冤家。他今杀尔，总是为那'双头鱼'之事。从实招来，免得枉受刑法。"高寿见说"双头鱼"三字，心中自知做得不是，又只当郭爷晓得，遂直供曰："小的不合二十年前，海上谋死徽州客人武元名，哄他出来看'双头鱼'，推他落水，谋了他银子八百两。归家买田、造屋、娶妻、生子。自从前月请僧在家，做水陆道场三昼夜，超度元名。不想超度已完，子即持刀杀我，母谏不悛。所供是实。"郭爷曰："高达即元名之前身，尔既谋死他前身，今该填他性命。"遂叫取出高达过来，郭爷曰："尔常要杀尔父亲，我今替尔把父亲问个死罪，尔心下何如？"高达曰："老爷问了父亲死罪，小的平日忿恨，便觉顿付。"郭爷即把高寿上了长板，收入牢内。乃吩咐高达曰："尔归侍奉母亲，此亦生尔之父，自后监中饭食，亦当常继。"郭爷乃批数行，以示高。

判曰：

报应之理，皆由己作昧心之事，自有天诛。高寿少年以驾舡海上为业。

见徽客武元名，带银八百，广州买货，欺其水上孤身，诳以双头鱼出，夜净（静）月明，推落水中。夺其银而沉其尸，冤恨谁诉？得银入己，遂构（购）家资，娶妻生子，竟成殷富。乃知寿之□□（下缺）

赌博谋杀童生

　　潞安府襄垣县,有一富户霍镇周,娶妻洪氏,夫妇藉父祖之庇,田产、家资巨万,婢仆数十,只是无子,有此一点不满于心。归仁乡八都,有一蒲姓人家,虽住在乡下,亦有二百人家。其家俱习儒业。蒲之杰系是襄垣县秀才,生有二子,长蒲安邦,年十六岁,次蒲定邦,年十四岁,文章俱熟。只是家贫。杰常在县中去考,往来霍镇周家下请口。后杰带二子入县考童生,便歇于霍家。镇周夫妇,见杰二子俊伟岐嶷,遂欲过继他次子定邦为嗣。杰感他厚恩,亦思家中难供他读书,遂将二子过继镇周为嗣。后来两家情谊愈密。一日,适值之杰有科举,要往省城赴场,家下又缺粮食,省城又少盘费,遂写借批,叫儿子安邦往镇周家去借银子。适逢镇周在县,去对钱粮,值(直)至一更方归。定邦忙报父亲说道:"哥哥在此,久候父亲。"镇周问曰:"贤侄到此,有何说话?"安邦曰:"小侄不敢启齿。家父蒙提学,取一名科举,要到省城赴科场,家母在家,又缺口食,家父又少盘费,故着小侄专来拜上老伯,具有借批在此,问老伯借些银两。未知老伯惠然肯赐否?"镇周接过批文一看,就叫定邦:"内室取银二十两来。"秤过连批字,一并交与安邦收住。送他出门,见天甚黑,镇周曰:"尔且住了,明早去归。"安邦曰:"家父望久。只借一个灯笼,让小侄归去。"定邦点得灯笼,递与哥哥,送他出门。安邦叫兄弟:"尔且转去,我不要尔送。"

　　兄弟两个分别,时已二鼓。安邦只顾前行,惟恐城门闭上。但见前面有两人已在赌博回来,身上赌得罄空。一个是谷维嘉,一个是房有容。看见四顾无人，又见安邦是一小厮。急步前行，认得霍养子之哥，猜想必在霍家去借得银子归来。谷维嘉对房有容说："此子袖中必有银子。我和尔同去，抢得他的来，再去赌博，何如？"房有容曰："我命合该贫穷，今日本钱赌得精空，还要去抢别人的，干些昧心的事？"谷维嘉曰："尔不去干，待我去干。"谷维嘉赶上，把蒲安邦一手揪住，便打倒于地上，将袖内一搜，搜出一包银子。安邦死扭住不放，谷维嘉即将脚连踢两下，踢伤了肋，登时气绝，死于地上。谷维嘉将银打开一看，重有二十两，遂叫房有容曰："我分一半与尔。"房有容曰："这不义之财，我是不要。"谷维嘉曰："尔不要财，明日若说出来，我便扳尔同谋。"房有容曰："尔自己收拾得好，我决不发尔的事！"迨至天明，东门地方，见街上打死一小厮，惧其连累，遂入县中去察巡捕官。时典史喻文纬在巡捕。即到东门来相验。见是一个读书童生，胁下青肿有伤。吩咐地方，权时备棺木收起。一时喧嚷，说东门打死一童生。霍镇周正在忧闷，安邦昨夜一个独行，今早又听得打死童生消息，遂往东门来看，果见是他侄儿蒲安邦，遂写状往县去告。县中乃熊维学任尹，遂告曰：

> 告状人霍镇周，系襄垣县在城中隅人。告为劫杀事。契侄蒲安邦，年方十六，业儒为事。昨因父蒲之杰贫难赴学，遣安邦来家，借银二十两作盘费。二更独自挑灯归忙，街上被人谋杀，今早地方呈首方知。街上谋人，欺官藐法，劫财杀命，冤恨黑天。乞台剿究贼情，激切上告。

镇周既递了状，遂着人往归仁乡去赶蒲之杰。之杰正望儿子不到，已自来寻。两个撞见，家僮遂将谋死安邦事，一一说知。杰听家僮说了，痛子死于非命，登时气死于地。家僮救之，半晌方醒。星忙走到东门，见安邦已死，于棺内抱尸大哭。揭开衣服一看，胁下青肿数块。询问两边地方，俱说不知。蒲之杰来到县前，正见镇周在那里相等。两个复入县中去禀熊爷。爷见杰来禀，乃谓之曰："昨日夜深，被贼杀死，秋元权且忍耐，待我差捕盗擒访，那时回话。"蒲之杰曰："小儿死于非命，表兄二十两银子又被劫去。望父母千万用心追究！"周、杰二人出了县门，复到东门。周乃换过衣衾、棺椁，代杰厚殓，送之归葬。周又赠银十两，劝杰："且去赴科场，侄儿之事，我待（代）尔必伸此冤。"杰乃辞别镇周归家，安顿妻子，往太原下科去了。过却几日，周复入县催状。熊公见他繁琐，遂发怒曰："此等无头公事，那里就拿得出来！"周曰："城内出贼，老爷不究，假使乡间有贼，老爷岂不任从他去打劫乎？"熊公见镇周把言语冲他，遂发怒，赶出不理。周乃叹曰："世间有此呆官！杀人大事，不把关心，要他何用？"往府中去告。那时七月，掌刑官俱往科场，不在府县，只有提学在闲。乃亦赶入太原，具状于郭爷处告：

  告状人霍镇周，襄垣县人。告为究贼事。生员蒲之杰下科，缺少盘费，遣子安邦来家，借银二十赴学。执银夜归，在城东门遭贼，财命两尽。天早周、杰告县，县官推作无赃不理。哭思城中岂容贼居？县官小民父母！死者含冤，生者罹网。乞天斧断，诛贼安民，不胜激烈。上告。

  郭爷接看状辞，分付镇周，讨保俟候。遂差贴身两个得力牢子冷诚、余志，径到襄垣去访。牢子不辞辛苦，漏夜来到襄垣，装做两个客人，店中饮酒。守到三鼓时分，藏起一个，一个做作醉汉，身背包袱，在那街上一步一颠。忽见前日那两个赌的，又在那里行。谷维嘉曰："这人醉了，我去抢他包袱过来。"房有容曰："前日为抢蒲童生二十两银子，活活被尔踢死。幸亏熊爷不究。尔今不安分，还要做这勾当！"谷维嘉曰："我不连累尔便罢。"仍走上前，把那人包袱夺去。谁知那牢子，有千钧之力，将谷维嘉一把拖翻在地。房有容正要来救，又被那牢子扭住。当喊地方，一齐出来。谷、房二人不能脱身，被两个牢子一铁链锁住。取出铜锤、铁尺，恣打一顿。说道："前日谋死蒲安邦，劫去银两，一向拿尔不着，今日郭爷差我来拿，正不得尔到手，尔敢又是如此行凶！"即同地方解入县中禀过熊公，收在监内。熊公自思："这场人命，我反不能代之伸冤。其功乃出于牢子之手，甚无意思。"天早，牢子来取犯人，县中即着两名民壮，押之到省，解见郭爷。

　　郭爷见解上贼来到，即分付禁子，摆布刑具，并取霍镇周对理。郭爷问曰："半夜抢银害命，从直招来！"谷维嘉曰："小的店中卖酒营生，并未干甚亏心之事！"房有容曰："小的终日卖菜，亦未知有甚谋害之事！"郭爷曰："冷诚、余志，尔怎么拿住他们！"冷诚曰："小人二更时分，藏起一个，把一个装作醉汉，身背包袱，亦往东门街上行跌。果见这一个贼，便来抢我包袱，被小人一时打翻在地。这个贼人来救，又被余志走出擒获。因此拿到。"郭爷曰："禁子取脑箍过来。"叫把二贼箍起。房有容受刑不过，哭曰："谋死蒲安邦，全不干小人之事。"郭爷曰："尔且从直供来。"房有容曰："小人与谷维嘉，在赌博房赌输回来，见蒲安邦一个执灯独行。谷维嘉见他是小厮，初意只说去拖他一件衣服遮羞。小人一边止他，谷维嘉不容小人分说，向前即把蒲安邦揪住，摸他袖内有银一包，遂只抢银。安邦拚死扯住，谷维嘉不得他脱，用脚连踢几下，登时气绝。又恐吓小的，不要说出，若有人知，便要扳小的同谋。"郭爷曰："尔明知情不举，但是未分财，姑从轻例。谷维嘉既抢银又害其命，仍复不悛，复夺牢子包袱。叫皂隶重打四十。"霍镇周曰："乞爷爷追谷贼抢夺之银！"郭爷曰："当时所谋之银，放在那里？"谷维嘉曰："银方入手，第二日又赌干净，毫厘无在。"郭爷劝镇周："不必追银子也罢。"遂将谷维嘉上了长板，秋后处斩。房有容杖一百，徒三年。问发平顺驿摆站。蒲之杰闻得郭宗师代子伸冤，敬入道来拜谢。郭爷断罢，遂将罪人俱发回本县。

　　判曰：

审得谷维嘉、房有容,不事农业贸易,专以赌博度日。钱归头首,债累己身。不思改心易虑,敢为戕命掳财。见安邦半夜独行,逞雄心数脚踢死。惟知劫银卖赌,浑忘人命关天。谷亲下手,大辟无疑。房不与谋,拟徒姑恕。犯人解县认罚。知县罚俸三月。

赖 骗

做柴混打害叔命

严州府寿昌县富屯街姚循,一生贩卖蜂蜜,经理家计。年至五十,发有数千家赀。娶妻陶氏,并未生育。有堂侄姚忠、姚恕,一贫如洗。兄弟二人,常与人合伙,判山做柴度口。时或借叔几两银去买柴,多是白骗。但忠为人凶狠贪残,循每不理他。只有恕为人纯善,多得陶氏之意,常常有几钱银子,与他做买卖。一日忠不得他叔银到手,乃哄邻舍一后生沈青,立批来与循借银五两,去与江村、常遂,判山做柴。将房产三问,立卖契来典。恕、忠在旁撺掇,循遂对(兑)银五两,与沈青前去。青得银即同姚忠到江村去做柴。不觉做了数月,吃用浩大,五两之银连本也花费殆尽,只剩得有数堆柴在山上。姚恕一看见乃归,对婶陶氏说曰:"哥哥串通沈青,借得叔叔银子,终月饮酒斗头,把那本钱尽数吃了。如今止有一二两银柴在山上。若不早去盘得他柴来明白,终不然去强拆得他房屋不成?"陶氏信恕之言,即与循说知此事。循曰:"这奴才,信他不得!"就往山上去,与沈青取银。沈青曰:"待我卖柴来还。"姚循曰:"文约限定,此时谁听尔胡说!"沈青曰:"我偏不还尔!尔去告得我来!"姚循被他冲撞,气上心来,揪住沈青,劈头便打。沈青少壮,姚循年老,当时被沈乱打一顿,遍身青肿。姚忠在旁,全不救护。及至打倒,忠故意喝退沈青,扶叔归家。忙报婶娘曰:"叔今与沈青取银,两家厮闹,我又不在,被他打伤。快叫恕去，请得郎中来医。"恕听得，即请对门尹医士，来家下药。姚循吃药一服，觉得气渐活转。医士放药在那里，遂自回去，叫忠好生调治。时到半夜，心中自忖："叔有许大家赀，又无子息，叫他把些与我，分厘又不肯出。不如乘此机会，结果了他的性命。只便得沈青去偿他命。那时我不全得，亦得一半。"适逢与恕厨下煎药去了，姚忠遂取铁秤锤，向顶门连锤数下。循大叫一声，登时气绝。陶氏听得丈夫声叫，即时同恕走到房中，丈夫已死。忠假哭说："叔叔忍痛不过，大叫一声而死。"陶氏与恕，只说是真，一边将循取棺材盛殓，一边叫忠，到县中去告沈青。姚忠走到县中下状：

告状人姚忠，系寿昌县四十都民籍。告为活伤叔命事。地虎沈青，借叔赡老银五两，前去买柴，过月不还。本月初三，叔上山寻取，触恶揪发，乱打重伤。身知奔救扶归，登时气绝。山邻何建面证。叔老无子，蓄银赡活，冤遭哄骗，财命两空。乞爷究恶追填，死生感激。上告。

时刘星桥在寿昌作尹，接了状词，知人命重事，即发牌拿沈与何建一干人来听审。沈青见事，即具状来诉：

诉状人沈青，系四十都民，诉为排陷事。姚忠图叔姚循银两，无由就手，哄身将房屋典出循银五两，约定卖柴交还。不料忠起枭心，将柴本尽数买酒酗费。循取不听分剖，山上扭打，并无致伤情由。医士救治已愈，天明复报循死。平空陷害，乞爷调检，冤有所伸。哀诉。

刘爷准了，遂拘医士尹文彬来审。尹文彬曰："小的来下药时，遍身委的青肿，小人下药已（以）后，气渐平服。不知后来如何身死？"又问何建曰："沈青打死姚循，果是何如？"何建曰："小的山上挑柴，见他取银角口，后两个扭打了，姚忠扶得叔子归家。小的未见其死。"姚忠哭诉曰："小的叔叔年老，沈青少壮，怎么吃得他打？因被他毒手打死。乞爷爷吊尸检验。"刘爷遂唤仵作吊尸来检，果然检得遍身伤多，头顶重任三块致命。刘爷记了伤痕，回衙即将沈青重打三十。申解上司，断其填命。时郭爷正出巡严州。见寿昌解得人命事来到，遂取来文审单，详细观看。见其死时说得不同，即问何建曰："沈青几时相打？"何建曰："早上相打。"又问曰："姚循是几时身死？"何建曰："闻得半夜身死。"郭爷取姚忠问曰："据尔状词，说叔登时身死。据此尸单所伤，亦皆登时身死。"又问尹医士曰："尔是几时医姚循？"尹文彬曰："小的是下午医姚循。"郭爷又问仵作曰："身上那处，该是致死？"仵作曰："身上俱不伤命，只头顶三切，即时该死。"郭爷问何建曰："姚忠、姚循，家事何如？"何建曰："姚循家财数千，姚忠兄弟贫无立锥之地。"郭爷曰："姚氏族中，还有亲如姚忠者未有？"何建曰："只有姚忠，是至亲堂侄。"郭爷曰："姚循明明是姚忠利其家财，趁此机会，半夜用毒手打死，图赖沈青。叫取夹棍，把姚忠夹起。"姚忠忙叫屈曰："焉有侄肯打死亲叔，去赖他人！就是利叔家财，叔既无子。家财自是小的该得。何容犯此逆天大罪？望爷爷详情。"

郭爷叫拘姚循妻子，与姚忠兄弟来审。牢子即去，提得陶氏与姚恕到司。郭爷问曰："尔夫被打几时身死？"陶氏曰："丈夫日上服药，将已平定。待至半夜，小妇人同姚恕，去厨下煎药，只得房中丈夫大叫一声，慌忙走得入房，见已绝气。彼时只有姚忠，坐在身旁。想是被打，疼痛不过，喊叫气绝。望爷爷作主，小妇人孤寡分上，重究沈青。"郭爷曰："尔丈夫不是沈青打死，是尔姚忠打死。姚忠平日待尔丈夫何如？"陶氏曰："姚忠平日好酒撒泼，不务生理，屡遭丈夫赶逐。只有姚恕为人本分、忠厚，丈夫时常看顾他二三。"郭爷曰："据陶氏口辞，一发是姚忠打死。叫把姚忠重打四十，夹起再问。若不招认，活活打死！"姚忠受刑不过，情愿招出："身贫无倚，因思叔财难得，乘机半夜，私取铁秤锤，头顶连打三下，一时气绝是实。"郭爷笑曰："我固知报死异时，必是姚忠打死。"遂将姚忠问成死罪。将沈青庭杖八十，问徒二年，以儆负债抗主之罪。其余干犯，俱疏释还家。陶氏财产自行管理。待到后日，姚恕送婶归山，即堂姚循家业，外人不得争占。

判曰：

　　审得姚忠二兄弟，本姚循之堂侄。循既无子，家业即该侄继。奈何忠心不良，欲速死其叔，而急利其有。既串沈青，以屋当银，后袖手旁观沈青打叔。惟恐不死，所以半夜行凶，叔命顿绝。盖欲嫁祸沈青而已。思享实利也。夫杀人者死，忠加常人一等，问拟凌迟。沈青负债不当斗殴，律拟徒罪二年。姚恕忠纯，立继陶氏为嗣。所有家业外人不得争占。

争鹅判还乡人

郭爷在分司,闻滕提学到省,出司去拜访。忽见街上三四人,俱在争鹅。见郭爷道过,都不回避。郭爷叫步兵带住,见了提学,遂拿争鹅者,转到司内,问曰:"尔怎么两人争鹅?"其人曰:"小的即东街韩起,家养此鹅,拿出街卖,他便强要争去。"其人曰:"小的是乡人九都凌奎,今早挑鹅往街来卖。他瞅小的转身大便,即将小的这只鹅,揉乱其毛,丢在地下,便不入伙,为众鹅所推。他即争为他的。"郭爷曰:"我也难凭尔两人说话。待鹅自己画招!"叫皂隶取白纸一张,铺鹅足下,叫捉鹅取招上来。看看等了两个时辰,郭爷问鹅画招未曾。皂隶曰:"招未曾画,只放一堆粪纸上。"郭爷叫取上来看,见是吃草之粪,乃骂韩起曰:"狼心奴才!乡人卖鹅尔怎生白骗他的?"韩起曰:"小的委实是自养的。"郭爷曰:"我不说破,奴才必不甘心!尔街上鹅吃米,其粪必坚白,乡下鹅吃草,其粪始青绿。这粪本是青绿,尔安得强争?"叫取粗板过来,将韩起重责二十。鹅付凌奎领去。

判曰:

审得韩起市井无赖,游手棍徒,见乡人凌奎卖鹅,辄起骗心。瞅其不在,将鹅毛揉坏,先使之自群相乱,然后执为争端。是将以市诈愚乡氓,而又以乡氓之自有者而自愚。不思物各有主,平白欲攫为己私,其视白昼行劫殆有甚焉!重笞二十,用儆刁风。鹅还凌奎,立案存照。

判人争盗茄子

郭爷出巡往严州，道经武林。只见两个卖菜人，在街上厮打。公见其凶，就叫拿过来。公问曰："尔两人怎么厮打？"其人曰："小的城外万春，种菜营生。今早入园，去收茄子。只见尽被此贼偷来。今陡遇见，故此扭打。"其人曰："小的驿前吕陈，亦是卖菜营生。今早在城下贩得此茄来卖。他强诬赖冒认，扭执平人为盗。望乞爷爷斧断。"郭爷曰："取茄子上来！"郭爷取吕陈茄子仔细一看，知其是盗得万春的。遂大骂曰："欺心奴才！万春千辛万苦，种此茄子，把来供尔偷卖！割别人之肉，医尔眼之疮！"吩咐皂隶："与我重责二十！"吕陈哭辩曰："小的贩来之菜，老爷蛮认为贼。小的永不甘心。"郭爷曰："这奴才说我蛮断，再打二十。"皂隶又打过二十。郭爷曰："我说破奸贼。假如人将茄子去卖，必择大的，已成的，必不忍将小的，才开花的，亦拿来卖。尔今偷他的茄，惟恐人知，因此慌张，故连大小一并摘来。"吕陈见郭爷说破奸情，只得低头认罪。叫望超豁。郭爷遂判价银一两，赔偿万春。其罪姑免不究。

判曰：

卖菜虽小事，然朝进一文，亦是一日生计。吕陈不合自种菜，敢窃万春之菜，据为己有。是徒知利己损人，而不思物各有主也。偷盗园林果木，律有明徵（惩），枷号十日，用儆奸刁。万春无罪，领茄宁室。

争子辨其真伪

嵩明州二都张桌，妻王氏，富而无子。至四十以后，王氏始生一子，名张文旆。三岁在溪边独自顽耍，被一打鱼人见之，抱之上船，竟自撑去。离张家二十里田地，有一大户，姓杨名广，娶妻田氏，亦巨富而无子。渔人舡到岸边，听得杨广无子，遂抱得张文旆，到他家去卖。假说道："小人妻子死了，家又贫穷，襁褓此子因此抱来，恩养于人。"杨广遂将三两文银与他，讨为己子。渔人得了银子，写张文书遂将张文旆交付杨广而去。后张桌寻子不见，只说浸死溪中，悲号无任。一日，文旆在杨广家已四年，年已七岁，广送在先生处读书。张桌为往州中去对钱粮，路经杨广门首经过，忽见文旆身边走过。桌认得是己子，连呼"文旆"数声。旆即连应数句，以为素相熟者。桌即同子入到杨广家中，告诉失子之故，说道："此子乃吾之子，不知何为来至此间？"谁想广将此子改名杨一栋，惟恐为桌争去，遂曰："我这儿子拙妻田氏亲生，经今八岁。但是从来见人，不问生熟，随呼随应，嬉笑与言。故此尔叫他，他便应。尔安得认为尔子？"桌曰："此子委是我的。怎么尔拐来在此？"广即大骂曰："老畜生，不知死活！到此冒认人家儿子！"遂将张桌劈面连打两掌。桌曰："打便任尔打，儿子我必定要取去。"杨广曰："除了府县，除非都察院去告来，方奈得我何！"桌曰："我就在都院告尔！"说罢竟自归家。取了盘费，直到都院击鼓：

告状人张桌，系嵩明州二都民籍。告为拐骗事。一子文旆年三岁，失去无踪。经今四载。偶于五都杨广家得之。广冒认作子,执赖不还。理辩触恶赶打,不容分说。子去绝嗣,孤寡后日将何依倚?恳天究子,庶使老有所终。上告。

郭爷看了状辞,说道:"这样小事,府县何不去告?"张桌曰:"杨广势大,小的无后为大,故此冒死来告!"郭爷遂为准了状辞,仰知州艾思俊,速拘杨广,解院亲问。牌下嵩明州,知州即擒得杨广,起解入院。原、被告俱在,郭爷问曰:"尔两人怎么争占儿子?"广曰:"小的止生一子,今年八岁,送学读书。冤被张桌看见,强认是他儿子。小的赶骂他是实。"张桌曰:"小人儿子三岁失去,今偶见于杨广家中。呼他当时乳名,他便知应。不惟面貌熟识,而即此知应,安得不是小的儿子?"杨广曰:"小的儿子,从来不问生熟人等,但见他呼,他便即应声。他的儿子乳名文旆,小的儿子当时偶亦此名。只是如今入学改名一栋。"当时,张争己子,杨亦争己子,两下争辩不歇。郭爷俱令监起,心中自思此事怎么辨得真伪。思想一会,遂唤两个牢子,吩咐说道:"霎时我取张、杨二犯来问,我便差尔去提他儿子。尔可在外迟一日,可假报他儿子前日中风已自死去。"牢子领了钧旨。郭爷复叫取张、杨来问。二人在堂下依旧争辩不休。

郭爷叫承行牢子,去提二家妇女及儿子来问。仍把张、杨监起。过了一日,牢子已将死信,监中去报。张桌一听儿死,眼泪汪汪,连忙问信。杨广只是口中叹气几声说:"可怜,可怜。"郭爷升堂,复取张、杨问曰:"尔今所争儿子,何不两下共养也罢。"张桌曰:"小的只有此一子,怎肯与他共养。"杨广曰:"小的只有这点血脉,怎忍分半与他!"正在争辩之间,牢子已回,报道:"小人承牌,到他二家,及提儿子。只见杨广家妻子田氏,哭出说道,'儿子昨夜中风身死。'小人进去观看,正在那里收殓入棺。"张桌闻得此等消息,眼泪汪汪不止。杨广殊无戚容,只是口中叹气数声而已。郭爷曰："尔二人争儿，今日儿子已死，无儿可争。我姑赦尔罪，放尔各自归去也罢。"二人磕了头各自归去。张桌走出门外，放声大哭，跌倒在地，哀不自胜。杨广出去，只叹曰："死者不能复生，命中无子，止该如此。"谁想，此时儿子已捉在察院，又着人看二人动静何如。即叫带转张、杨入去。郭爷大骂杨广曰："儿子分明是张桌的，尔强来争作尔的儿子。今日死去，尔殊无戚容。张桌这等啼哭不止，非是至亲，怎有此哀？尔说此儿，当时怎么得到尔家。今已死去，说出亦无妨碍！"杨广只说儿死了，遂把当日渔人来卖与己，出三两礼银，乞养之事，一一说明。郭爷笑曰："我固因哭知其非尔之子。但尔系将银买来，原非尔之拐骗。今此子岂能即死，我姑以死探尔耳！"遂叫出其子，令张桌领去。又令张桌，将银十两，谢广养育之恩。广妻田氏，生得一女，已有六岁。郭爷遂命之结为婚姻而去。

判曰：

　　审得张桌子甫三岁，溪畔闲耍，而为渔人攫之，卖与杨广。则广之得此子，止知为渔人之所出，而不知为张之所生也。张见子而争，广执子不付。盖一以尤后为大，一以继续为先。俱思有子，则万事足矣。□一体则真情立见。两气不相关止惟付之号叹，宜其有死子而安忍不生哀哉！今断子还张，断银十两，以为杨四年哺养之谢。杨女张子，自后结成婚姻。二家永以为好。各释还家，立案存照。

骗马断还原主

　　太原榆次县莫如宾，膂力刚健，好习武艺，熟娴弓箭。每见好马，不惜千金买之。一日，见客人贩有一匹连钱骢，在县发卖。宾一见，出价四十两与客人，买来骑骋，心甚爱惜。不想，如宾身畔有一惯贼卢桐，家中生计甚拙（绌），遂夜遁入如宾马厩，把他连钱骢偷将出来，骑往徐沟县，卖与一富户秦相。相亦好马，遂得他银五十两正，其贼即往别处生意去了。如宾自失马之后，各处使人寻讨，并无下落。一日，闻得徐沟县出有好弓，乃亲到徐沟买弓。忽见秦相骑得连钱骢，街上奔走。如宾赶上熟视，认得是己之马。即步影来到秦相家中，问其两边邻舍，知是秦相，即具状入府去告。不想学道郭爷出来行香，如宾撞了马头，被前面武夫拿住，带见郭爷。如宾忙诉曰："小的为贼人盗去马匹，今日见赃，欲入府去告，不觉走忙，不及回避。"郭爷曰："拿状上来！"如宾递上状辞，郭爷将状前后一看，见得：

　　　　告状人莫如宾，系榆次县人。告为盗马获赃事。身用价银四十两，买得客人连钱骢一匹，骑坐已经四年，前月失去无踪。今于徐沟，偶见秦相骑人家中，当报四邻见证。重价买马，惯贼劫去。真赃血证，律法难容。乞拘原马，剿贼安民。上告。

　　郭爷既见了状辞，问莫如宾曰："尔马果认得熟否？"宾曰："小的马已四年。今止失去两月，怎么就认不得？"郭爷曰："尔既认得，待我提来对理。"即发步兵江洪、包栩，前到徐沟，连人并马，俱锁入司来。秦相诉状曰：

诉状人秦相，系徐沟县人。诉为白日诬赖事。旧年将银五十余两，买得马客连钱骢一匹，在家骑坐。不料恶棍莫如宾，失马已久，强执身马，认为己物，捏辞耸告。马原有主，买原有契。平空生骗，冤陷莫伸。哭恳爷台，烛诬殄恶，生死感激。哀诉。

　　郭爷亦准了秦相诉状。遂分付将马牵上堂来。乃唤二人，各去驯马。初然，秦相向前牵马，马亦凭他牵系。后莫如宾向前牵，那马见了如宾，嘶鸣不已，如有恋恋不舍之意，将身靠住如宾。秦相再后去牵马，遂将秦相身上乱咬，后足乱踢，相遂不敢就身。郭爷见其形状，遂唤二人曰："马本出自如宾，盖他豢养已久，所以眷恋尤深。秦相止足两月之恩，安肯忘旧主，而遽恋新主乎？秦相尔实说来，从何得此马匹？"秦相曰："小的实因前月在（有）客人卢桐牵此马来卖，小的实去价银五十两，买在此间。"如宾曰："卢桐此贼正是小人身边一个惯贼。今走去两月，不知踪影。今日说来，果是此贼盗卖与他。今日马既在此，但未见贼。望爷爷作主！"郭爷叫莫如宾，补上领状，遂将马与他领去。秦相哭曰："小的将银买马，又是隔县，又不知情，怎么爷爷使小的银、马两空？"郭爷曰："尔去访得贼人，捉来见我。我即代尔追赃。"秦相曰："乞爷爷发两个捕盗，与小的前去。"郭爷即发捕盗陈祥、魏净两人，同秦相去访。

　　只见卢桐又跨一匹良马，经东街西去。秦相认得人真，即指示捕盗。陈祥赶到前面，一把揪住，喝曰："偷马贼往何处去？"魏净、秦相一齐上前，将卢桐打翻缚住，解入学道。陈祥禀曰："小的拿得偷马贼役到。"郭爷问曰："尔怎么偷莫如宾的马，卖与秦相价银五十？从实招来！"卢桐自知盗马是真，况郭爷又是明决不可欺的，遂招曰："小的止因衣食日促，无计活命，是以干出这等勾当。卖银五十，今止花费三两，其余现存身上。"郭爷又问："如今那马，又是那里盗来的？直直招出，免受刑法。"卢桐曰："小的这马是兰州外生靼子射猎之马,夜被小的盗来,实与中国之马不同。"郭爷细看,其马果是生得异样。郭爷遂将此马,判与秦相,抵还前银。卢桐所得之银,姑免不追,止打二十,释放宁家。卢桐感郭爷之恩,后遂改恶迁善,不复为盗。

判曰:

  卢桐盗莫如宾之马,而秦相用银买来,此盖将金博宝,原非不审来历,明知故买者比也。罪在卢而不在秦明甚。但原马恋主。即当断还原主无疑。而秦价无偿,宁不有待于卢乎?天不容贼,出访就擒。本该即制卢重典,姑念卢之犯法,缘饥寒之所逼,非其本心。今所盗者靼马,又非中国之产,亦当另与其能善窃营生矣。靼马判酬秦价,原银权宥不追。立案存道,用戒不虞。

伸　冤

水蛙为人鸣冤

　　淳安县三山街，有一富户涂隆，五十而无子。常带银数十两在身，但遇人拿飞走水陆之物，便买之放生。一日，行到茶园地方，四五个拿水蛙之人，各拿有二三百在布袋中。涂隆便问那众人，将银与他买，问该几多价钱。其人曰："总是五分一百个。今我五人共有三千个，该银一两五钱。"涂隆乃展开银包，秤银一两五钱与众人。买了水蛙，遂放于大溪去了。那众人看见涂隆身上带有二十余两银子，便起谋心，赶到中途茂竹林内无人之处，遂将涂隆把泥土塞于七孔，丢在山坑之内。众人解其银而去，仍钓于大溪之傍。适郭爷出巡严州，道经竹林边过。时方近午，众人夫俱放轿，少憩于竹林之下。只听林内，蛙鸣杂沓，喧闹不已。郭爷问曰："那里水蛙，这等鸣号不已？"叫皂隶去看来。皂隶走到蛙鸣之处，见一人死在泥坑，群蛙俱在尸上扒土。皂隶转来回复郭爷。郭爷乃亲打轿，到尸边去看，果见蛙皆跳跃悲鸣。郭爷曰："此必钓蛙之人，谋死此人。"叫皂隶去溪边："看有钓蛙之人，可俱与我拿来。"皂隶起到水边，只见四五人尚在溪边未去。皂隶叫曰："郭爷这里要买水蛙，尔众可速拿来！"众人只道郭爷真买水蛙，都到郭爷轿前。郭爷开口曰："尔众人都是几时在此钓水蛙？"众人曰："皆今日在此。"郭爷曰："尔众人俱在此钓蛙，这里山坑谋死一人，是尔众人那一个下手，直直供来，免受刑法！"那人见说谋死人命，便觉面黄口青，魂不着体。期期对曰："小的在溪中钓蛙，并未见有谋人之事。"郭爷曰："那人明明是尔谋死，还要口强。皂隶与我搜他身上！"皂隶一搜，每人身上俱搜出四两多银。郭爷曰："尔这银从何得来？"众辩曰："小的皆是这几时卖蛙的银。"郭爷曰："焉有卖蛙之银，五人一样平重，又皆是这整块银子？一日不过，尔会钓的，仅可钓得一二钱，银子亦是零碎卖去，安得有此整银？"郭爷叫众人去取起尸来相验。此时涂隆七孔，遭泥所塞之处，尽皆被蛙挖去。蛙皆以气呼入尸之七孔，涂隆渐渐回阳。众人扛得尸起，涂隆已醒转来了。郭爷见死尸渐活，叫皂隶快把热茶一盏灌之。涂隆得茶，接了口中之气，须臾开眼。见是郭爷在上，遂哭诉曰："小的老而无子，各处买蛙放生。今日将银一两五钱，与这四五个卖蛙的买，他见小的银子二十余两，遂将泥土，闭死小的于泥坑之中。望爷爷究治这些凶徒！小的银不愿取。"那钓蛙人，见涂隆活了，诉出真情，哑口无言，只好低头认罪。郭爷将所谋之银，发与涂隆归去。涂隆磕头，拜谢郭爷活命之恩而去。郭爷叫皂隶，锁了五人，带到严州治罪。将为首一人罗怀德，问拟死罪，秋后处决。其余高春、雷钦、石信、程惠，减死一等，俱问边远充军，即时起解。

判曰：

  审得罗怀德等以钓蛙营生，水中觅微利耳。而涂隆以无子，故买蛙放生。虽是将有余之财，以希难得之子，是亦不忍之心居多也。不意买蛙之生，而卖己之死。德等见财起心，欺孤身于僻地，合五人而行凶，置之泥坑，塞其七窍。若非群蛙报德，掘其土泥，则隆终为枉死之魂，而罗等皆幸免之劫贼矣！隆虽得生，罗难免死。盖以罗死之之心在隆，而隆生之之报在蛙。首拟大辟，余皆充军。赃给原主，立案存证。

究辨女子之孕

　　潮州府北门，瓦子巷饶庆，家道富足，制行平素端庄。娶妻邓氏，闺门肃如，生一子、一女。子名饶宁，媳妇封氏；女名娥秀，聘与南门关鲸为媳。鲸亦府学庠生，治家亦清正。娥秀时年十八，将欲出嫁。日与嫂封氏，朝夕不离，共习女工针指。但夜分各异睡。一日饶宁馆中归来，与封氏同寝，未免叙夫妇之好。娥秀隔壁梦中听得，不觉欲火顿炽，莫能自止。及天未亮，哥怕父母知道，仍到馆中去了。娥秀即到嫂之卧床，抱嫂共睡，仍欲嫂效哥之所为。嫂不得已，宿于姑身，动止如法。此时娥秀阴户已开，封氏与夫交才移时，阳精尚充溢于内，不觉两阴相合，精即滴于娥秀之子宫。遂歆歆焉，似有入道之感。姑嫂具阑，遂各就睡。自是日移月易，封氏固自怀有孕，而娥秀亦腹中渐大。邓氏即喜媳妇叶怀，重恶女儿身重，乃扃上外门，叫女儿近前，问曰："嫂嫂怀孕腹大，尔何缘故，腹亦如之？直直供来，免遭箠楚！"娥秀见母亲发怒，即直言曰："那日五更，哥哥与嫂隔壁交合，女儿听其动静，不觉欲心稍萌，待哥哥去后，我即与嫂同睡，叫嫂如哥所行，伏于女儿身上，两阴磨荡，不知如何，就有此身。"母再叫媳妇来问，封氏亦是如此应答。邓氏思忖，此或子之余精，溢入于女之阴户，结成此胎，未可知也。且私秘之不问，及至十月其足，封氏果生一子，而娥秀亦生一子。邓氏知之，即来取水淹死。思欲灭其迹而不欲令丑声闻于外也。奈何娥秀见母来溺己之子，即来抱住哭曰："女儿此子，又非奸淫亦非外出，此胎天意所在，或是神力所为。嫂同育得，我独肯死之乎？"邓氏不奈女何，况知女无外交，乃不得已，叫稳婆洗起。

过了一月，外人只道封氏双胎，亦无人知。及至十月十三日，关亲家遣媒行聘，并来报归亲日期。适逢稳婆抱得娥秀之子，在外游嬉。媒人认得稳婆，遂问曰："此饶宁相公之子乎？"稳婆曰："此饶宁相公之外甥也。"媒人听得此句话，心中顿生疑忌。酒筵已罢，转到关家，乃把"外甥"之说，报与关鲸。鲸即大怒，遂往府中郭爷处，告状退亲，惧被淫媳玷辱清规。

告状：

> 生员关鲸，系潮州府学，告为退亲事。男化龙，凭媒聘到北门饶庆女为媳。指望清白传家。不料饶庆内行不淑，纵女行淫，无夫有子，漫不渐藏。似此不洁之妇，何以承宗衍后？告乞离异，令男别娶，庶使有家得闲。上告。

郭爷看了状辞，心中自忖，无夫而育子，□□可闻于邻右。矧又育起在家，此必大有□□。遂出牌，差皂隶童安去拘饶庆来对理。饶庆即来投到。下诉：

> 诉状人饶庆，诉为激浊澄清事。庆家素号清白，内外各有严规。女娥秀出聘关氏，姆教尤谨。前月因无人道生子，众咸称祥，捉身育起。切思内省无疚，始拒群疑。女有丑行，何敢育子？恳天究冤，庶使女节得完。哀诉。

郭爷看了诉状，见饶、关俱在面前。说道："房帏之事，必究妇人，方得真情。尔二人结亲访义，安可以此不讳之来争？"乃问饶庆曰："尔妻多少年纪？"饶庆曰："小的妻子，五十已过。"郭爷曰："可取来此听审。"饶庆只得到家，取得妻子来见。郭爷骂曰："母纵女儿，妄行不讳。从直说来，免得受刑不便。"邓氏只得直诉曰："小妇人前日见女身重，以刑鞠之。女诉彼晚哥与嫂同睡在床，叙室家之好。女在隔壁知识，渐开窃聆，风行草偃，即不能禁凡心。五更俟哥归学，乃入房搂嫂，继访前口，嫂□兄□两□交战，后遂口脉。小妇人复鞠儿媳□□□□□日有外。小妇人治家颇肃，五尺之童，亦未敢入。此系真情，乞爷斧断。"郭爷闻邓氏之语，豁然心悟。命送邓氏归家。乃问关鲸曰："尔意还是退亲，还要如何？"关鲸曰："小的闻亲母之言，则小媳制行无玷，不愿退亲。"郭爷乃谓关鲸曰："饶氏与嫂同睡而孕，此盖少女欲炽阴盛，而嫂甫离其夫，则阳精尚充满于内，二女阴媾，安知非嫂之阳精入女之阴室乎？无夫而交，其子无骨。而此能成人者，盖实得其阳精，而非徒受其气者可比，他日必多育矣！贤契再不必多疑。"关、饶二人得郭爷之判，传呼溜染，焕然一新。

判曰：

　　气化刑化，阴阳之运用无穷，男欲女欲，健顺之阖辟至妙。无夫而生子，固曰不祥；借气而成胎，要非无自。今审得饶氏借嫂之余阳而肇孕，藉己之阴盛而子男。此虽姑嫂之戏成，实非外来之妄念。子归嫂养，女入关门，二家无得生疑。立案百□存证。

剖决寡妇生子

　　成都华阳县六都范家，在两川称为巨族。□范代及妻黄氏，生子范君尧，幼而颖异，博学能文，十五入府庠。娶妻苏氏，素行姆教，夫妇相敬如宾。一日，范君尧因读书过度，苦于思索，卒死于书（房）。时苏氏年方十六，已有孕在身。遂继天下制，乃自筑一室，四围风火砖墙，密不通风。止留一窦进饮食，留一婢在内服侍。迨至十月，乃生一子，取名范兆程，在于室内鞠育。至六岁，兆程知识豹变，可以就学。乃呼婢女，唤至公婆，开墙交与儿子，令公婆领去读书。墙仍整过，子母不相见者，已逾十年。时兆程能继父志，仍复附籍府庠，一家不胜欢喜。兆程既做生员，思量必要见母。乃隔墙呼曰："孩儿得父母教训，今已才得成人，父既不能相见，母隔一室，独忍孩儿永不得一见乎？"苏氏命开其墙，兆程得入，乃拜母养育之恩。母子少坐片时，因欲更衣，乃就母之溺器，母随孩亦更衣于原器。子后辞出，母仍筑其墙，以杜往来。一日之间，苏氏遂觉震动□身，数月后，乃生一子。苏氏自知此身绝无外染，□育起，以观时变。时有范君尧堂弟范君禹，刻薄奸险，无所不为。久欲利代家财，见有兆程，不敢启齿。今探得苏氏。开墙呼子入室，遂孕而生子。乃捏为子母通奸，遂写状，竟往按察司去告。意图置他母子死地，贪他家财。遂入司投状：

　　　　告状人范君禹，系华阳县六都民籍。告为渎伦大变事。兄死，兽嫂苏氏，杜门守制，育子兆程。附籍府庠，年已十六。祸因一月，苏氏毁垣，呼子入室，留淫数宵。子出复扃墙室，目今诞子。自恃得计，反行育起。子母通奸，岂容覆载？奸子反育，伦秩大乖。恳天扶植纲常，庶使亡兄，九泉瞑目。上告。

郭爷一见状诉，心中大恼。遂唤范君禹前来审曰："范兆程家中还有甚人？"范君禹曰："还有公婆。"郭爷又问曰："范兆程父亲有几兄弟？"禹曰："他无兄弟。"郭爷大骂曰："范兆程止有公婆，又无叔伯，尔便思想致他母子于死，则他的家业岂不尽归于尔？"叫牢子取粗夹棍过来，与我夹死这奴才。君禹受夹忍痛，再不肯认。郭爷叫且住了夹，"将之奴才监起，提得兆程到此。审得明白，活活打死尔！"郭爷遂行文书到学，学官即将范兆程送到按察司。兆程知君禹告他，即包头束腰，来见郭爷。

郭爷曰："尔就是生员范兆程？"兆程应曰："小的便是。"郭爷曰："尔叔告尔渎伦大变，尔详悉说来。"兆程哭诉曰："小的父死，尚在母怀，母守父制，即自扃一室，方圆俱围高墙，止留一窦进饭食。小的方得六岁，即排墙送出，交与公婆，令之读书。那时小的求一见面而不可得。直至今年二月，小的进学，再三哀告，仅得去墙一见。坐不移时，即命小的出来，墙仍复筑。怎么叔子以此万载秽名，加于母子？"郭爷曰："未出之先，那时尔还有甚动静否？仔细记来。"兆程忖之半晌，禀曰："记得一事，不敢启齿。"郭爷曰："正要说来。"兆程曰："小的彼时只在母亲溺器上，更衣一次。"郭爷曰："后来如何？"兆程曰："母亲亦随就器更衣。"郭爷听了此语，乃谓兆程曰："尔母久寡，纯阴用事。尔先就便，则尔乃纯阳之气，蕴积于彼。以纯阴而触纯阳，则阴阳交遘，安得不孕？但吾闻以气而孕者，其子无骨。叫牢子取来我看。"牢子到苏氏室中，取得子来，放在地上，果是无骨。郭爷曰："兆程抱将出去，冠带来见。"兆程出外，将子送归与母，复青衣小帽来见。郭爷叫取范君禹过来。牢子提得君禹到台，郭爷曰："告人凌迟，自得凌迟之罪。尔嫂苏氏，守节无亏，尔侄兆程，事母至孝，况是学中子弟。尔安敢以此大不韪之事加之于彼，而欲夺其家业乎？牢子与我重打四十，再问。"牢子打罢，郭爷曰："这畜生有些家私也无？"兆程曰："他有家私，亦不来告此状。"郭爷叫牢子，再与我上了脑箍，看他认不认。君禹受刑不过，只得直招："不合图谋家财，风闻苏氏生子，故此妄捏子母通奸，实欲致他死地，以霸其业。今蒙老爷电掣，只望笔下超生。"郭爷大骂曰："以贞节之妇，以纯孝之子，而皆欲一旦置之极刑，尔心可谓恶过穷奇，毒逾狼虎矣。叫牢子与我再打八十，不死监起。明日又打。"牢子打下八十，君禹已自昏去。郭爷叫拖下监去。乃发放兆程归去，用心读书，以显父母。兆程拜谢而去，后果以易经，魁于西蜀。

判曰：

表节重孝，虽愚夫愚妇，亦忻慕而爱乐之。未闻敢行毁节败孝，而甘为不义之行者也。范君禹以无赖棍徒，栖身无地，虽曰范代之堂侄，实则人类之猪狗。意图谋占兆程之业，妄欲玷污苏氏之节。曾不知苏氏亦范妇中之君子，而兆程乃实朝廷上之人才。家无君子，何以成家？国无人才，何以成国？据君禹之恶，诛君禹之心，今拟极刑，以旌节孝。

前子代父报仇

潮州平远县孟林村姜逢时，娶妻谭氏，家事亦颇富厚，只是人烟稀少。后谭氏生一子姜启，亦教之读书。年甫十六，父为娶妻，即谭氏兄弟谭完之女。娶之过门，克尽妇顺之道。一日谭氏死去，姜逢时在家，媳妇服事不便，过了三年，有邻人季伯高，来相探问，见他接递茶汤，甚是不便，乃谓逢时曰："老官自安人过世，宅上如此冷淡，何不再娶一房宝眷？一来得他服事，二来家中有主，岂不两全？"逢时曰："后娶之妻，只恐难为前妻之子。是以愚老故不敢娶。"季伯高曰："前村邵安有一女，嫁与东村龙家。闻得他女婿，旧年死去，其女无嗣，亦要出嫁。老官何不娶来？"逢时曰："但不知其妇何如？"伯高曰："吾闻其妇年方二十，才貌兼全，德性纯谨。"逢时被季伯高打动其心，遂将银三十两，央伯高去说。不想姻缘前定，一说便成。娶之过门，邵氏初入姜氏室中，小心曲谨，加意奉承丈夫与前子，内外颇无闲言。及过了一年，邵氏见逢时老迈，妇人淫心颇盛，心中便悒悒不快。一日，见对门有一喻姓人家，名吉，年方二十五六，家道颇富，亦新丧事。邵氏常在门首站立，每与之眉来眼去。后因逢时外出，遂私招喻吉往来通奸。思欲嫁他而无由，吉教他离异子媳，谋死逢时，方可行事。邵氏听吉之言，遂在家中，登时变了心肠。终日即与逢时厮闹，说道他虽晚婆，怎么该服事媳妇，定要逢时将子媳分开。逢时不得已乃将儿媳分居于祖宅旧屋居住，离此有一里之遥。邵氏见子媳去了，可以摆布丈夫。即私约喻吉到家。问曰："尔说要谋老贼，怎么下手？"吉曰："今晚逢时归来，尔陪些笑脸与他，然后设些酒肴，与他对饮,待他欢喜吃醉,却将毒药置于酒中,再劝他几杯,可不结果了他。尔可把自家动用衣服首饰,我与尔拿将过去,然后在厨下放一把火,并尸烧了。尔便胡乱拿些旧衣,逃出儿子那里,去叫他来救火。谁人说是尔谋人?"邵氏曰:"此计甚妙!"遂将自己衣服、首饰,悉卷付与喻吉收去。乃至晚间,见逢时入房,忙陪笑脸相迎。

逢时见他欢喜,只说邵氏心性转了。乃问:"有酒,取些来吃。"邵氏曰:"我已整得在厨下。"即取酒肴,放于桌上,殷勤奉劝。逢时开怀畅饮,饮得大醉。邵氏即取毒药,放于酒内,再劝逢时饮一大碗。逢时饮罢,登时药发。邵氏扶之上床,遂收拾了家来,乃将干柴堆在房内及厨下,一齐发火。又到床下,发起火来。须臾,火焰冲天。邵氏抱得一床绵被,慌忙走出门外,放声啼哭。奔到儿子姜启屋□□说道:"家中火发,父亲抢□不见出来,快去救火!"姜启走得下来,房屋已烧成灰烬,那里见个父亲。及至天晓火熄,见父已烧死于房内。头发俱无,身尚未烂。姜启乃抬得出来,备衣衾棺椁,厚殓于己所居之庭上。夫妇一边治丧,一边思忖:"我父一向无病,娘亲倒会走出,父是男子,反被烧死于火,世无此理!此必奸亲私有外交,故前将我夫妇分出,今日就有此事。必是他将酒灌醉,放火烧死。"乃问母曰:"尔倒会出,父反死于火,这是怎么缘故?"邵氏曰:"尔父送我出来,复转家中,去救文书簿帐,被火封门,因此烧死。"姜启曰:"此事暗昧不明,我心甚是不服。"邵氏曰:"尔心不服,要去告我?"姜启曰:"父亲不明,安得不告?"邵氏遂执棍,将儿赶打。姜启见母形状,知的是母谋死。遂奔入府中,具状去告:

  告状人姜启,系平远县三都民籍。告为继母杀父事。生母早亡,父娶后妻邵氏,来家一载。嗔父老迈,又蓄异谋。本月初三日,挟父将身夫妇分逐远居,突于昨日半夜,火焚父房,奔报父死火中。哭骂逐子,焚夫之心甚验。父不正寝,必有同谋。乞爷□生察死。激切上告。

郭爷接了状词，遂出牌去拘邵氏，及左右邻舍对理。牌到孟林村，差人便锁住邵氏，左邻锁住匡直，右邻锁住喻吉，邵氏见锁喻吉，心中觉有所恃。差人带转府去，喻吉遂教邵氏写状去诉。邵氏到府，乃请人写了一纸状，入府投到。下诉：

  诉状妇邵氏，诉为逆子反陷事。妾适姜逢时为继室，夫妇相敬如宾。突于昨晚失火，夫救妾出，复转抢收文簿，被火封门烧死。孽子反陷妾身烧夫。女柔男刚，未有柔能制刚。丈夫终身仰望，夫死曷能自存？乞爷爷判冤枉，死生衔恩。上诉。

  郭爷见了诉词，乃问邵氏曰："尔夫因何身死？"邵氏曰："小妇人丈夫，睡到半夜，因见火起，儿子又分居远地，丈夫见小妇人惊倒不能行起，遂背我出外，他复归家中，救火抢检簿帐。不觉火封大门，因此烧死。"郭爷叫姜启问曰："尔父被火烧死，亦是天命。怎么诬陷继母？"姜启曰："小的父亲，旧岁娶此母亲，全无异说。不知今年前月，翻然变心，遂将小的夫妇，分居远地，不容归家。昨晚火起，母独无恙，父何就死？乞爷详情。"郭爷乃问左邻匡直曰："尔见姜家如何火起？"匡直曰："小的半夜听得火响，起来看时，寂无人声。早起方知姜逢时烧死。其余小的未知。"郭爷又问右邻喻吉曰："姜宅发火，尔知的怎么？"喻吉曰："昨晚更尽回来，只见姜宅火起，小的赶上前去，只见姜逢时背得邵氏出来，小的连忙进去，逢时复拿得一床被出，小的与他接了，他复进去，遂遭火闭了大门，因此烧死。"邵氏听见喻吉帮衬，遂哭诉曰："小妇人那时若非喻吉作主，身亦无所存济。"郭爷听了喻吉、邵氏口诉，又见邵氏、喻吉眉来眼去，年亦相当，知其必有奸情。乃诈言曰："尔夫果是烧死，姜启告尔谋逆，子陷母死，该得反坐。"遂叫皂隶将姜启权打二十收监，明日再问，一顿打死。皂隶打罢，将姜启监起。乃吩咐邵氏："尔出去外面，买了棺材，明日来领儿子尸去葬埋。"邵氏听郭爷吩咐，俱出去了。

郭爷乃叫一皂隶吩咐曰："尔装做乡下人，悄悄去听邵氏与甚人商议事，即来报我。"皂隶亦领命去了。只见邵氏出外，匡直、喻吉俱在面前。匡直叹曰："郭爷虽问姜启死罪，娘子亦该救他一二。"喻吉曰："他倒不肯饶母，独该救他性命乎？"匡直曰："父母无杀子之刃，说得这话？"喻吉曰："他在堂上，只认得他父，那里认得后母？"匡直曰："依尔这等说，姜启该死。我且回去，再不管此闲事！"邵氏见匡直去了，遂与喻吉私相谓曰："今日我尔之心想已得遂。"喻吉曰："还亏我设谋。"邵氏曰："还亏我下手。"皂隶在后，一一听得，遂入府内，去禀郭爷得知。待到天明，邵氏入禀："小妇人买得棺材，现在府门之外。"郭爷叫抬得进来，众人把棺材放在二门。郭爷叫邵氏问曰："一个设谋，一个下手，两下计则一般，何为有亏？"邵氏听得此语，惊得魂不附体。郭爷叫那喻吉过来，大骂曰："谋人之妻，遂杀人之夫，害人之子，便把一家绝后，尔心安乎？尔这奴才、泼妇，尔愿生前结成夫妇，我且送尔去死后结成夫妇。"即叫仵作，将邵氏、喻吉，一齐绑缚，抬入棺内，上面用大铁钉钉了，扛入检尸场，用火焚化。姜启无罪。

判曰：

审得邵氏乃淫恶不良之妇，姜逢时误娶为室。已自老少异心，及邵见喻吉，则益嗔逢时之老，而慕喻吉之少，两下奸通，理势必然。但夫子日伺于侧，则十目所视，安能恣其淫私？故百计离析其子，遂火其庐而焚其夫。自为得计，可与吉成百年之好。此等恶夫、恶妇，虽万死遏逃其罪？姑为合棺、焚死，用儆淫恶将来。

捉拿"东风"伸冤

郭爷一日同大巡，出到湖州，体访民风郡政。略至长兴公馆，忽为大风掀去轿顶。郭爷见轿顶被吹，便问吏书曰："此风从何而来？"吏书曰："从东方而来。"郭爷即出牌，差皂隶吕化，去拿东风来审。吕化禀曰："东风乃天上之风，有气无形，小的怎么拿得？"郭爷曰："尔只管往东去，呼东风，若有应者，尔便拿来见我。"吕化只得前去喊叫，看看叫了一日，满市并无应者。吕化又行十余里，至一村家，门有深池，一人倚门而立。吕化大呼"东风"，其人果应曰："何事呼我？"盖此人乃长兴县五都人童养正，号为东峰。闻呼只说呼己。吕化即顺袋取出牌来，童养正愕然展看，忽为大风擎去，飞入池中。吕化归告郭爷。郭爷曰："必池中有冤。"遂夜焚香祷天，愿求灵应，为民伸冤，祝罢，公遂明烛独坐，从人俱睡。忽然一阵风过，一人披头愁惨，跪于台下。公问曰："尔果何处冤魂，明白诉来。"其鬼即俯伏诉曰：

  告状人揭斯韶，系直隶宿州人。告为谋死孤宦事。三考出身，前往临安驿丞。任满，改迁象山。典吏、家属，尽发先归。孤身扮客，独行之任。身带盘费三十五两。不料行至长兴童村，突遇童养正，留归寄宿。恶见有银，将酒灌醉盆死，遗尸门首塘中。谋财杀命，旅魄无依。尸灭名埋，家闻无自。恳爷天断，九土衔恩。

郭爷听了状词，举笔书记在纸。一阵冷风，其鬼不见。迨至天明，即叫众夫挽轿，径到童村。拿住童养正锁起，分付先打二十。打罢，养正辩曰："小的乡下小民，上不欠官钱，下不欠私债。不知老爷亲临甚事,责打小的?"郭爷骂曰:"为三十五两,因此打尔。"养正曰:"小人不知是甚么三十五两?"郭爷曰:"官人借宿,灌醉谋财,尔尚不知?"养正曰:"捉贼必赃,捉奸必双。小的本分为人,又未开店,安得谋财害命?"郭爷曰:"尔不谋人?"遂取前状掷下,曰:"此不是尔真赃证乎?"养正看了状词,心中暗忖:"此事只有我知,怎么有此状词?谅或梦中得来不定。"遂不认而诉曰:

> 诉状人童养正,系长兴县童村里人。诉为烛幽事。乡民田食山僻,寂无商旅通往。爷台责供,谋财害命大辟。村落人烟辏集,一人难动凶谋。风闻安据?重罪平加。恳天莫执再谈,蚁命感恩无任。

郭爷看罢诉词,笑曰:"这欺心奴才,还要妄谈是非,叫地方将塘干了来看!"地方听郭爷之命,登时放干塘水。只见内中骸骨一付,用大石压在下面。郭爷叫取上来,命仵作检看,是男是女。仵作将骨一一检确,报曰:"是一男子。"郭爷曰:"拿过童养正来!此是揭老爷,往象山之任,一人独宿尔家。朝廷命官,谋他三十五两银子,又伤他性命,尔心何忍?为些小银子,损一命官。着实与我打四十!"皂隶打罢,养正受刑不过,情愿供招,所谋是实。郭爷曰:"那银子在何处?"养正曰:"已用去。"郭爷曰:"众地方可将养正产业,卖银一百两,收贮揭斯韶骸骨。我这里着人,宿州取他子来奔丧。"养正遂问秋后处斩。带案解道。

判曰:

> 以平民而杀平民,犹为弱肉强食,况以凶狠村人,而利财戕命官乎!揭典吏一人借宿,童养正见财欺心,不惟罄其有,而又沉其尸。此等凶魂,与水俱深,将何时流得恨尽?似此蔑法伤生,天不动之以风,则童终逃刑而揭终无迹矣!今加大辟,用慰死魂。

奸 淫

判问妖僧诳俗

延平民俗，多信神佛。持斋诵经，无问男女，男呼斋公，女呼斋婆。彼此通家，往来作会。万历丁酉年，顺昌郭源岭，有一廖勋斋公，悦一同会赵春之妻胡氏，闷闷无策，致思成疾。有一游僧谭法明，化缘见之，说曰："贫僧观斋公心中似有不惬。"廖斋公笑曰："尔但抄化可矣，何能晓得我心中之事？"法明曰："贫僧知斋公七情有感，郁而未遂。尔试与我说，必能为斋公著得力。"斋公不得已，告以所悦未遂事。法明乃为谋曰："三月三日，轮诸公大会，那时贫僧当来，来则事必谐。"斋公喜，许以事成重谢。及至日期，众人毕集。法明假为求斋，来至会所，遂于斋公前，叩首呼万岁。复于胡氏前，亦呼主母。众皆大骇，问僧缘故。法明曰："请主公前去照水。"但见头戴冲天冠，身穿赭黄袍，腰系玉带。复令胡氏照水，亦俨然皇后衣服。法明曰："诸公皆是从法事会中来的，皆有佐命之职，请俱照水。"但见冠冕兜鍪，人各异服。此乃法明幻游以惑众耳。众以为奇，遂共拜法明为国师。法明因言于胡氏之夫赵春曰："主母非君妻，宜献廖主人。呼他重酬尔礼，尔其别娶可也。"赵春听命。廖斋公果厚以金银娶去。法明亦得廖斋公金三十两。时同会三百余人，不知法明是幻术，以为真主出世，遂觊非望，积草屯粮，纠聚凶徒，共举大事。廖斋公不能止。内有一斋公，是谢屯人，少习儒业，颇知道理，名曰郑和。见共会人都惑于妖僧，知其必败。又知大□伯郭爷，平昔正直，不惑于鬼神。遂到州去首：

> 首状人欧宁七都郑和，首为妖党亵法事。白莲香起，愚民竟趋主斋。棍恶廖勋，肆行淫谑，无所不为。纠集妖僧谭法明，左道惑众，照水诳愚。本月初十，哨聚无籍棍徒五百余人，招军买马，积草屯粮，谋为大逆。和身目击其变，不敢隐瞒，只得奔首。爷台防患，预谋曲突，发兵剿灭，平民获安。具状来首。

郭爷正往金军门处议事，拦街忽接郑和首状，遂问郑曰："尔与廖勋有仇乎？"郑和曰："小人初见廖勋起会，只说讲经说法，亦与共会。谁想今年三月，廖勋交一妖僧谭法明，能用术使人照水，便见各有帝王、后妃冠服之像。众人深信其事，遂拜妖僧为国师，置造军器，积草屯粮，伪造旗帜，大谋不轨。择定八月出兵，小的不忍变生，因此首告爷台。"郭爷曰："廖斋公尚未举事，我差几个牢子分为两路，同去郭源，只说我这里喜供诸佛，要刻白莲教主，无人识得，只有廖斋公能知其事，相请他来到司前。我自有说。"郑和乃同牢子，前到郭源，遂请得廖斋公到司。郭爷一见即骂曰："托斋煽众，聚党谋反，尔今当得甚罪？"斋公诉曰："小的只是吃斋把素，并无强谋不轨之心！"郭爷曰："不打不招。"分付权打三十，寄监按察司监，拿住群党，再问廖勋。牢子打罢廖勋，押送按察司监去。遂乃出票去拿妖僧及赵春。牢子十数余人，蜂拥直到郭源。赵春不知廖勋已拿去问罪，正在周村庵，与那谭法明，计议兵事。牢子突然到了庵中，法明知是事发，即欲逃走，被众牢子向前，打翻缚倒，同赵春一齐锁了，即解司来，进禀郭爷。郭爷叫去却取廖勋，到此同问。廖勋意图诉脱，即具诉词，入司来诉：

> 诉状人廖勋，系顺昌八都民。诉为洗冤事。身贫业农，勤苦自食。冤因俗尚斋素，报答五大。朔望每轮一人，作供念佛。勋费花银叁两，四月□轮，

郑和恶斋白食众辨怀恨，捏为白莲竦口如陷诬全会。切思莲教佛经，理不相蒙；寓兵于农，法从何起？恶止希脱一餐之饭，陷无辜灭族之刑，冤惨天昏，望光哭诉。

郭爷看了诉词，叫带和尚、赵春上来。牢子抓得二人，伏在台前。郭爷仔细一看，心中跃然。呼取夹棍过来，把和尚夹起，重敲三百。谁想和尚口寄棒法，敲夹全无戚容。郭爷叫住了夹棍，心中忖："此秃必无遁法，只是有些邪术，呼外面取狗血过来。"牢子取得狗血来到，郭爷呼灌入和尚口内。牢子灌罢，又令将狗血遍身洒去。和尚一时被血所污，运法不来。郭爷叫再夹起，再敲三百。和尚无法，受刑不过，遂诈死于地，全无动静。郭爷曰："和尚既死，拖去校场焚了。"两个牢子，即将和尚，拖到校场。和尚见上下无人，腰间遂取白银三十两，送与两个牢子买命。叫他方便，行个阴骘。牢子说："我到思量救尔，只怕郭爷究出，尔且走动我看。"和尚听说叫他去走，一时放脚，如腾云去了。牢子那里赶得他住，遂计较在旧尸桶中，取一付骸骨，放在校场火中，乃始取火焚化。收了银子，转去复命。郭爷问："和尚焚了？"牢子曰："已焚讫。"郭爷见牢子面色俱带惧怯，心中已知卖放。乃叫取廖勋、赵春上来。郭爷骂曰："尔这蠢才！都被和尚愚惑，白白送条狗命！我今还要放尔一干人，尔可从头诉出真情，我好代尔婉转。"赵春曰："小的作会斋素，企图死后超升，不想冤遇和尚谭法明，善能幻术，令人照水，见得廖勋水中是皇帝形象，小的妻子胡氏，是皇后形象，又照得众人俱是将相形象，因此这和尚自称国师，要小的学他兵法。郑和不从他学，两相角口，因此首在爷台。此系实情，望爷爷超豁。"郭爷曰："我晓得了。"遂唤廖勋问曰："尔是斋会之主不是？"廖勋曰："小的是做起会的。"郭爷曰："不消说了。"叫牢子把廖勋打着三十来说。牢子打讫，郭爷曰："尔要淫赵春妻子，串通和尚照水，先以皇帝自尊，却把皇后尊赵春妻子。春乃愚人，见皇帝、皇后，显然，彼必不脱公侯之任，唯舍一妻子而得大位，谁人不受？况尔为会首，香钱俱是尔收，岂无数百闲钱？以银易妇，纵肆淫心，此尚小事。奈何真认为皇帝，遂蓄异谋，勾引无籍？凌迟大辟，尔复何辞？"廖勋所行悉被郭爷参破，哑口无言。郭爷又叫左班牢子过来，"尔速去郭源，与我擒得和尚与胡氏到此。"叫牢子要密不通风。那先受银的牢子，又不敢动。郭爷亦不问他。

却说和尚买了性命，复去到郭源，直入廖斋公家中。说道："斋公已审无罪，众人我都代他辩脱了，早晚也都要来。"胡氏问赵春怎么。和尚曰："他也放了。"胡氏深德和尚，遂整斋与和尚同食，遂为和尚所私。明过一日，忽见郭爷牢子突至，即把和尚绑了。再问谁是胡氏。胡氏正待要应，早已被牢子缚住。那时解入郭爷台下。郭爷一见和尚、胡氏俱到，叫原烧牢子过来，笑曰："尔这两个畜牲，烧得好和尚！"两个牢子诉曰："小的烧他，他有遁法，因此走去。"郭爷曰："他既有遁，今日怎么又捉得他来？我前日见尔回话之时，兢兢恐恐，我便晓得，尔卖放了他。尔得他几多银子？"牢子不敢隐藏，报道："得他银三十两。"郭爷曰："不是他来买命，是尔卖命与他。又大不合偷已殓尸骨，冒来抵塞，罪不容诛！和尚、廖勋，尔这贼畜！一个求淫而无计，一个假术以遂奸。他图人妻子，尔图他银子，今日更有何说？"二人见说是真，半言不能答应。郭爷遂断廖勋、和尚及两个牢子四人，俱用火焚，扬其灰，以儆众。胡氏当官发卖，赵春减死充军。其余协从罔治，遂存招案，付按察司。

判曰：

审得廖勋倡白莲主会，初意只欲科敛愚民香钱节礼，图为一时肥家计耳。及悦胡氏之色，遂行嘱僧之谋。照水夸尊，冠服异制。赵春安得不捐一妻以觊无穷之富贵哉！淫遂计行，则造反由众，而不由廖、僧。揆厥所自，廖、僧罪不容千死矣！火焚扬尸，用惩极恶。胡氏以妇女而浑入男堂，姑准离异，以戒无耻。赵春免死充军，余党悉免究问。二牢不惟纵恶，而又忍毁他人之骨，同火不贷。郑和自首免罪。干证俱发宁家。

江头擒拿盗僧

　　杭州风俗，妇女雅好诸寺烧香，尊敬和尚，动辄称为阿公，无分内外皆相见。一日。郭爷分巡杭严，坐院理案，时夜事烦，假寐案上。梦见身到江头，遇群僧十人，最后一小僧跪泣，似有所诉。既觉遂不去睡。迨至天明，叫几个牢子，吩咐曰："尔去立于过江要路，倘遇群僧有十人数者，即言本官喜斋僧人，必要邀至公厅。"牢子领命，却去伺候于江头。果有游僧十人，过江而来。牢子依郭爷之言，向前致词。僧相顾骇愕，姑与入见。郭爷曰："我素好斋僧，但一时未备。"乃唤群吏人，各领一僧具斋。僧不得已，各就吏厅受斋。惟一最少僧不遣，郭爷带之入衙。具五刑，谓少僧曰："尔之情状，我已尽知，速速直言，吾赦尔刑。"少僧即垂泪泣曰："妾非僧人，乃山西辽州杜榆县人。父黎永昌，贡士出身，选广西全州知州，带母亲及婢女二口，家僮二口之任，来至鄱阳湖，遇此九个强僧，尽劫财物，一家皆遭杀害。惟留妾一人，削发为僧，云游江湖，冤遭轮流奸污。妾不肯遽死者，以父母大仇未雪，正图乘间伸此不共戴天之仇。今遇老爷拿究，正小妾伸冤之日。"言罢大哭不止。

　　郭爷曰："尔且在我衙门暂住。"遂出堂吩咐兵快曰："适才九僧乃江湖强盗，我已哄在各吏房吃斋。这僧人既是强盗，恐怕他有妖法。尔众人下手，须要谨慎。"兵快曰："小的自有主意。"兵快出来商议曰："我和尔拿这些贼秃，须要下些毒手。每一人，可把五人去服侍他。"众人议定停当，各自显出手段。随入吏房，一拥而入。僧人纵有手段，施展不得，遂被擒出。兵快各将麻索剪绑，把九僧两手，俱先打坏,解至堂上。郭爷曰:"尔这伙强盗,不知江湖被尔杀了多少平民,淫污了多少妇女?直直招来,俱是何方人氏?"其僧招曰:"小的俱是江西赣州府华林寺和尚,全家俱在赣州附近,住居寺中西寮。今年该小的出外抄化,攒钱归去。不合出到鄱阳湖,偶撞官舡,初意劫财,势不获已,遂杀戮一家。其女玉英,未肯遽死。小的只得带他四方糊口。所供是实。"郭爷见招,再把九僧行囊搜取,总有余银千两。郭爷命取贮库中,待黎玉英发长成人,连银送他还乡。僧人九个,押赴九门枭首示众。因作审语,各门张挂,以戒杭民,不必惑于邪佛妖僧。

判曰:

佛本夷酋,柔恶惑众。未有奉之而得遐龄,习之而存仁厚也者。华林寺蝎僧九人,假化缘为名,以行劫为实。不惟抢夺孤客,每致杀掳民舡,财物享分,妇女轮污。冤之五蕴都空,罪难数举。质之六根尽净,刑宜叠加。戕黎知州一家生命,万死尤轻。坏幼女子一身名节,寸斩攸当。枭首九门,天威薄示。

净寺救秀才

　　杭州湖山下有一净寺，极其宽广。内有五百尊罗汉，僧人有三百余口，烦食四方。每年八月十五，例有一僧上天。各处化干柴归积寺，坐僧于上，下燃火坐化。其僧敲木鱼念经，至焚尽后已。但到化僧之日，不问杭城大小官员，俱来行香，深信净寺菩萨灵感。是以远近人民男妇，莫不来朝拜求嗣保病等项。内有妖僧方真性、舒真明、郑心正，贪淫惨酷，无所不为。每远方夫妇来烧香，有美色少艾之妇，辄毙其夫，而淫宿其妇。妇有贞节不从者，遂幽闭净室经年，不怕他不从其奸。一日，有绍兴秀才徐俊，无子，闻得净寺神明灵应，遂同妻詹氏，来到寺中，烧香求嗣，止带一仆徐富相随。徐俊夫妇到寺，乃在寺中两廊，借一间房子安身。夫妇乃沐浴洁净，上佛殿行香。遂到各罗汉处，一一行香。香罢复回房中歇息。不想被淫僧郑心正瞧见，即入内室，与方真性、舒真明商议曰："前日虽留得几个妇人，貌还不见得十分，今有绍兴来一秀才徐俊妻子，真个天姿国色，若得那妇到手，我死情愿甘心。"方真性曰："师弟若要，今当八月，免不得要人焚化，就拿来剃了他头，扮作和尚，用药麻了他口，其妇岂不唾手可得？"郑心正曰："此时至八月，还有两个月日，怎么等得？他或起身去了，如之奈何？今晚只请他来吃斋，把他两个拿了才是。"舒真明曰："只是他有家人防碍。"方真性曰："一发拿下便是。"郑心正尽起斋素，着小侍者来，请他夫妇及家人去吃一筵斋饭。詹氏不肯同去，侍者曰："并无他人，只是相公两位自食。"徐俊此时已打发徐富，入城雇轿，明日起身，正不在家。夫妇乃锁上房门，入内舍吃斋。斋罢，徐俊拜谢侍者，夫妇出得后堂，詹氏忽被两三僧人抢将去了。徐俊听得妻子喊叫，连忙赶去，又被两个僧人擒得去了。方真性拿得徐俊，绑了手足，锁在密室之中。任从喊叫，不见天日。

郑心正拿得詹氏入室，便要强奸。詹氏自忖："此秃如此无状，若不以计缚他，必遭淫辱。"乃见郑心正床头有把腰刀，遂执之在手，又见毒鼠砒霜一包，亦执之在手。乃谓心正曰："我今被尔拿在此间，亦是犯人无疑。只是尔要依我一件，我便从尔，尔若半声不依，我便服药砍死！"心正曰："甚么事？尔忙说来。"詹氏曰："我在家许愿，要过八月十五日，方行夫妇之礼。今日与尔有缘，待我过却八月十五，我便与尔成亲。我在此坐，只许小侍者三餐送饭，尔若不依我，惟有死而已。"心正闻得此言，心中要去奸他，又恐逼死。不去奸他，欲火又难顿制。左思右忖，如今他走不得，只是两个月日，有何难哉！遂从其言。詹氏在禅房中，日夜提防，只望家人来救，心中暗暗叫佛超度。却说徐富晚夕入城催夫，闭了城门，不得出来。天明到寺去，进到西廊，只见房门锁上，并无人踪。徐富前后一寻，寺屋又广，那里去见？一连守了二日，打开房门，只见行李在里面。心中踌躇，又往寺中各处去问，全无动静。徐富放声大哭，走出寺外问人。或有老者说道："此寺中多有恶僧，会淫人妻子，尔家中莫非被他谋死未定？"徐富曰："这等怎了？"那老人曰："杭严道甚清，何不那里去告？"徐富入城，便请人写了状词，走到分巡去告：

> 告状人徐富，系绍兴府人。告为救主事。家主生员徐俊，主母詹氏，夫妇无嗣。审知净寺神佛灵验，本月初三，入寺烧香，寓寺两日。身昨入城雇轿未归，今早转寺，止存房门空锁，夫妇无踪。遍寻不见。切思寺僧数百，凶恶甚多。求嗣灭身，佛岂为祟？只得奔告爷台，捞究主人下落。死生衔恩。上告。

郭爷接了状词，吩咐徐富："尔且转去，我即差人去访。"谁想徐富盘缠用尽，星忙归绍兴，讨盘缠去了。郭爷差得民壮，访了数日，亦无动静。乃亲到寺，拿得几个住持僧来，问曰："尔这寺中，有多少和尚？作速报来。"僧法慧即将寺中和尚，一一登簿，送与郭爷亲看。郭爷执簿，就要点过和尚名数。将次点到方、舒、郑三个和尚，见他服饰行状，俱不类僧，心中便疑，叫手下锁了，即时带到分司。郭爷问曰："尔这三个秃驴，不知被尔奸淫多少妇女，谋死多少人命？从直招来，免动刑法！"方真性等三人连名诉曰：

> 诉状僧，方真性、舒真明、郑心正，系杭州净寺僧。诉为分豁蚁命事。佛性慈正，僧心寂灭。真性等自幼出家，凤遵梵戒，五蕴六根，时刻存中。本寺虽常有善信烧香，亦是十方施主，接待惟惧失礼，谋害何敢存心？一寺五百余僧，俱是异姓相聚，一人有私，难掩众目，覆盆之下，岂无天知？真等诉明，恳思分豁。上诉。

郭爷看了诉词，即叫皂隶，拿得原告徐富来对理。谁想徐富无了盘缠，彻夜回去，取盘缠去了，无人对理。皂隶回复，叫保家臧行，保此僧人出去，待徐富到再审。臧行写了保状，保得方真性等，归寺去了。适逢明日是八月十五，寺中轮该一僧上升。方真性等商议曰："如今拿得徐秀才在此，不如处他死地，免得郭爷来究。"到晚将酒肉与他吃了，方真性乃对他说："明日是中秋大会，尔亦年灾月行，撞在我寺中。我今将尔头发削去，装做我僧大家，送尔上天。尔来生再去做个好人便是。"徐俊心中自忖："我这等之人，倒被这些贼秃致死，妻子被他奸宿，有这等天理不成！且到来日又作区处。"及至十五日天早，众和尚分付火者，在寺门首堆起二丈高干柴。方真性禀主家曰："今年该我寮和尚上升。"遂将徐俊头发削去，付木鱼放他手中，遂把一盏迷魂麻药汤，与他吃了，即推之柴上去端坐。方真性亲自教他，敲动木鱼，众人下边四围发火。寺中五百僧人俱来，动起法器，看经诵佛。杭城三司府县众多官员，俱来行香。时郭公亦在于其中，行香已罢，众僧俱来磕头。郭爷注目仔细看着柴上那和尚，手虽在敲木鱼，面却带有忧容，又见头上发迹细腻，心中便起疑。乃对大方伯曾公如春曰："学生看此坐化之僧，分明是假。"廉宪常公居敬曰："郭先生怎么见是假的？"郭爷曰："僧人上升，乃是一生美事，必修至于老，方能有此德行。今观此僧，年不满三十，面带忧容，发迹细腻，事岂不有可疑乎？"常、曾二公果疑曰："郭先生所言，理或然也。"遂密传令陈总兵，点兵五千围寺。

陈总兵得令，即率五千兵，把寺周匝围住。郭爷叫手下，扑灭了火，取得那僧到身边，问他原故。其僧以手指口，郭爷知其为他麻住，即取水灌之，吐出恶痰，使能说话。遂对郭爷哭诉曰："生员是绍兴府学徐俊，止因无子，闻寺中佛灵，来此烧香。同妻詹氏，家人徐富，六月初一日到此。不想淫僧方真性、舒真明、郑心正，肆行淫恶，哄生员夫妇，后堂斋饭，即将生员缚去，妻子今不知生死，家人徐富亦不知去向！"郭爷曰："徐富前在司里告状，今去取盘缠去了。今日我若来迟，贤契几乎丧命。"常、曾二公，敬服郭公明察，遂挥兵入寺，收五百和尚，尽数拿下。却入僧房私室一搜，搜出上百妇人，俱是前后烧香，系在此寺。内中并无詹氏。郭爷叫徐俊，自同步兵，前去寻取。寻到一室，但见詹氏骨瘦如柴，手执腰刀，坐在里面。见了丈夫，相抱大哭。对丈夫曰："我若非是此刀，久矣性命不存！"遂同到郭爷面前拜谢。詹氏即将郑心正挟奸与己拒奸之计，详细禀明。郭爷曰："烈哉此女！他日必膺大诰命矣！"郭爷遂拨站舡一只，送徐生员夫妇归家。徐俊夫妇，乃再三拜谢三司而去。五百僧人，不问首从，令陈总兵押到江头，悉皆斩首。郭爷单传方、舒、郑三僧，命牢子锁入分巡道俟候。三司乃将所搜妇女，各地方各访原家领去。却将寺中封锁，永不许僧人住持，寺产登籍入官。郭爷别了三司，遂转本司，呼取方、舒、郑三贼过来。郭爷笑曰："我前日拿尔，尔尚强辩，今日何如？"方僧只是低头认死。郭爷曰："尔岂易死！叫刽子手来，将三贼绑于通衢，务要凌迟，三日方许断命。若少一个时辰，尔即填命。"刽子手领命带去行刑。郭爷乃作判语，以声布其恶。

判曰：

佛取人弗，僧取人曾，若以人弗为恶人曾念佛也。今方真性等，假佛出家，烧香惑众。装为每年中秋，一僧上升煽动四方男女俱来朝拜。冶容者即杀其男，娇娆者即奸其妇。似此恶行，安可容于覆载间哉！徐俊夫妇求嗣，郑贼欲夺其妻，方、舒即缚其夫，柴焚灭迹，不知先徐俊而成煨烬者，有几多人耶？恣一时之欲，而灭绝人夫妇，渎污人伦。三贼凌迟三日，聊为万姓伸冤。

和尚术奸烈妇

山西太原府平定州刘实,实赀豪富,钱谷巨万。娶妻白氏,甚是贤德。生有三子,长尚智,次尚仁,次尚勇。尚智专走北京做买卖,尚仁读书,习易经,补府庠。尚勇即从尚仁读书,情虽兄弟,介则师生。尚仁一日因科举不中,忧闷成疾,卧床不起。尚勇时时入房问疾,看见嫂嫂黄氏冶容袭人,恐兄病体未安,或溺于色,未免损神益甚,欲移兄书馆养病。黄氏曰:"哥哥病体未痊,恐移书馆无人服侍,怎么一时得好?还是留在家中,好进汤药。"尚勇觑然不悦,虑嫂迷恋其兄,但见亲朋来看兄之病,尚勇便曰:"哥哥不听吾方,必死于妇人之手。"却不知,黄氏实是爱夫速好,非为色欲不使离身。及至一日,病不能起,乃谓黄氏曰:"急叫叔叔来吩咐。"黄氏遂谓叔曰:"哥哥病甚,快请叔去求诀。"尚勇大怒曰:"前日不听我言移入书馆,今日叫我何用?"尚勇入至床前,尚仁哭曰:"今我死矣!尔好生发愤读书,务要博一科第,莫负我倦倦叮咛之意。尔嫂心性贞烈,少年寡居,尔好为看顾。"言罢即时气绝。尚勇痛哭,几死数次。执兄之丧,毫不敢忽,自始至终,一于礼而不苟。宗族乡间,皆称尚勇事兄如事父,真难兄难弟,世无有二。厥后侍奉寡嫂黄氏,极尽恭敬,略不敢一些媒慢。黄氏七七追荐丈夫,哀毁骨立,水浆不入口者,将至半月。迨至百日,众皆劝其死者不能复生,徒饥无益,亦当节哀顺变,毋为徒苦。黄氏听人之劝,渐渐略进饮食。倏尔周年,黄氏之父黄安礼,痛婿少年身死,乃具香纸金钱,亲到刘家,超度女婿。有族侄黄皓,在天宁寺出家,遂叫他来做功果。黄皓即带得徒弟张法能、窦慧寂,同做善事。

尚勇见亲家带将和尚来家，心甚不悦。乃对黄安礼曰："道场乃杳冥寂城之事，全无益于先兄。"安礼怒尚勇不该说此言，遂谓女儿曰："我来荐尔丈夫，本是好意，尔叔甚不欢喜。待兄如此，待尔可知！"黄氏曰："他当日要移兄书馆，我留在家服侍，及至兄死，他深恨我不是。至今一载，并不相见。兄且嘱他尽心待我，今只如此，他日可知！"安礼以女之言，益怒尚勇。及至追荐功果将完，安礼呼女吩咐曰："和尚皆家庭亲眷，可出拜灵无妨。"黄氏哀心本盛，况又闻父之言，遂拜哭灵前，悲哀不已，人人惨目寒心。只有淫僧窦慧寂，见黄氏容色，心中自忖曰："居丧尚有此美，若是喜时，岂不国色天姿？"淫兴遂不能遏。到得夜深，道场圆满，诸僧皆拜谢而归。安礼复谓女儿曰："众僧皆家中亲属，礼薄谅不怪。独窦长老是异姓，当从厚谢。"黄氏复加礼一封，从父之命。岂知慧寂立心不良，假言先归，遂隐身藏于黄氏房内床下。及至黄氏来睡，慧寂悄悄走出，即以迷魂交媾之药，弹于黄氏身上。黄氏一染邪药，即时淫乱，遂抱慧寂交欢，恣乐无已，极尽缱绻，不肯放手。及至天明，药消迷醒，知其玷辱节义，咬舌吐血，登时气绝闷死。慧寂即时逃走归寺去了。复将黄氏谢礼银一包，放在黄氏怀中。意其醒时，必然想他。孰知早饭以后，婢女梅香携水入房，呼黄氏洗面，只见主母死床上。梅香大惊，即报尚勇曰："二娘子已死于床上。"尚勇入房看时，果死于床上。尚勇愈加大恨，乃呼众婢抬出，殡殓于堂上。当时黄氏胸前遗落银一封，梅香藏起。此时安礼歇在女婿书馆，一闻女儿之死，即曰："此必尚勇叔因奸致死也。"□入后堂，哭之甚哀。□大骂曰："我女天性刚烈，并无疾病，黑夜卒死，必有缘故。咬舌吐血，决是强奸不从，痛恨而死。若不告官，冤苦莫伸！"还家语其妻子曰："尚勇既恨我女留住女婿在家身死，又恨我领和尚做追荐女婿功果。"必是他乘风肆恶，强奸饮恨，故咬舌吐血身死。他是读书之人，我写状提学道去告他。"

> 告状人黄文（安）礼，系平定州人。告为奸杀服嫂事。女嫁生员刘尚仁为妻，不幸婿亡。甘心守制，誓不再醮。兽叔刘尚勇，悦嫂起淫，抱床强奸。女忿咬舌吐血，登时闷死。欺灭死兄，强淫服嫂，渎伦杀命，风化大乖。法断填命，死生感激。上告。

刘尚勇在家，闻得黄文（安）礼在学道处，告他强奸服嫂，心中忿悒无门，乃抚兄之灵，痛哭致死，捶胸呕血，大叫一声，仆地立亡。果然渺渺英魂不散，来至阴司，撞见亡兄尚仁，叩头哀诉前事。尚仁泣而语之曰："致尔嫂于死地者，窦和尚也。有银一封，在梅香处可证。尔嫂已写在簿上，可执之见郭爷，冤情自白，与尔全不相干。我之阴魂，亦在道中来代尔诉明。尔速还阳世，后可厚葬尔嫂。"尚勇还魂，已过一日矣。郭爷拘提甚紧，尚勇即具状申诉：

> 诉状人刘尚勇，系平定州民籍，诉为劈诬事。勇习儒业，素遵法守，拜兄为师，事嫂如母。兄死待嫂，语言不敢妄通。冤遭嫂父黄文（安）礼带淫僧窦慧寂来家，追荐邪法，行淫逼嫂身死。乞爷拿究淫僧，冤诬立辨，生死衔恩。上诉。

郭爷见了诉词，即拘原、被告入道对理。黄文（安）礼曰："女婿病时，尚勇欲移兄书馆，已恨我女不从。及婿身亡，深恨我女致死伊兄。因此肆行强奸，亦逼我女身死，以偿兄命。"尚勇曰："小的纵有怒嫂之心，岂有奸嫂之意？辱吾嫂而奸之丧命者，窦慧寂也。与小的全不相干！乞爷拘得窦和尚来，便见明白。"黄文（安）礼曰："窦和尚只是一日功果，我女尚未见面，功果完日，即便归寺，安敢擅入女房，逼女成奸？"郭爷曰："和尚众多，尔怎说是窦和尚？"尚勇曰："小的昨日听得黄亲家告状，小的魂死入地，阴司撞见亡兄，详细对我道及此事。"郭爷怒曰："畜牲！在我眼前，敢来说此鬼话！"吩咐皂隶，重责三十。尚勇受刑不过，大声哭曰："哥哥阴灵速来救我！

休使兄弟受这苦楚!"尚勇叫罢,忽然郭爷登时困倦,伏于案上。梦见刘尚仁向前诉曰:"生员不幸,有负宗师大人提拔。今日岳父告兄弟奸情,此全是假的。盖吾妻之被辱身死,乃窦和尚邪术之所致,与吾弟全不相干。梅香捡银一封,即昔日宗师岁考所赏之银。吾妻赏赐和尚,记在簿上,字迹显然,万望宗师重究和尚之罪,疏放吾弟无辜!"郭爷醒来叹曰:"聪明正直为神,刘生生而明正,死果为鬼之灵乎!今听梦中之言,则尚勇所诉,诚不虚矣!"乃唤尚勇近前曰:"适才尔方诚非妄诉,梦中尔兄已告我矣!吾必为尔辨别此冤!尔可取嫂簿来我看,叫嫂嫂婢来,我问他。"尚勇曰:"嫂嫂簿与婢,皆嫂自收自用,小的不敢擅取擅呼。"郭爷即差人去执簿,捉得婢来。郭爷曰:"尔拾得银一封,今在何处?"婢曰:"见在此间。"郭爷接上一看,见银果是我给赏的。又取簿看,见簿上果载有"用银五钱,加赐窦和尚。"郭爷叫快拿那窦和尚过来。差人拿得窦和尚到台,将夹棍夹起。和尚即自招认:"不合擅用邪药,强奸黄氏致死。谬以原赐赏银一封,付在胸前是实。情愿甘心受罪,不敢妄干尚勇。"郭爷得了和尚供招,遂判曰:

  审得和尚窦慧寂,身冒口流,心淹色欲。不思色即是空,惟欲空中觅色。同众僧人刘家功果,独昧心恋黄氏妖娆,斋罢散归,潜匿房室,俟黄入寝,邪药行淫。纵己一时之私快,污黄氏万世之清贞。妇父无知,驾叔奸嫂,若非阴灵见梦,则尚勇终毙杖下,而烈妇卒冒恶名矣。似此淫僧,即时处斩。文(安)礼不合妄告,黄皓容纵贼徒,俱各以答。取供。

霸 占

改契霸占田产

严州府淳安县小东门,有一叶姓的,约有三百人家。叶一材,二子,长叶其盛,次叶其芳,俱府学生员。父各分食田租,田有三百余亩。盛早死,妻朱氏守制,育有遗腹子叶之蕃。城南有宦豪郑明卿,做潍州通判,其子郑雍,素性贪狼。但有人田地相连,即起心谋占,百计骗来。适有朱氏,有腴田一十五亩,落于郑雍田心,累欲谋占无计。一日,一佃户到家,遂私整酒,与他商议:"要占叶秀才之田,只假做尔少我银子,锁尔在此。霎时我请叶公到此饮酒,那时还打尔,尔便叫叶相公救尔。到那中间,尔说情愿写田还我,只推不会写字,我自有说。"二人商量定了,即安排酒肴,着人请叶其芳,来家饮酒。不一时间,叶秀才已到。郑雍殷勤接礼。饮酒之中,叶其芳举头一看,见一人锁在后庭柱上啼哭。叶问曰:"亲长为甚锁住此人?"郑雍曰:"不堪告诉。"只听得那人,连忙叫叶相公救救性命。叶又曰:"此人果为何事?"郑曰:"小亲付田二十余亩,与他耕种,经今三年,租谷一粒不还,上门去取,他倒躲开,再不能奈他何!今适来到此过,被我拿住,锁在此间。明日带他入县,看他怎么还我租谷?"叶即问那人曰:"尔实欠了几多租谷?"其人曰:"实欠他八十余桶。"叶曰:"尔家有甚么通得的,写还郑相公也罢。"其人曰:"小人只有十数亩田,落在郑相公田心,情愿肯写赔他。只是不会写字,托相公金言,保小人归去，托人写得文契来纳。"郑曰："放了尔，尔到又走去了，那里复去寻尔？"其人曰："又要我还租，又不放我归去，教我把命来还？"郑见他口强，又向前连打几下。叶劝曰："打亦无益，我代尔写张文契何如？"其人曰："相公若肯积此阴功，小人后世不忘。"郑即取得纸笔来，已先教那人名姓、都图。叶问曰："尔姓甚名谁，甚么都图？"其人曰："小人念来，乞相公代写。"

　　立文契人华可牛，系淳安县四十一图民。今有承受祖产民田一段，计种一十五亩。官报秋粮，民米一十石。坐落土名长埂垅，东西四至，皆至郑雍田界。今因无银完粮，情愿托中出卖到同都郑名下，前去管业耕作。当日三人面议。卖得时值价银壹百二十五两，正其价，两相交付讫。所作交易，系是二厢情愿，并无逼勒成交。其田与亲房内外人等，并无干涉，亦无重互交易情弊。如有来历不明。尽系出卖人一力承当，不涉买主之事。今欲有凭，立此文契一纸，永远为照。

　　　　　　万历甲戌二年八月　　　日　　立契人华可牛
　　　　　　　　　　　　　　　　　　　中见人　牛一力
　　　　　　　　　　　　　　　　　　　代书人　叶其芳

叶其芳代他写了文契，郑雍放了那人之锁，叫他打了手印，遂放他回去。那人拜了叶秀才救他之恩，竟自去了。叶亦酒醉，亦相别而归。自是时移日易，看看过一十八年，朱氏已死，朱氏之兄朱汝芳亦死。叶其芳年老在家，不理闲事。值逢其年大造，郑雍执文契，改却华可牛为叶阿朱，牛一力改作朱汝芳。遂叫家人数十，把叶之蕃之田在他田内者，一时俱耕过来。其叶家佃户，连忙去报田主。叶之蕃年已二十余岁，入在县学，听得郑雍占他之田，即具状往县。时有吴公廷光掌县印。即告曰：

　　告状人叶之蕃，系淳安县生员，告为平白占业事。父蓄腴田一十五亩，嵌落宦霸郑雍田心，佃户方三佃种，生员一向收租无异。突今三月初十，豪喝虎仆一群，赶逐佃人，一并耕占，诈称先人出卖，地方周杰见证。田各有主，法无白占。假契横凶，有业不得为主。恳天诛恶劈诬，国赋有归。上告。

郑雍见叶之蕃已告在县，即将文契打点，做了诉状。来到县中，亦去诉。状曰：

> 诉状人郑雍，系淳安南隅民籍，诉为清理田粮事。万历二年，将银一百二十五两，买到叶阿朱民田一十五亩，亲舅朱汝芳作中，亲叔叶其芳写契，经今一十八年，收租无异。今因大造过粮，叶之蕃自恃学霸，执粮不过，反捏平白占产。明买明卖，文契血证。母舅虽亡，亲叔尚在。乞爷斧断，庶使业价，不致两空。上诉。

吴爷见了诉词，即出牌拘原、被告来审。叶之蕃青衣小帽，上堂诉曰："小的父虽早丧，先母治家，颇有薄田三百余亩。食用粗饶，卖田作甚原故？既是先母卖田，彼时就该起业，怎么直到如今一十八年，方来过产？"郑雍辩曰："当时叶其盛与小的姑表兄弟，后因死早，朱氏治家，四方田租，未能全收。官府征粮甚紧，朱氏托亲兄朱汝芳来说，又托亲叔来说，小的念是亲情，故此与他买田。况文契是他家中亲叔代书自写来的。累年方三佃种，小的只未过粮。今遇两解造册，小的只得起业过粮，怎么叫做白骗？"吴爷叫接上文契来看，果是陈的。吴爷又叫叶秀才："尔叔之字，尔可认得否？"叶之蕃曰："此字虽是叔字，其实叔未曾卖，其中必有缘故。"吴爷叫捉得叶其芳来，便见明白。即差民壮杜闻，出牌去拘叶其芳来审。杜闻来到叶宅，适其芳病危，不能说话，杜闻只得转衙回复。吴爷曰："既无对理，且各回去，俟我再审。"适逢郭爷同牛大巡上严州，叶之蕃即具状，入分巡郭爷处告来。告曰：

> 告状人叶之蕃，系淳安县东隅生员。告为欺死占产事。先母治家，衣食

饶足，无由变产完粮。祸因田嵌虎豪郑雍田腹，节次贪谋，假捏卖契在外，装成圈套，俟母、舅俱死，恃无对证，即统群仆，强耕食田。哭思母既无卖，彼恶有买？死虽无言，佃人可证。恳天烛恶追田，不遭白骗。

郭爷接了状词，从头一看，乃问叶之蕃曰："尔母果卖田与他，未曾？"蕃曰："先人遗田三百余亩，家赡颇足。只因有田一十五亩，落在郑雍田腹，一向谋占未遂。今日先母死去，母舅亡过，叔今又死，故生此骗心。万望老爷作主，庶使田不遭他白骗。"郭爷即出牌，拘得郑雍、方三等俱到分司。郭爷问曰："叶秀才母亲，先年果卖田与尔不是？"郑雍曰："文契可证。是他母舅作中，亲叔代书。前日县中问结，叔尚无恙，自知理亏，诈病不来对理。"郭爷叫将文契上来。郭爷将文契前后一看，又叫取叶其芳往日家中字迹来对，果俱一样。心中忖道："文契又真，字迹又同，这是甚么缘故？不道是叔与母舅盗卖他田？"郭爷又问曰："尔叔与舅，果皆家赀优裕否乎？"叶之蕃曰："小的敌分家财，他更饶裕。母舅钱粮尚百，乡称富户。就是先母当时要银使用，亦只从舅借便足矣！何必卖田？"郭爷听说，再把文契，从头再看，又在日光下一照，果然识出诈来。遂将郑雍大骂曰："尔这欺心奴才！这叶阿朱是尔改的，这朱汝芳是尔改的，尔看叶（葉）字一勾两点，阿字耳朵，朱字撇捺与勾，与汝字、芳字白明浓淡，墨迹新旧加写，因此去县告这假状。欺死瞒生，意图白赖。尔且说尔曾向方三说起田租也未？"喝将粗板把郑雍重打三十，责令尽供。郑雍情知昧心，遂供：不合捏写文契，改换名姓，白占田产，欺瞒生死。所供是实。郭爷取了供状，即援笔，判曰：

审得郑雍，以豪宦胄子，播恶乡邦。每肆贪残，占人田产。明欺叶之蕃寡母、稚子，串合山人，捏写文契，致哄亲叔代书。始华可牛而终改叶阿朱，始牛一力而终改朱汝芳。似此移山作海，纸上栽桑，瞰其舅、叔俱故，其芳年老，对证无人。遂行占据，不思昧己天诛，讵识改涂难掩，日照诈形，方三血证。此等机心，渐不可长。拟判满徒，赎谷一百，田还业主，众释宁家。

兄弟争产讦告

　　叙州府宜宾县李德裕，登进士榜，初授南昌县为知县，继升都察院浙江道御史，后至山东参政。历官多年，家资富足。正妻孔氏，生子名千藩，十五岁已入叙州府学。孔氏每示以父所遗之银，千藩知得，遂私取去纹银一百余两。庶妾纪氏，生子千宣，禀质聪慧，年十五岁，入宜宾县学。父甚爱惜之。由是，日夜积聚好银万有余两，付千宣。盖因千藩前偷去文银百两余，故此多积，付于幼子，恐后长子更利害也。德裕在日，常写分关二张，将产业、田宅，凭宗族亲长，一一眼同，均分与二子管业。德裕既丧之后，千藩要分父手所积之余，纪氏曰："家业俱是父手分定，当初一一公派，今日安得因父不存，遂来占弟之家业乎？"千藩曰："父在只分田产，未曾分出银子，况父当时做了多少年官，掌了多少年家，岂无数十万银来分我乎？"纪氏曰："父平生积银数万，与大娘共埋地中，俱是尔取去了。如今那有一分文银在？"千藩曰："我纳一前程，不过去银一千两。自后积了这多年来，其银何算数？必要拿来均分，千宣安得独占？"纪氏不听其言，千藩大怒，遂将纪氏骂曰："我为嫡子，尔为庶子，嫡子不得承受父银，庶子乃敢坐占，天地间有此理乎？我必去告官府，与尔讨个明白！"遂作状，往按察司去告：

　　　　告状人李千藩，系宜宾县籍，告为弟占兄财事。故父家资十有余万，前后积银不止十万。身居嫡子，弱冠纳粟，授任汝宁经历，未涉家务。父宠幼妾，偏爱幼子，先年分关止开田业，余银俱存，议定后分。不料，父陡病故，恶弟心狠，独吞银两，毫不见分。以弟压兄，以庶欺嫡。乞吊父帐，查明出入数目，明算均分，庶使肥瘠得匀。上告。

王爷一见千藩状词，知其必以嫡欺庶，遂准了状子。千宣见哥子告状，亦具一状来诉：

> 诉状人李千宣，系宜宾县生员，告为辖弱强占事。鳄兄千藩，素恃嫡长，贪纵残毒，欺凌庶孽。父共嫡母，埋银数处，通计近万有奇。父没母私指示，鳄兄悉皆取去，毫无所分。身亦父出，兄独吞银，嫡强银尽兜去，弟弱毫厘不沾。乞天怜悯，各断均分，亡父瞑目。哀哀上诉。

王爷准了诉词，遂拘原、被告到同审问。千藩曰："吾父在日，私宠幼妾，溺爱少子，当时分居止分田产，所积银两，一毫未分。今弟一一占去，反说我私掘银。父虽死去，二母同居一房，欲掘从何下手？掘银有何证见？"千宣曰："当时分家时，小人住在新居，父与二母，同兄住居。祖屋所积之银，随身不离，岂有身与长子同居，而银又藏幼子房屋乎？兄私取银，邻里皆知，何为无证？"王爷遂问干证乐和、傅达。达受千藩嘱托，和受千宣嘱托，两下言语，俱不得理。王爷又见二子，皆李公胤嗣，难以动刑。两下争竞，遂至经告无已。及王公亮转迁入京待命，郭公自浙而来莅任。千藩、千宣兄弟，又来评告。郭爷曰："尔兄弟争财多年，我已晓得。尔是非明白，今当为尔判决，永杜争端。尔兄弟可将父手分关及家中各项簿帐，所置器皿物件，诸般锁钥，并两家亲丁，不论男女、老小、婢仆，俱要到司一审，时刻即放回去，便可绝尔数年之争。"千藩、千宣依命。各抬家眷人口见官，各以分关、锁钥、田庄、记籍、簿书，一一递上。

郭爷乃问千藩曰："我观尔兄弟分关田地诸般，件件相当，无有不平。尔独苦苦告弟，必是为弟多得了银子。"千藩曰："故父遗银，弟独藏去，情理难堪，故屡来奔告。"郭爷曰："尔弟得银，尽藏于家乎？抑寄在人家？"千藩曰："弟银俱在家中。"郭爷曰："吾尽追弟银与尔，肯罢讼乎？"千藩曰："若得弟银，再不敢缠告。"郭爷又问千宣曰："尔之告兄，必说兄骗银甚多，心中不忿。"千宣曰："父所埋银，皆为兄得，小人甚不甘心，故此来告。"郭爷曰："吾取尔兄之银，尽数典尔，肯歇否？"千宣曰："若取兄银出来，小人永不敢争！"郭爷已知两人心事，遂大骂曰："尔这两兄弟，狼心狗肺，不念手足同胞，兄说弟得多银，弟疑兄得多银，今我公断，今以千宣分关等项，悉付千藩，即刻入弟之宅，管弟之业；以千藩分关等项，悉付与千宣，即刻入兄之宅，管兄之业。若有半言反悔，我即提本藉没尔家财，家属尽流口外。"断罢，遂差十数牢子，押住千藩、千宣，各自换易。谁知二家妇女，都只思恋自家器物，都不肯换。大家哭诉于郭爷之前曰："小人兄弟不才，激恼老爷。今蒙更相换易，诚至公至明，无一点偏私，小人无不听从。但小人家中妇女，用惯自家旧物，住惯自家旧屋，今后永不敢争。只愿各人掌业，不愿换易，倘再争讼，情愿甘当大罪，伏愿天台乞怜恩宥！"郭爷曰："吾已断定，谁听尔诳言！"千藩、千宣复叩头恳诉。郭爷大怒曰："尔兄弟这个争多，那个争少，今日更换，便多少得均矣！又都舍不得自家己业，岂非骨肉相残，徒把父财作势乎？先人如此刻苦得来，如今兄弟这般争搆用去。质之于官，财为悖逆之民；求之于父，则为不孝之子。本该各责二十，以惩刁风。但据二人各称父遗家业十有余万，姑各罚尔银一万，以充国用，解入朝廷，再不许尔争讼，方准尔两家更换。"千藩、千宣，畏郭爷威明，遂甘受罚淮息。郭爷判曰：

　　难得者兄弟，易得者钱财，故古人不欲以外物而伤天性，此单宰之所以化成人也。今李千藩、李千宣，母虽嫡庶，父则均恩。夫何不念手足、懿亲，同气大谊？兄则告弟独吞父生前之银，弟则讼兄私掘父已藏之窖。角弓外向，棠棣中枯。不念父功刻苦，惟知财利迷心。语讦告则屡年仇雠，语更换则一家号泣。固知不从贸易者，乃两家俱非不足；好为争搏者，实二人倚势在财。今依理断，各罚赎银一万，输送入官，以充朝廷粮饷，立按取供，毋再自贼。

追究恶弟田产

　　顺庆府孝义坊，有一敖姓，亦大族人家。亲丁二三百人，地字房有。敖富生二子，长敖文明，次敖文信，俱习儒业。后文明登进士第，除授延安府洛川县知县，淑人章氏，同行之任。后文信因兄出仕，家中无人，遂在家暂理农桑。文明每事必亲信无疑，盖以手足至亲也。文信常来任所，文明所得俸资罚赎之银，每付弟归置业。前后数次，积银一万余两。指望后归养老过活。谁想文信将银买田置业，皆用自己名字，此时已怀无兄之心。不想数年文明乃卒于官，淑人章氏，生子敖毅，年止四岁。自洛川搬柩归家，宦囊萧然，母子实难度活。遂至殡葬之资，不能措办。乃问叔取些银两周济。文信即时翻转脸皮，遂不认帐。乃对嫂曰："前往任所看兄，我念骨肉，东西常来询问，原非借银。就是兄亦只念我路远，略略付得数两盘缠与我，那里有银寄在我处？今日兄虽宦卒，囊中岂无数万之金？况兄临卒，又无片纸只字为证。我今在家，胼手胝足，栉风沐雨力农，多少辛苦，方才讨得这口饭吃。那讨银子与尔？"章氏见叔昧已瞒心，分毫不与。思量夫死又无簿帐可查，受气不过，乃着家僮到章宅，请得兄弟章旦，前来商议。章旦曰："尔叔兽心，当日付银，与他归来，他将自己名字，买了田产，我已知其心有今日。如今若不告官，争论理决，难得他银子！"章氏即托弟，抱状赴南充县去告：

　　　告状妇章氏，系南充县在城中隅籍。告为欺死绝生事。故夫敖文明，官任洛川县尹。屡积俸资一万余两，付叔敖文信，前后挈归置产。岂夫卒于任，扶柩空归，哀取前银茔葬，分毫不认。看叔坐享膏腴，母子孤苦待命。奔告爷台，追银殄恶,生死衔恩。上告。

时县尹是晋江蔡思元作宰,接得章氏状词,哀情惨怛,遂为准理。出牌来拿敖文信。文信即具状诉曰:

> 诉状人敖文信,系南充县在城中隅民籍。诉为仇害事。信与兄明,分家十年,克苦勤劳,仅堪度日。兄为清官,不幸病故,家资萧条。嫂听血弟章旦教唆,捏情仇陷,骗兄宦金,私买田业。兄银既无收票,田产又无兄名。平空唆嫂,妄起占端。乞爷究唆杜占,激切上诉。

蔡爷准了诉词。遂呼两家人犯,到堂听审。蔡爷曰:"亲戚只好劝和,尔怎唆他叔、嫂讦告?"章旦曰:"妇人告状,自然有抱状之人。章氏儿子又小,小的又系姊弟,安忍不代为□告?况他嫂、叔乃敖家人,小的则姓章,争只敖家财物,决不分我章家。小的亲戚,只好往来照顾,安肯教唆使他嫂、叔成仇?凭爷爷审我姐姐,果系我教唆不曾?"蔡爷起身问曰:"章淑人怎么说?"章氏曰:"小妇人忝为命官妻子,若非大不得已,岂肯俛首公庭?不特羞及亡夫,抑且玷辱朝廷!今日之告,盖谓夫在宦时,信叔来任数次,每次寄银二千余两归家,此乃小妇人亲手递过。夫以手足至亲,并无疑忌,亦无簿帐。谁知他今日欺心,分文不还。若非我夫寄银,他数年居家,安能发得许大家财?"敖文信曰:"小人与兄分居十年,所积家财,不过一三千数目,皆系自家辛苦得来。虽到兄任所打秋风数次,不过得他盘费三百两。果若寄与□我归家买田,我必有领帖,买田之后,我必交文契与他。纵兄不要领帖、文契,似此利害,嫂嫂岂肯饶过小的?乞老爷想情。嫂嫂只因夫故囊空,欲取前次小的打秋风之银,第听恶亲章旦教唆,哄告假状。若非章旦,决无此状。"蔡爷曰:"汝家今有万余多家资,可谓富厚之甚。尔嫂、侄今日贫难之极,可分三百金与尔嫂嫂济贫。"敖文信曰:"小的之家,皆日逐辛苦,逐分攒起来的,怎么就分得三百金与嫂？"蔡爷曰："尔与尔嫂，本是至亲。即如尔做官，侄儿来打秋风，尔独叫他白手回归乎？若不听说，除打在外，问尔一个重罪！"文信见蔡爷发怒，连忙禀曰："小的情原办三百两与嫂。"蔡爷叫押出去对来。章氏心中不甘，走出外面，乃呼弟章旦曰："此事除非按察司郭爷处去告，方得明白。"章旦听姊之言，即时竟往成都郭爷处去告。来到成都，正值放告日期，遂跪二门进状：

告状妇章氏，系顺庆府南充县，在城民籍。告为亟救孤寡事。故夫敖文明，洛川宦殁。一贫彻骨，归衬（榇）莫能营葬。宦任所得俸资，重遭叔文信吞去。告县，止判还银三百。哭思叔家银万，皆夫遗银，恶欺孤儿寡妇，尽骗不与。恳台提究，天日顿开。上告。代姐抱状人章旦。

郭爷接了状词，细看一遍，章旦近前亲审。章旦曰："小的姐夫，在洛川做三年知县，所得俸资、罚赎，仅有万余。以叔至亲，来县数次，悉付与彼，带归置产，全无领字收票。盖以至亲故，无心提防。况此银俱系姐姐亲手交付。后不料姐夫任故，遗子止有五岁。姐姐扶柩归葬，宦囊萧然，家无担石之储。与叔取讨前银葬夫，谁知他当时买产，但用自己名字，今日昧了心肠，毫不肯认。讦告本县，蒙蔡爷止断三百，姐姐心中不甘，故来奔告爷台。"郭爷曰："既有此冤，尔可出外店中静坐，不要张扬使人知得。待我即去提来问断。"章旦听郭爷吩咐，乃出司来，讨店安置。郭爷即叫刑房吏手曰："写一道关文，径往南充，速关窝主敖文信，并劫贼审问。"文书一到，蔡知县即拿敖文信起解，星火奉行。敖文信到按察司，来见郭爷。郭爷怒骂曰："汝为窝主，窝藏劫贼王际明，又同劫贼叶再生打劫五年，故尔今起家巨万。今两贼既拿，交口扳尔，既为窝主，又同打劫。叫牢子取重板过来，先打四十，然后取出两贼对理。"

敖文信听得此说，惊得魂不附体。恐怕郭爷重刑，伤己性命。连忙呼曰："乞容小人一言分辩，死亦甘心！"郭爷曰："尔且说来。"

文信曰："小人原系宦门子弟，平生良善，家有万余产业，有家兄在洛川县做官，付来之银，小的置买田地，皆有出入簿帐，何尝敢为窝主？敢做劫贼？"郭爷叫拿簿帐来看，文信递上簿帐，上载某次寄银几多，某次寄银几多，共有一万零二百两。其买田业，某处买田几多，去银若干，某处用银若干，买田几十亩，簿上悉载明白。郭爷曰："尔那里有兄做官？那里有银寄尔？一片胡说。"文信曰："小的家嫂与侄可证。"郭爷遂拘章氏母子来对理。文信见嫂、侄俱到，乃哭诉曰："嫂侄在此，乞爷爷超豁窝劫之罪。"郭爷曰："尔非窝劫，怎么窝兄之银而劫嫂侄？"文信自知理亏，低头认罪。郭爷曰："如今我饶尔之罪，那田产凡系兄银所买，将文契上来。"郭爷叫户房，一一用了印信，交付章氏子、母。郭爷又代他算过田业价钱，止有九千，还有一千二百。吩咐文信："尔这多年田上花利，饶尔不追，这银就要对还嫂侄。"文信遂哭告嫂曰："我替尔母子，创此产业，也费多少心机，今日悉皆交还，这些银子乞嫂嫂念骨肉至情，把与我也罢。"章氏乃禀郭爷曰："文信系夫亲弟，田产今已蒙爷断。所遗之银，情愿不领，以还折谢叔买产之劳。庶不伤先夫同胞之蒙，叔侄一体之亲。"郭爷遂允章氏之请。嫂叔俱拜谢郭爷而去。郭因判曰：

    审得文信，实文明之嫡弟也。明尹洛川，俸资悉付弟归。盖以事同一体，信必能为己创业垂统也。故屡付银而无记载，嫂亲授而无疑忌。明后宦殂，家计日蹙，信即当抚侄供嫂，合食同堂。则嫂安忍讦告追产，而前日之田，信亦可收其一半矣！胡为欺死瞒生，遂恣骗心？此等餐噬之毒，罪曷逭焉？原产九千，悉付章氏子、母掌理，余银千二，权允章氏，准为谢资。各释宁家，罪姑不究。

豪奴侵占主坟

云南府昆明县七都嵩川萧馨，有一祖坟山，落在安宁村，乃馨之六世祖萧望、六世祖婆胡氏合葬于上，地名伏虎山。当时置有祭田百亩，坟屋三宅，池塘、菜园，一应全备。当时遂拨老家人萧富夫妇，带家人萧松、萧竹、萧梅，一同居住，种田守墓。萧望脉下，有礼、乐、射、御、书、数六房人丁，传到萧馨，已有二千余人。年年到此来祭扫一次，有六十余里远路，来时止住一晚即去。经今二百余年。萧富三子分作三房，亦有上百人烟。家资亦尽殷富。松、竹、梅三房，下出几个刚恶后生，便不肯甘为人下。便说："萧馨家中亦是人，我松、竹、梅家中亦是人，怎么他来祭扫，我们众人都要服事他，俱无坐位？我们今年大家将这山禁住，预先祭扫挂纸，只说今年轮我该祭。"众人摆布已定，但见时值清明，萧馨合族，宰杀猪羊，俱来祭扫。时松房萧馨、竹房萧色、梅房萧督，统领各房亲丁，五六十人，阻住萧馨众人，不许上山。说道："这山上祖公，如今排当我祭，与尔无干！不消上山。"萧馨喝曰："强奴不得无礼！尔要思量祭坟，今日尚早。"萧馨等曰："俱是祖公，俱是支下子孙，安得尔祭多年，我独不祭？"六十余人各执耙棍，凶狠棱棱。萧馨子、侄，俱是衣冠文物，恐与他厮闹，反受其辱。遂权忍气，暂挑礼物归家。萧馨到家，与六大房会集祠堂，商议曰："萧馨这伙畜生，他往日取名，俱与我等同字，便有今日之意。此等恶奴，若不府中告他，明日此山决被占去！"遂写状往府去告。

告状人萧馨，系昆明县五都民籍。告为奴占祖坟事。六世祖萧望，夫妇命葬安宁村伏虎山。当委老仆萧富夫妇住居管理，拨田百亩赡祭，经今二百余年。岂后辈恶奴萧馨等，耻为人下，妄捏祖该彼祭。至日统率群凶，执棍赶阻，不容上山。权势浩大，祖祀遭梗。悬台明法究奸，庶使良贱安生。上告。

时山西王重茂，在云南作太府。准了萧馨之状。遂出牌，差郑良、黎勉，去提萧馨等对理。萧馨等见王府尊来提，即同差人，具诉状来诉：

诉状人萧馨，系昆明县七都民籍。诉为究复祖祀事。始祖萧望夫妇，葬伏虎山，置有祭田百亩，支下子孙轮祭收租，议定每支以二十年为率。祖议血证。今年例该身祭，馨捏奴占祖山，耸台阻祀。祖非一脉，何以脉出同源？既分主仆，必异名讳。显见强宗抗族，乞爷锄强扶弱，追复祖祭，死生冤明。上诉。

王府尊看了诉状，乃叫萧馨同来对理。萧馨曰："小的六世祖夫妇，合葬安宁村二百余年。子孙二千，年年致祭。谁不识萧馨是小的老奴之孙？今馨等非惟不甘为人仆，造谋设意，企欲占山占田，雄据一方，以图风水。"萧馨曰："小的祖公支下，共九大房。萧馨六，住居祖屋；小的三房，迁居安宁。往常他祭六年，小的祭三年。后来小的贫难，他便一概祭去。今年本该小的祭祖管田，他便不容小的祭扫。均是祖祀，均是祖产，怎么他们六房人众，公然占去？若是主仆，祖上怎么有此公议？"王爷曰："拿上公议来看。"

立议约人萧葱、萧薇等。今有坟山一所，坐落土名安宁山。茔葬祖公萧望、祖婆胡氏于上，祖田百亩池园，一应九房互为管守，每房例管十年。周而复始，毋得争占。旧居六，所居三房，各道公议。如有不公不法，房即以不孝，赴官理论。

洪武三年，五月初五日，立公议。七世孙萧葱、萧薇书。

王爷看了议约，乃问萧馨曰："尔祖宗已有议约，则萧馨不为假争。怎么见得是尔奴仆？此必是尔房数人多，他的人寡，尔故不肯认他！不然主仆怎敢脉脉同字？"萧馨曰："此奴来到小的家内，便不敢将大名来叫，只报乳名，况且，去此六十余里，那里知他冒名冒讳？"王爷曰："尔有二千余人。他止七八十人，怎么阻得尔山住，不容尔祭？必是尔以强凌弱，叫拿山邻里长，来此再问。"差人即去拘得见年里长汪广，山邻冠儒、习诗到府。王爷问曰："萧馨、萧馨争山，那个是真？"谁想三人，俱受萧馨之贿，即偏证曰："小的不知山是那个的？只是见萧馨家中年年祭扫，小人俱受他酒肉之惠。萧馨家中，间了数年，亦来祭扫一次。来则人伴甚众，每近方亲邻，各送胙肉。此都是小人知的。其余山之真假，及萧家远年之事，小的实是不知。"王爷曰："据山邻之言，则新旧人居，果是一族。照依议约，共祭便是。何必再争？"萧馨见王知府不能辨奸，乃权时应曰："悉凭老爷公断。"遂出府门，乃写状竟往都察院郭爷处去告。于是写了状词，进入都院去告：

　　　　告状人萧馨，系昆明县五都民籍，告为劈奸事。老奴萧富三子，看守祖坟，耕种祀田百亩，二百余年。突出萧馨兄弟，不甘奴分，冒充九房支系，坟田悉霸，不容祀扫。奴占主山，祖归非类，天地大变。叩天劈剪奸顽。上告。

　　郭爷见了状词，即呼萧馨上堂，亲审问曰："尔这山还是经过丈量，载有字号、亩数未有？"萧馨曰："小的此山及田园，一概俱是万历八年七月，凭五都十个排年公正里长，逐段量过，记载县中鱼鳞册，十分明白。"郭爷曰："既有册籍，尔且出外俟候。"郭爷即出牌，仰本县速解县中实徵鱼鳞册，及萧馨等赴院。知县即时口批解至都院。郭爷坐堂，吏呼原、被告听审。萧馨等俱于堂下听候。郭爷乃将县册前后看过。见上载有来字一千三百号："坟山一段，二名安宁，计丈八百二十亩，业主萧馨。安宁山祭用。"又得来字一千三百一号："土名山前，计丈三亩，业主萧馨。"又来字几号田及来字几号鱼池、菜园，俱写业主萧馨。佃仆萧馨，并无萧馨管业等名。又观萧馨户下，某山、某田、某地，俱八都，水字，某串、某号，方载业主萧馨名色。郭爷便叫萧馨问曰："尔既都是萧氏子孙，怎么这丈量时分，俱载佃仆萧馨？明白主仆之分，截然不紊，发得强附支系，瞒心冒占？叫牢子每人与我重责三十，供招上来。"萧馨见郭爷拿住了他筋节，争辩不得，只得直供曰："不合冒袭名讳，妄霸主山，脉扯九房，紊乱良贱。所供是实。"郭爷见了供词，大骂萧馨曰："尔这欺心奴才！明知县有弓口册籍，怎么占得家主山田？本该打死，姑念尔先人看守分上。"遂叫萧馨："将山田等弓口字号，凭某官问断，可即去勒石刻碑，竖于尔祖坟前。六房各执一张，我与尔用了印信，免得年久又起争端。"萧馨即遵郭爷吩咐，出外写下七张官约，郭爷与他用了印信，遂将萧馨兄弟三房，每罚谷五十上仓。山邻、里正受贿，各问不应。取供。郭爷乃判曰：

以贱凌贵，以仆犯主，渐不可长。况敢重行不义，霸坟阻祭。而夺乱世系乎？萧馨兄弟，本萧望老奴之嫡传奴类，则奴自安奴分，胡为邋遢雄心，不堪人下，以百人而思拒二千人？此盖凶狠顽慢，不啻化外禽兽矣！买贿里邻，哄诳官，岂知丈册明徵，愚难行诈？此不待知者，而奸可立灼也。坟田等项，仍着萧馨子孙看守。明刻碑文，永革紊乱。馨等各纳谷五十，姑示薄罚。里邻各拟不应。取供。

佃户争占耕牛

海阳县九都乡下,有一石姓人家,名曰石尚友。专喜买小牸牛,租与人养,牛大便取回孳生。时一邻人吴茂正无牛耕田,乃托相知人,到石尚友家,讨一牸牛去养。议定三年供大交还。谁知养到二年,牸牛一发长大肥壮,又生一小牛。吴茂心中欢喜,又得牛耕田,又有利息,愈加爱惜甚重。及养至三年,石尚友见吴茂牛大,又生一子,遂来取回。吴茂见财起心,遂对石曰:"这牛白白养他两年,今才得用,尔便要取去,可将一两辛苦钱还我。若肯再与我养两年,我便贴尔一两银子。"石曰:"前年尔养一年,那便说得小旧年,便替尔耕田一年,又生一小犊与尔,尔心不足,还说要取辛苦钱!"石尚友说罢,即牵牛归去。吴茂见石牵牛,即来抢夺。便硬争曰:"谁人不知,我将价钱与尔,买得此牛?今日又来自骗。世间那有这等强人!"两下即扭住乱打,同结到县里去见官。不想行至街心,撞着郭爷道到,二人即喊叫伸冤。郭爷乃带转府中,问曰:"二人怎么扭结,牵牛在此?"石尚友曰:"小的前年买得此牛,被吴茂串中来讨去养。养至旧年,牛力已大,又生一小犊。今年小的止取牛母回去,他又得牛耕田,又得一小犊,还说要与小的取辛苦钱,不许小的牵牛归去。因此扭打!"吴茂曰:"小的前年将价银一两五钱,与他买了此牛。今日,他见牛大,又生一子,便思量要将原价赎去,小的因此执住不还!"

郭爷见他两各争一端,遂心生一计,叫:"尔两人且带牛在外,下午再问。"二人牵牛去了,郭爷遂吩咐皂隶曰:"尔去外面叫人,私将他牛打伤,看他那个伤心,便来报我。"皂隶于通出去,见牛系在府前店铺门首，于通遂叫铺中客人："尔与我将此牛重打几下，我买酒请尔！"客人曰："不要惹祸。"于通曰："有我在此，不怕他！"客人乃佯骂曰："甚么人将牛系我店前。"即拿起大棍，将牛连槌几下。石尚友连忙向前，护住道："尔不要打伤我牛，我即牵开便是。"吴茂在旁，只作不看见一般。手通即入府内，将打牛之事，报知郭爷。郭爷即叫带争牛者来问。二人带牛俱至府内。郭爷问吴茂曰："此牛尔还未曾着了价钱，还是讨来养的。只是尔见这牛又能耕田，又能生子，又肯长成，放此不肯把还尚友。此情是实。"吴茂曰："小的委的去银一两五钱，与他买来。"郭爷曰："既是尔买的，怎么全然不爱惜他？"吴茂曰："小的常时珍重此牛，朝夕不倦。"郭爷曰："尔既珍重，怎么才时铺人打牛，尔乃袖手不顾？此可谓珍重乎？尔可直直招来，我饶尔打！若再强争，三十大板，重责不恕！"吴茂见郭爷发出他奸情，遂不应声，乃直供曰："小的不合养他耕牛，既得其子，又欲占其母，贪心不足。所供是实。"郭爷觅他认了，即饶了他刑。

判曰：

  审得吴茂租石尚友牸牛看养，原为耕田计，而实非出价买断也。养过二年，牛已生犊，则茂喜力耕有资，而孳息又倍矣。见石来取，岂不大拂其仰望之初心乎？故强争偿价，执牛不还。宜乎！愚夫之见利迷心，而不知久假不归，有明训也。若系己牛，骤前遭箠，胡为有隐、不隐之异情乎？牛还旧主。吴茂欺心妄赖，取供不准。

邻舍争占小驹

杭州武林驿，有葛、沈二姓，同廒接栋居住。葛殷、沈枢两家，俱养有牝马，后两马俱生小驹，而小驹常混作一起，交互吃乳。一日，沈枢牝马死去，其小驹即带在葛殷马群中养大。时常杂乱，晚夕一同吃乳。后因小驹俱教得鞍，沈枢将礼谢殷，求取此驹。葛殷顿起枭心，便对来人说："尔家小马，多时死去，这马俱是我马生的。拜上尔家老官，这礼我也敢受。"来人到家，对主人说知此事。沈枢曰："有这道理？我亲自去取。"即致葛家亲来取马。葛殷曰："前日尔的小马，实因无乳死去，我未计把信报尔。"沈枢曰："这马明明是我的，怎么赖得？"葛殷曰："马值几何？但物各有主，我岂赖尔？"沈枢曰："尔真不还，我不得不鸣之于官。"葛殷曰："亲长既要告官，小人不得不来诉明。"沈枢取马不来，心中忿忿，遂写状入府去告。适逢郭爷下衙，遂拦马头告曰：

告状人沈枢，系仁和在城东隅民籍。告为欺占事。马死，小驹寄养恶邻葛殷牝马食乳。两邻通知。今马已长，礼取归家教鞍。恶执不还，妄捏双胎。身辩触怒赶打。切思物各有主，白遭骗去，冤屈难伸。恳天作主，究马锄凶。上告。

郭爷见了状词，遂带沈枢入司，乃出牌，去提葛殷来审。牢子肖玺，即去提得葛殷到台。葛殷遂出状诉曰：

诉状人葛殷，系仁和东隅民籍。诉为争占事。身畜牝马，生两小驹，众皆共见。祸因兽亲沈枢,三月将小马寄养,不料死去,已经数月,忿殷身驹并育,伊马独死。妄捏骗马不与,竦告爷台。切思驹原有母,物岂堪赖?强欲骗生偿死,冤屈何伸?叩天白冤。上诉。

郭爷见了诉词,问曰:"尔马果并育两驹乎?"葛殷曰:"果然双生两驹。"郭爷曰:"沈枢果亦以驹寄尔养乎?"葛殷曰:"三月他牝马死了,果将幼驹,仰小人看养。养至六月死去,小的失于报信,所以有今日之争。"沈枢曰:"他家止生一驹,并小人的,才是两驹。怎么把小人的,亦认作他的?"郭爷叫手下,带马前来。"尔二人俱不必争,我自能识得真伪。"叫把两驹,绑在两廊柱上,却把牝马,系在中央月台之上。令人将两驹,任意鞭挞,且看牝马如何?只见小驹被挞之时,那牝马只咆哮,趋顾东边之驹。郭爷又叫将两驹放开,只见那牝马,与东边之驹,沾作一块,似相眷恋之意。那西边小驹,一直向外走去,牝马亦不知顾惜。郭爷看破,叫二人上堂问曰:"尔看那畜生,亲者便相垂念,其非已出者,略不介意。葛殷何得执沈枢之驹而不还乎?本该问尔大罪,姑罚不应,以戒尔后。"

判曰:

系马千驷弗视,义利分明。千乘弃而不顾,身家清白。今葛殷惟知贪昧,不恤比邻,一驹能值几何?意图白赖。千金难买邻舍,心全未思。寄养者把重,盖在亲情。捏死者诈诞,妄欺天理。葛殷拟问不应,沈枢领马自牧。立案在公惩俗。